AF190505

Charles Dickens
Bilder aus Italien

Charles Dickens
Bilder aus Italien

1.Aufl.
Taschenb – Literatur - Klassiker
Herausgeber Frank Weber, Marburg
Bibliografische Information der Deutschen Nationalbibliothek:
Die Deutsche Nationalbibliothek verzeichnet diese Publikation in der Deutschen
Nationalbibliografie; detaillierte bibliografische Daten sind im Internet abrufbar über
http://dnb.dnb.de
© 2022 Charles Dickens
ISBN: 9783756829682
Herstellung und Verlag: BoD – Books on Demand, Norderstedt

Charles Dickens
Bilder aus Italien
Ein Reisebericht

Inhalt

Des Lesers Paß	7
Durch Frankreich	10
Lyon. Die Rhone und die Hexe von Avignon	19
Von Avignon nach Genua	29
Genua und seine Umgebung	35
Nach Parma, Modena und Bologna	72
Durch Bologna und Ferrara	83
Ein italienischer Traum	90
Über Verona, Mantua, Mailand u. d. Simplonpaß in die Schweiz	100
Nach Rom über Pisa und Siena	118
Rom	133
Eine flüchtige Umschau	186

Des Lesers Paß

Wenn die Leser dieses Bändchens so freundlich sein wollen, ihre Empfehlungsschreiben für die verschiedenen Orte, mit denen sich des Verfassers Erinnerungen beschäftigen werden, von dem Verfasser selbst zu nehmen, so wird ihre Phantasie diese Plätze vielleicht mit größerem Genuss und mit besserer Einsicht in das, was sie zu erwarten haben, besuchen.

Schon viele Bücher sind über Italien geschrieben worden, die viele Möglichkeiten eröffnen, die Geschichte dieses interessanten Landes und seine zahllosen Erinnerungen zu studieren. Ich nehme nur wenig Rücksicht auf dieses Magazin des Wissens, denn ich betrachte es durchaus nicht als notwendige Folge meiner Einsicht in diese Vorräte, dass ich die leicht zugänglichen vor den Augen meiner Leser ausbreiten sollte.

Auch wird man in diesem Bändchen keine ernste Untersuchung über die gute oder schlechte Regierung dieses Landes in irgendeinem seiner Teile finden. Kein Besucher des schönen Landes wird es versäumen, sich eine starke Meinung über diese Sache zu bilden, aber da ich mich während meines Aufenthaltes dort als Fremder jeder Diskussion über derartige Fragen mit Italienern, welchem Stande sie auch angehören mochten, enthielt, so möchte ich auch jetzt diese Saite lieber nicht berühren.

Während meines zwölfmonatigen Aufenthaltes in Genua fand ich nie, dass ihrem Wesen nach eifersüchtige Behörden mich mit Misstrauen betrachtet hätten; und es sollte mir leid tun, wenn ich ihnen Gelegenheit gäbe, ihre arglose Höflichkeit gegen mich oder gegen irgendeinen meiner Landsleute zu bereuen.

Es gibt wahrscheinlich kein berühmtes Kunstwerk in ganz Italien, welches nicht leicht unter einem Berg von Papier, bedruckt mit Abhandlungen über dasselbe, begraben werden könnte. Daher werde ich auch, obgleich ich ein großer Bewunderer der Malerei und der Skulptur bin, nicht lange bei der Beschreibung von berühmten Gemälden und Standbildern verweilen.

Dieses Buch ist eine Reihe von Spiegelbildern – bloßer Schatten im Wasser – von Orten, welche die Einbildung der meisten Menschen mehr oder weniger anziehen, mit denen sich die meine seit Jahren beschäftigt hat und die für alle einiges Interesse haben. Die Beschreibungen wurden größtenteils an Ort und Stelle niedergeschrieben und von Zeit zu Zeit in Privatbriefen nach Hause geschickt. Ich erwähne das nicht als eine Entschuldigung der etwaigen Mängel des Werkes, denn es wäre keine, sondern bloß als eine Gewährleistung für den Leser, dass sie wenigstens niedergeschrieben worden, als der Verfasser erfüllt war von dem, was er sah, und noch beherrscht von den neuesten und frischesten Eindrücken.

Zeigen sie irgendwo eine phantastische und träumerische Färbung, so wird der Leser vielleicht voraussetzen, dass sie geschrieben worden im Schatten eines sonnigen Tages, inmitten der Gegenstände, von denen sie handeln, und sie werden ihm darum nicht weniger gefallen, dass sie dies örtliche Gepräge tragen.

Ich hoffe nicht, dass Bekenner des römisch-katholischen Glaubens irgendetwas, was in diesem Büchelchen vorkommen wird, missverstehen könnten. In einem meiner früheren Werke habe ich mein Möglichstes getan, ihnen Gerechtigkeit widerfahren zu lassen, und ich hoffe, dass sie in diesem auch gegen mich gerecht sein werden. Wenn ich ein Schauspiel erwähne, das mir absurd oder abstoßend vorkommt, so suche ich nicht es mit einem wesentlichen Bestandteil ihres Glaubens in Verbindung zu bringen. Wenn ich von den Zeremonien der Karwoche spreche, so spreche ich nur von ihrer Wirkung und fordere den guten und gelehrten Doktor Wiseman nicht auf, ihre Bedeutung darzulegen. Wenn ich einen Widerwillen gegen Nonnenklöster für junge Mädchen verrate, welche der Welt entsagen, ehe sie dieselbe geprüft und gekannt haben, oder an der Ex-officio-Heiligkeit aller Priester und Mönche zweifle, so tue ich nicht mehr, als viele gewissenhafte Katholiken im Ausland und im Inland tun.

Ich habe diese Bilder mit Schatten im Wasser verglichen, und ich möchte hoffen, dass ich nirgends das Wasser so sehr aufgeregt habe, um die Schatten zu zerstören. Ich kann niemals verlangen, auf besserem Fuß mit allen meinen Freunden zu stehen, als jetzt, wo abermals auf meinem Pfad sich ferne Berge erheben; denn ich brauche nicht anzustehen, offen zu sagen, dass ich jetzt, bestrebt, einen kurzen Irrtum wieder zu verbessern, den ich vor nicht langer Zeit beging, indem ich die alten Verhältnisse zwischen mir und meinem Leser störte und für einen Augenblick meine alte Beschäftigung verließ, sie jetzt in der Schweiz wieder freudig aufnehmen will, wo ich während eines zweiten Jahres der Abwesenheit die Gegenstände, die ich im Kopfe habe, ohne Unterbrechung ausarbeiten und zugleich, während mein englisches Publikum im Hörbereich bleibt, meine Kenntnis eines schönen und für mich unaussprechlich anziehenden Landes weiter ausdehnen kann.

Ich mache dies Buch so allgemein zugänglich wie möglich, weil es mir eine große Freude wäre, wenn ich hoffen könnte, durch seine Vermittlung meine Eindrücke mit manchen Eindrücken der vielen zu vergleichen, welche in späterer Zeit mit Teilnahme und Entzücken die Gegenden, die ich beschrieben, besuchen werden.

Und ich habe jetzt nur noch nach Passmanier meines Lesers Porträt zu skizzieren, das ich vermutungsweise für beide Geschlechter wohl folgendermaßen entwerfen darf:

Gesicht:	schön
Augen:	sehr heiter
Nase:	leicht gerümpft
Mund:	lächelnd
Miene:	strahlend
Allgemeiner Ausdruck:	außerordentlich angenehm.

Durch Frankreich

An einem schönen Sonntagmorgen im hohen Sommer und im hochsommerlichen Wetter des Jahres 1844 war es, mein guter Freund, als – erschrecken Sie nicht – nicht als man zwei Reisende langsam durch jene malerische und hindernisreiche Gegend schreiten sah, durch welche das erste Kapitel eines mittelalterlichen Romans gewöhnlich erreicht wird, sondern als man einen englischen Reisewagen von stattlicher Größe, ganz frisch angekommen aus den schattigen Hallen des Pantechnikons unweit Belgrave Square in London, zum Tore des Hotels Maurice in der Rue Rivoli in Paris herausfahren sah – dieser »man« war nämlich ein sehr kleiner französischer Soldat; denn ich sah, wie er den Wagen anguckte.

Ich bin nicht mehr verpflichtet zu erklären, warum die englische Familie, die in und auf diesem Wagen reiste, von allen guten Tagen in der Woche gerade am Sonntag aufbrach, als ich gehalten bin, einen Grund dafür anzuführen, warum alle kleinen Leute in Frankreich Soldaten und alle großen Leute Postillione sind: das ist eine unfehlbare Regel. Dass sie aber für das, was sie taten, irgendeinen Grund hatten, bezweifle ich nicht; und wie Sie wissen, war ihr Grund, überhaupt so zu erscheinen, der, dass sie in dem schönen Genua ein Jahr lang leben wollten und dass das Haupt der Familie sich vorgenommen hatte, während der Zeit herumzureisen, wo seine Wanderlust ihn hintrieb.

Und es wäre mir ein kleiner Trost gewesen, der Bevölkerung von Paris im allgemeinen zu erklären, dass ich dieses Familienhaupt sei und nicht jene freudestrahlende Verkörperung von guter Laune, die neben mir saß in der Person eines französischen Kuriers, des besten aller Diener und des freundlichsten aller Menschen! Die Wahrheit zu gestehen, er sah viel patriarchalischer aus als ich, der im Schatten seiner stattlichen Gegenwart zu völliger Bedeutungslosigkeit zusammenschrumpfte.

Natürlich zeigte sich sehr wenig in dem Aussehen von Paris, als wir an der unheimlichen Morgue vorüber und über den Pontneuf rollten, was uns über unsere Sonntagsreise hätte Vorwürfe machen können. In den Weinschenken (ein Haus um das andere) herrschte geräuschvollster Verkehr; Zeltdächer wurden ausgebreitet und Tische und Stühle geordnet vor den Cafés, als Vorbereitung auf den Verzehr von Eis und kühlen Getränken, in der späteren Zeit des Tages. Schuhputzer waren geschäftig auf den Brücken; Läden waren offen; Karren und Wagen rasselten auf und ab; die engen, steilen, trichterförmigen Straßen über dem Fluss waren ebenso viele Perspektiven von Menschengedränge und Lärm, von bunten Nachtmützen, Tabakspfeifen, Blusen, großen Stiefeln und zottigen Köpfen; nichts zeigte den Tag der Ruhe an; außer etwa hier und da das Erscheinen einer Familie, die, auf einer Landpartie begriffen, in einen alten und schwerfälligen Einspänner eingepfercht war; oder der Anblick eines beschaulichen Feiertagmachers im ungeniertesten Negligé, der sich aus dem niederen Dachfenster herauslehnte und in ruhiger Erwartung das Trocknen seiner neugewichsten Schuhe auf dem kleinen Fensterbrett (wenn es ein Herr war) oder das Trocknen ihrer Strümpfe in der Sonne (wenn es eine Dame war) beobachtete.

Ist man einmal über das nie zu vergessende oder nie zu vergebende Pflaster hinaus, welches Paris umgibt, so sind die ersten drei Reisetage nach Marseille recht ruhig und einförmig. Nach Sens. Nach Avallon. Nach Chalons. Eine Skizze von den Erlebnissen eines Tages ist eine Skizze von allen dreien; und hier ist sie.

Wir haben vier Pferde und einen Postillion, der eine sehr lange Peitsche hat und der seinen Postzug etwa wie der Kurier von St. Petersburg im Zirkus von Astley oder Franconi fährt; nur dass er auf seinem Pferde sitzt, anstatt zu stehen. Die ungeheuren Kanonenstiefel, welche diese Postillione tragen, sind zuweilen ein oder zwei Jahrhundert alt und stehen in so lächerlichem Missverhältnis zu dem Fuße ihres Trägers, dass der Sporn, welcher am Absatz angebracht ist, zuweilen auf die Mitte der Wade des Postillions zu stehen kommt. Der Mann tritt oft aus dem Stall mit der Peitsche in der Hand und in Schuhen und trägt mit beiden Händen einen Stiefel nach dem andern heraus und setzt sie mit großem Ernst auf die

Erde neben das Pferd, bis alles fertig ist. Wenn das der Fall ist – und, o Himmel, welchen Lärm sie dazu machen! –, steigt er mit seinen Schuhen in die Stiefel oder lässt sich von ein paar Freunden hineinheben; dann ordnet er die Zugstricke des Geschirrs, mit erhabener Arbeit verziert – durch die Bemühungen der zahllosen Tauben in den Ställen –, bringt alle Pferde zum Bäumen und Ausschlagen, klatscht mit der Peitsche wie ein Verrückter; schreit »en route – hi!« und fort geht es. Man kann darauf rechnen, dass er sich mit seinem Pferde vereinigt, ehe wir sehr weit sind; und dann nennt er es Dieb, Räuber, Schwein und was sonst alles, und schlägt es um den Kopf, als ob es von Holz wäre.

In den ersten zwei Tagen zeigt sich wenig mehr als eine lustige Abwechslung in der Landschaft. Aus einer öden Ebene kommt man in eine endlose Allee und aus der endlosen Allee wieder in die öde Ebene. Eine Menge Reben sieht man auf freiem Felde, aber von niedrigem Wuchs und nicht in Girlanden, sondern an geraden Stöcken gezogen. Unzählige Bettler gibt es überall, aber eine außerordentlich dünne Bevölkerung und weniger Kinder, als ich irgendwo getroffen. Ich glaube nicht, dass wir hundert Kinder zwischen Paris und Chalons sahen. Wunderliche alte Städte mit Zugbrücken und Mauern; mit seltsamen kleinen Türmchen an den Ecken, gleich fratzenhaften Gesichtern, als ob die Mauer eine Maske aufgesetzt hätte und in den Graben hinabstarrte; andere sonderbare kleine Türme in Gärten und Feldern und am Ende von Heckengängen und in Bauernhöfen: immer alleinstehend und stets rund mit einem spitzen Dach und niemals zu irgendeinem Zweck benutzt; verfallene Gebäude aller Art; zuweilen ein Rathaus, zuweilen eine Wache, zuweilen ein Wohnhaus, zuweilen ein Château mit einem von Unkraut überwucherten Garten, reich an Löwenzahn und überwacht von Türmen mit Kerzenhütchen-Dächern und kleinen blinzelnden Fenstern. Das sind die immer wiederkehrenden Gegenstände, die das Auge sieht. Zuweilen kommen wir an einer Dorfschenke vorüber mit einer dazu gehörenden verfallenen Mauer und einer vollständigen Stadt von Nebengebäuden, und über dem Tore steht: »Stallungen für sechzig

Pferde«; ja, sechzig Dutzend könnten hier Stallungen finden, wären nur überhaupt Pferde vorhanden, die einen Stall suchten, oder jemand, der hier rastete, oder nur etwas, was sich regte, außer dem weinverkündenden Busch da oben. Der Busch, der langsam im Winde schwankt, in träger Harmonie mit der ganzen Umgebung, und gewiss nie im grünen Jugendalter, sondern immer so alt ist, dass er in Stücke fällt. Und den ganzen Tag lang fahren seltsame kleine schmale Wagen in Reihen von sechs oder acht, mit Käse aus der Schweiz beladen und oft alle nur von einem Mann oder sogar nur einem Knaben beaufsichtigt – und der sitzt oft schlafend auf dem ersten –, klingelnd vorüber: schläfrig läuten die Pferde die Glocken an ihrem Geschirr und sehen geradeaus, als ob sie glaubten – und gewiss tun sie es –, ihre großen blauen wollenen Decken von ungeheurer Schwere und Dicke mit ein paar wunderlichen Hörnern auf dem Kummet wären viel zu warm für das Hochsommerwetter. Dann kommt die Diligence zwei- oder dreimal des Tages, mit den staubigen Außenpassagieren in blauen Blusen gleich Fleischern und den Drinsitzenden mit weißen Nachtmützen, mit dem Kutscher-häuschen auf dem Dach, das nickt und schwankt wie der Kopf eines Wahnsinnigen, und den Jung-Frankreich-Passagieren, aus dem Fenster schauend mit Bärten bis auf die Brust und blauen Brillen, die gar grausig ihre kriegerischen Augen bedecken, und sehr dicken Stöcken, fest von der nationalen Faust umschlossen. Dann die Mallepost mit nur zwei Passagieren, die mit einer wirklichen Teufelsschnelle dahinrast und in einem Nu uns aus den Augen ist. Dann und wann stolpern behäbige alte Curés vorbei in so wunder-lichen, rostigen, moderigen, klappernden Kutschen, wie ein Engländer sich gar nicht denken kann. Und knochige Frauen wanken an öden Orten herum, eine weidende Kuh am Strange haltend oder grabend und hackend oder mit Feldarbeit gröberer Art beschäftigt, oder als echte Schäferinnen mit ihren Herden – und um einen gehörigen Begriff von dieser Beschäftigung und diesen Leuten zu erlangen, braucht man nur ein Hirtengedicht oder ein Hirtenbild herzunehmen und sich das zu denken, was dieser

Darstellung am allerausgesuchtesten und entschiedensten unähnlich ist.

Ihr seid abgestumpft genug, wie gewöhnlich auf der letzten Wegstrecke des Tages, dahingefahren; und die sechsundneunzig Glocken der Pferde – vierundzwanzig bei jedem – haben euch einschläfernd eine halbe Stunde lang ins Ohr geläutet; und es ist eine sehr alltägliche, einförmige und langweilige Geschichte geworden; und ihr habt schon ernstlich darüber nachgedacht, was man euch wohl auf der nächsten Station vorsetzen werde, wenn hinten am Ende der langen Allee, durch welche ihr fahrt, die erste Andeutung einer Stadt in Gestalt einiger zerstreuter Hütten erscheint und der Wagen über ein entsetzlich unebenes Pflaster zu rasseln beginnt. Als ob der Wagen ein großes Feuerwerk wäre und der bloße Anblick eines rauchenden Schornsteins es angezündet hätte, geht jetzt ein Lärm los, als säße der leibhaftige Teufel darin. Klack, klack, klack. Klack-klack-klack. Klick-klack. Klick-klack. Hallo! Hallo! Vite! Voleur! Brigand! Hi hi hi! En r-r-r-r-route! Peitsche, Kutscher, Steine, Bettler, Kinder; klack, klack, klack; heda! hallo! Charité pour l'amour de Dieu! Klick-klack-klick-klack; klick, klick klick; bums, puff, krach, puff, klick-klack; um die Ecke, die enge Straße hinauf, den gepflasterten Berg hinab auf der andern Seite; in die Gosse; bums, bums; puff, klick, klick, klick; klack, klack, klack; in die Ladenfenster auf der linken Seite der Straße und dann erst mit weiter Wendung in den hölzernen Torweg zur Rechten; rumpel, rumpel, rumpel; trapp, trapp, trapp; klick, klick, klick; und hier sind wir im Hof vom Hôtel de l'Ecu d'Or; abgenutzt, verloschen, rauchend, erschöpft, tot, doch manchmal noch ganz unerwartet auffahrend und aufblitzend, aber ohne dass etwas weiter daraus wird – wie ein Feuerwerk bis zuletzt!

Die Wirtin des Hôtel de l'Ecu d'Or ist da; und der Wirt des Hôtel de l'Ecu d'Or ist da; und das Zimmermädchen des Hôtel de l'Ecu d'Or ist da; und ein Herr mit einer lackierten Mütze und einem roten Bart, der im Hôtel de l'Ecu d'Or wohnt, ist da; und Monsieur le Curé geht in einer Ecke des Hofes allein auf und ab, mit einem dreieckigen Hut auf dem Kopf, einem schwarzen Mäntelchen auf dem Rücken und einem Buch in der einen und einem Regenschirm in der andern Hand; und alle, außer Monsieur le Curé, sperren Mund und Augen auf in Erwartung der Öffnung der Kutschentüre. Der Wirt des Hôtel de l'Ecu d'Or liebt den Kurier so sehr, dass er es kaum erwarten kann, bis er vom Bock steigt, und seine Beine und Stiefelabsätze umarmt, während er herabkommt. »Mein Kurier! Mein wackerer Kurier! Mein Freund! mein Bruder!« Die Wirtin liebt ihn, das Zimmermädchen segnet ihn, der Kellner verehrt ihn. Der Kurier fragt, ob sein Brief angekommen ist. Natürlich, natürlich. Sind die Zimmer bereit? Natürlich, natürlich. Die besten Zimmer für meinen wackeren Kurier; die Staatszimmer für meinen braven Kurier; das ganze Haus steht meinem besten Freund zu Diensten! Seine Hand verlässt den Wagenschlag noch nicht, und er stellt noch eine Frage, um die Erwartung zu steigern. Über den Rock trägt er eine grünlederne Tasche an einem Riemen. Die Herumstehenden betrachten sie; einer berührt sie. Sie ist ganz angefüllt mit Fünf-Franc-Stücken. Ein Gemurmel der Bewunderung rauscht durch die Schar der Knaben. Der Wirt fällt dem Kurier um den Hals und drückt ihn an die Brust. Er ist viel dicker geworden, sagt er. Er sieht so frisch und gesund aus!

Der Schlag geht auf. Atemlose Erwartung. Die Dame der Familie steigt aus! Ah, die liebe Dame! Die schöne Dame! Die Schwester der Dame der Familie steigt aus. Großer Gott, Mamsell ist reizend! Erster kleiner Knabe steigt aus. Oh, was für ein hübscher kleiner Junge! Erstes kleines Mädchen steigt aus. Ach, das reizende Kind! Zweites kleines Mädchen steigt aus. Die Wirtin, dem schönsten Trieb unserer gemeinsamen Menschennatur nachgebend, hebt es in ihren Armen in die Höhe! Zweiter kleiner Knabe steigt aus. Oh, der liebe Junge! Ach, die niedlichen kleinen Leute! Das Wickelkind wird herausgereicht. Das Engelskind! Das Wickelkind hat alles übertroffen. Das ganze Entzücken richtet sich auf das Wickelkind! Dann steigen die beiden Kindermädchen heraus; die Begeisterung steigert sich bis zum Wahnsinn, und die ganze Familie wird die Treppe hinaufgetragen, wie auf einer Wolke; während die Müßiggänger unten im Hofe sich um den Wagen drängen und hineingucken und um ihn herumgehen und ihn anfühlen. Denn es ist schon etwas, einen Wagen anzufühlen, in dem so viele Leute gesessen haben. Das ist eine Hinterlassenschaft für Kinder und Kindeskinder.

Die Zimmer sind im ersten Stock, außer der Kinderstube für die Nacht, einem großen öden Saale mit vier oder fünf Betten darin! Durch einen dunklen Gang, zwei Stufen hinauf, vier hinab, an einem Brunnen vorüber, über einen Balkon und in die Tür neben dem Stall. Die andern Schlafzimmer sind groß und luftig; jedes mit zwei kleinen Bettstellen, geschmackvoll wie die Fenster mit roten und weißen Vorhängen geziert. Der Salon ist prächtig. Der Tisch ist schon für drei gedeckt, und die Servietten sind wie dreieckige Hüte. Der Fußboden besteht aus roten Ziegeln, Teppiche fehlen, und von den Möbeln ist nicht viel zu sagen; aber Überfluss herrscht an Spiegeln, und große Vasen mit künstlichen Blumen unter Glasglocken und eine Menge Uhren sind vorhanden. Die ganze Reisegesellschaft ist in Bewegung. Vorzüglich der wackere Kurier ist überall; er sieht nach den Betten, muss sich von seinem lieben Bruder, dem Wirt, Wein die Gurgel hinabgießen lassen und findet Gurken – immer Gurken; weiß der Himmel, wo er sie findet –, mit denen er herumgeht, eine in jeder Hand, wie einen Marschallstab. Es ist serviert. Wir bekommen eine sehr dünne Suppe; sehr große Brote, eins für jeden; einen Fisch; dann vier Gänge; dann Geflügel; dann Nachtisch; und keinen Mangel an Wein. In den Schüsseln ist nicht viel; aber die Gerichte sind sehr gut und immer sogleich fertig. Wenn es fast dunkel ist, tritt der wackere Kurier, nachdem er die beiden Gurken, in den Inhalt einer ziemlich großen Ölflasche und in den einer Weinflasche geschnitten, verzehrt hat, aus seinem Versteck unten heraus und schlägt einen Besuch des Domes vor, dessen mächtiger Turm auf den Hof des Gasthauses herabsieht. Wir machen uns auf den Weg; und sehr feierlich und großartig nimmt sich die Kirche aus in der Dämmerung; so dämmerhaft zuletzt, dass der höfliche alte Sakristan mit dem Totenkopfgesicht einen winzigen Kerzenstummel anbrennt, um zwischen den Gräbern herumzustolpern – und er sieht unter den düstern Säulen aus wie ein verirrtes Gespenst, das sein eigenes Grab sucht. Als wir zurückkehren, sehen wir die niedere Dienerschaft des Gasthofes unter dem Balkon im Freien an einem großen Tisch zu Abend essen; das Gericht ist ein Ragout aus Fleisch und Gemüse, rauchend in dem eisernen Kessel, in dem es gekocht, aufgetragen. Sie haben einen Krug mit dünnem Wein und sind sehr lustig, lustiger als der Herr mit dem roten Bart, der Billard spielt in dem lampenerhellten Zimmer, links im Hofe, wo Schatten mit Queues in der Hand und Zigarren im Munde beständig vor den Fenstern vorbeischweben. Immer noch geht der hagere Curé mit Buch und Regenschirm auf und ab, immer noch allein. Und da geht er noch, und dort klicken die Billardbälle, nachdem wir lange schon schlafen.

Um sechs Uhr schon am andern Morgen sind wir auf den Beinen. Herrliches Wetter, den Schmutz des gestrigen Tages am Wagen beschämend, wenn irgendetwas einen Wagen in einem Lande beschämen könnte, wo Wagen niemals gewaschen werden. Alles ist munter und rührig; und während wir unser Frühstück beendigen, kommen die Pferde aus dem Posthaus in den Hof geklingelt. Alles, was aus dem Wagen genommen worden ist, wird wieder hineingetan. Der wackere Kurier meldet, dass alles bereit sei, nachdem er durch jedes Zimmer gegangen und sich überall umgesehen, um sich zu überzeugen, dass nichts zurückbleibt. Alles steigt ein; alles, was zum Hôtel de l'Ecu d'Or gehört, ist wieder entzückt. Der wackere Kurier läuft ins Haus, um ein Päckchen mit kaltem Geflügel, Schinkenschnitten, Brot und Keksen zum Lunch zu holen, reicht es in die Kutsche und eilt wieder zurück.

Was hat er jetzt in der Hand? Wieder Gurken? Nein. Einen langen Zettel. Es ist die Rechnung.

Der wackere Kurier hat an diesem Morgen zwei Gürtel: der eine trägt die Geldtasche, der andere eine tüchtige Lederflasche, bis zum Stöpsel gefüllt mit dem besten leichten Bordeaux des Hauses. Er bezahlt niemals die Rechnung eher, als bis diese Flasche voll ist. Dann macht er seine Ausstellungen.

Er macht jetzt seine Ausstellungen, und zwar mit Lebhaftigkeit. Er ist immer noch des Wirtes Bruder, aber von einem andern Vater und einer andern Mutter. Er ist ihm nicht mehr so nahe verwandt wie gestern Abend. Der Wirt kratzt sich hinter den Ohren. Der wackere Kurier zeigt auf gewisse Ziffern in der Rechnung und gibt zu verstehen, dass, wenn sie so blieben, das Hôtel de l'Ecu d'Or von jetzt an und in alle Ewigkeit ein Hôtel de l'Ecu de Cuivre sein werde. Der Wirt geht in ein kleines Kontor. Der wackere Kurier folgt ihm, zwingt ihm die Rechnung und eine Feder in die Hand und spricht schneller und eifriger als je. Der Wirt nimmt die Feder. Der Kurier lächelt. Der Wirt ändert etwas. Der Kurier reißt einen Witz. Der Wirt ist zärtlich, aber nicht mit Schwäche. Er trägt es wie ein Mann. Er schüttelt seinem wackeren Bruder die Hand, aber umarmt ihn nicht. Aber dennoch liebt er seinen Bruder; denn er weiß, dass er in guter Zeit diese Straße mit einer andern Familie zurückkommen wird, und sieht voraus, dass sein Herz sich wieder nach ihm sehnen wird. Der wackere Kurier geht noch einmal um den Wagen herum, besieht den Hemmschuh, untersucht die Stricke, steigt hinauf, gibt das Zeichen, und fort geht's!

Es ist Markttag. Der Markt wird auf dem kleinen Platz vor dem Dom gehalten. Er ist gedrängt voll von Männern und Weibern in Blau, in Rot, in Grün, in Weiß, von leinwandüberdachten Ständen und flatternden Waren. Das Landvolk steht herum, vor sich die reinlichen Körbe. Hier die Spitzenverkäufer; dort die Butter- und Eierverkäufer; hier die Obstweiber; da die Schuhmacher. Der ganze Platz sieht aus, als wäre er die Bühne eines großen Theaters, als wäre der Vorhang eben aufgegangen zum Beginn eines malerischen Balletts. Und da ist auch noch der Dom: wie eine Dekoration, ganz ernst, gebräunt, zernagt und kalt, auf das Pflaster dort ein paar blutrote Tropfen streuend, als die Morgensonne, durch ein kleines Fenster auf der Ostseite sich hereinstehlend, durch ein paar gemalte Scheiben auf der Westseite bricht.

In fünf Minuten sind wir an dem eisernen Kreuz mit einem Stückchen Rasen zum Knien und an den letzten Häusern der Stadt vorüber und wieder auf der Straße.

Lyon. Die Rhone und die Hexe von Avignon

Chalons ist ein hübscher Rastort, wegen seines guten Gasthofes am Ufer des Flusses und der kleinen gar schmuck rot und grün angestrichenen Dampfboote, die auf ihm hin und her fahren; das ist ein angenehmes und erfrischendes Schauspiel nach dem staubigen Weg. Aber außer wenn ihr auf einer ungeheuren Ebene wohnen wollt, mit krummen Reihen von wetterzerrissenen Pappeln, die aus der Ferne wie Kämme mit zerbrochenen Zähnen aussehen, und außer wenn ihr gern euer ganzes Leben zubringen wollt, ohne die Möglichkeit, einmal bergauf zu gehen, oder überhaupt etwas anderes hinaufzusteigen als Treppen, wird euch schwerlich Chalons als Wohnort gefallen.

Wahrscheinlich aber wird es euch noch besser erscheinen als Lyon, welches ihr, wenn es euch sonst gefällt, in einem der vorerwähnten Dampfschiffe in acht Stunden erreichen könnt.

Welch eine Stadt Lyon ist! Ihr sprecht von Leuten, denen es zu gewissen unglücklichen Zeiten ist, als wären sie aus den Wolken gefallen! Hier ist eine ganze Stadt, die wie vom Himmel herabgefallen ist, nachdem sie erst wie andere Steine, die aus jener Region herabkommen, aus Morästen und öden Flecken, unheimlich anzusehen, zusammengelesen wurde! Die zwei großen Straßen, durch welche die zwei großen Ströme stürzen, und alle die kleinen Straßen, deren Name Legion ist, lagen da, kochend und rauchend im Sonnenbrand. Die Häuser hoch und groß, schmutzig über alle Maßen, verrottet wie alter Käse und ebenso dicht bevölkert. Bis zu der Spitze der Hügel hinauf, welche die Stadt eng einschließen, drängen sich diese Häuser, und die Wesen darin lagen faulenzend in den Fenstern und trockneten ihre zerlumpten Kleider auf Stangen und krochen zu den Türen rein und raus und traten heraus, um auf dem Pflaster mühsam kärgliche Luft zu schöpfen, und schlichen zwischen hohen Haufen und Balken verrotteter und stockiger Waren hindurch, und lebten oder starben vielmehr nicht, bis ihre Zeit kommen wird, unter dieser luftleeren Luftpumpen-Glocke. Alle Fabrikstädte, zu einer verschmolzen, würden kaum den

Eindruck wiedergeben, den Lyon auf mich machte: denn alle Eigenschaften einer ausländischen Stadt, wo Abzugskanäle und Kehrbesen noch nicht erfunden sind, schienen hier auf das angeborene Elend der Fabrikstadt gepfropft zu sein; und daraus entstehen Früchte, denen ich gern ein paar Meilen aus dem Wege gehen würde, um sie nicht noch einmal zu sehen.

In der Kühle des Abends – oder vielmehr in der erstorbenen Hitze des Tages – gingen wir zum Dom, wo verschiedene alte Weiber und ein paar Hunde beschaulich verweilten. Hinsichtlich der Reinlichkeit war kein Unterschied zwischen dem steinernen Fußboden der Kirche und der Straßen zu bemerken; auch ein wächserner Heiliger war vorhanden, in einem kleinen Kasten, wie eine Schiffskoje mit einer Glastüre davor, eine Figur, mit der Madame Tussaud sich um keinen Preis würde abgeben wollen und deren sich selbst die Westminster Abtei hätte schämen können. Wenn ihr alles von der Architektur dieser Kirche oder einer andern, ihren Erbauern, ihrer Größe, ihrem Reichtum und ihrer Geschichte wissen wollt, so steht es ja geschrieben in Murrays Führer, und ihr könnt es dort lesen und ihm dafür danken, wie ich es tat!

Aus demselben Grunde würde ich auch die merkwürdige Glocke im Lyoner Dom nicht erwähnen, wäre es nicht des kleinen Irrtums wegen, in den ich bei diesem Kunstwerk verfiel. Der Sakristan der Kirche wollte sie mir durchaus zeigen; teils wegen der Berühmtheit des Domes und der Stadt, und vielleicht auch, weil er einen Anteil an dem Führergeld hatte, welches wir dann mehr geben mussten. Wie dem immer sein mag, die Uhr wurde in Bewegung gesetzt, worauf eine Unmasse kleiner Türen aufflog und zahllose kleine Figuren herausstolperten und wieder zurückfuhren mit jener eigentümlichen Ungewissheit, was sie zu tun hätten, und jenem Zucken in ihren Bewegungen, welches Figuren, die durch Uhrwerke bewegt werden, immer anhängt. Unterdessen erklärte der Sakristan diese Wunder und zeigte sie uns nach der Reihe mit seinem Stab. In der Mitte war die Jungfrau Maria, und dicht neben ihr ein Loch, wie in einem Taubenschlag, aus dem eine andere und sehr hässliche Puppe so plötzlich herausfuhr, wie ich es nimmer gesehen, bei dem Anblick der Jungfrau wieder verschwand und ihre kleine Tür heftig hinter sich zuschlug. In der Meinung, dies sei eine symbolische Darstellung des Sieges über Sünde und Tod, und durchaus nicht abgeneigt zu zeigen, dass ich in der Sache vollkommen unterrichtet sei, sagte ich, schnell dem Führer das Wort aus dem Munde nehmend: »Aha! Der böse Geist. Ganz recht. Er ist sehr bald abgetan.« »Pardon, Monsieur«, sagte der Sakristan, mit einer höflichen Handbewegung gegen das Türchen, als ob er jemand vorstellte, »der Engel Gabriel!«

Kurz nach Tagesanbruch am nächsten Morgen fuhren wir mit einer Geschwindigkeit von vier Meilen in der Stunde die pfeilschnelle Rhone hinab, in einem sehr schmutzigen Dampfschiff voller Waren und mit nur drei oder vier anderen Passagieren als Reisegefährten. Unter ihnen war der merkwürdigste ein lächerlicher, alter, demütig aussehender, knoblauchessender, unendlich höflicher Chevalier, mit einem Stückchen schmutzigen roten Bandes im Knopfloch, als ob er es hineingeknüpft hätte, um sich an etwas zu erinnern: gerade wie Tom Noddy in der Farce Knoten in sein Taschentuch schlingt.

Während der letzten zwei Tage hatten wir große düstere Hügel, die ersten Vorläufer der Alpen, in der Ferne grauen sehen. Jetzt schossen wir neben ihnen hin: zuweilen dicht an ihrer Seite, zuweilen lag noch ein sanfterer Abhang zwischen uns und ihnen, bedeckt mit Weinbergen. Dörfer und kleine Städte hoch droben in der Luft mit großen Olivenwäldern, die man durch die luftigen offenen Türme ihrer Kirchen erblickte, während Wolken langsam über die steile Höhe hinter ihnen strichen; verfallene Burgen auf jeder Höhe und zerstreute Häuser in den Schluchten und Spalten der Hügel machten das Schauspiel sehr schön. Auch ließ ihre große Höhe die Gebäude sehr niedlich erscheinen, dass sie aussahen wie zierliche Modelle. Ihre außerordentliche Weiße auf dem Hintergrund der braunen Felsen oder dem düsteren und gesättigten Grün des Olivenbaumes und das zwerghafte Maß und die kleinen langsamen Schritte der Männer und Frauen an dem Rande gaben ein reizendes Bild ab. Auch Fähren ohne Zahl gab es; Brücken: der berühmte Pont d'Esprit mit ich weiß nicht wie vielen Bögen; Städte, wo bedeutende Weine gemacht werden; Valence, wo Napoleon studierte; und der großartige Fluss, der bei jeder Wendung neue Schönheiten zu Gesicht brachte.

Endlich lag noch an demselben Nachmittag die gebrochene Brücke von Avignon vor uns, und die ganze Stadt buk in der Sonne, allerdings mit einem bezinnten Wall, gelb wie eine schlechtgebackene Pastetenrinde, die niemals braun werden will, und wenn sie auch jahrhundertelang büke.

Die Trauben hingen dicht gedrängt in den Straßen, und der Oleander glänzte überall in voller Blüte. Die Straßen sind alt und sehr schmal, aber leidlich reinlich und beschattet von Markisen, die zwischen den Häusern aufgespannt sind. Grellfarbige Stoffe und Tücher, Kuriositäten, alte holzgeschnitzte Bilderrahmen, alte Stühle, gespenstisch aussehende Gemälde, heilige Jungfrauen, Engel und grell gemalte, plumpe Porträts standen darunter zum Verkauf, so dass die Stadt ganz eigentümlich und heiter aussah. Gehoben wurde dies noch durch zufällige Einblicke durch offenstehende rostige Tore, in schlummerstille Höfe mit stattlichen alten Häusern, still wie Gräber. Das Ganze war wie eine Beschreibung aus Tausendundeiner Nacht. Die drei einäugigen Derwische hätten an jede dieser Türen klopfen können, bis die Straße widerhallte, und der Türsteher, der durchaus nicht aufhören wollte zu fragen – der Mann, der die schönen Sachen am Morgen in seinem Korbe fand –, hätte öffnen können, ohne dass sich jemand darüber gewundert hätte.

Nach dem Frühstück am nächsten Morgen gingen wir aus, um die Sehenswürdigkeiten der Stadt zu betrachten. Ein so köstlicher Wind wehte vom Norden herüber, dass der Spaziergang ganz anmutig war, obgleich die Pflastersteine und die Mauern und die Häuser viel zu heiß waren, als dass man ruhig die Hand hätte daran legen können.

Zuerst gingen wir eine felsige Höhe hinauf zum Dom, wo die Messe zelebriert wurde vor einem Publikum, das dem in Lyon sehr ähnlich war, nämlich verschiedenen alten Weibern, einem kleinen Kind und einem Hund von unzerstörbarem Gleichmut, der sich eine

Übungsbahn ausgesucht hatte, die beim Altargitter anfing und bei der Tür endigte und die er während der ganzen Dauer des Gottesdienstes so methodisch ruhig auf und ab trabte, wie es nur ein alter Herr im Freien tun konnte. Der Dom ist eine kahle, alte Kirche, und die Gemälde an der Decke sind von der Zeit und dem feuchten Wetter traurig mitgenommen; aber die Sonne schien herrlich durch die roten Fenstervorhänge und funkelte auf dem Altargerät; und alles sah so hell und freundlich aus, wie es nur zu verlangen war.

Ich ging beiseite, um einige Malereien anzusehen, die ein französischer Maler und sein Schüler in Fresco ausführen sollten, und musterte bei dieser Gelegenheit genauer, als ich sonst getan hätte, eine große Anzahl von Votivtafeln, mit denen die Wände der verschiedenen Kapellen überreichlich bedeckt waren – ich will nicht sagen, verziert, denn sie waren sehr roh und wunderlich ausgeführt, wahrscheinlich von armen Schildermalern, die sich auf diese Weise ein ärmliches Brot verdienen. Es waren lauter kleine Bilder, und jedes stellte eine Krankheit oder einen Unfall dar, aus dem die solches widmende Person durch die Vermittlung ihres Schutzheiligen oder der Madonna gerettet worden war, und ich kann sicher behaupten, dass sie gute Beispiele der ganzen Klasse waren. Sie sind in Italien sehr häufig.

In ihren wunderlichen eckigen Umrissen und ihrer unmöglichen Perspektive waren sie den Holzschnitten in alten Büchern nicht unähnlich; aber es waren Ölgemälde, und der Künstler hatte, wie der Maler der Pfarrerfamilie von Wakefield, die Farben nicht geschont. Auf dem einen wollte sich eine Dame eine Zehe abnehmen lassen, eine Operation, zu deren Beaufsichtigung eine Heilige auf einer Wolke in die Stube geschwebt war. Auf einem andern lag eine Dame im Bett, sehr säuberlich in die Betttücher eingewickelt, und starrte mit großer Fassung einen dreibeinigen Tisch an, auf dem ein großes Becken stand: die gewöhnliche Form eines Waschtisches und außer dem Bett das einzige Stück Hausrat im Zimmer. Man hätte sich nie träumen lassen, dass sie an etwas leide, außer vielleicht an der Unannehmlichkeit, so wunderbar wach zu sein, wenn der Maler nicht auf den Gedanken gekommen wäre, die ganze Familie auf den Knien in einer Ecke zu versammeln, die Beine hinten auf den Fußboden hinausstreckend wie Stiefelleisten. Darüber erschien die Jungfrau auf einer Art blauem Sofa und versprach der Kranken Genesung. Auf einem andern Bild sah man eine Dame unmittelbar draußen vor der Stadtmauer in drohendster Gefahr, von einem großen Wagen überfahren zu werden. Aber auch hier war wieder die Madonna. Ob die übernatürliche Erscheinung das Pferd scheu gemacht hatte oder ob sie ihm unsichtbar war, weiß ich nicht; aber es galoppierte hinweg ohne die geringste Ehrfurcht oder Reue. Auf jedem Bild war »ex voto« mit gelben großen Buchstaben in den Himmel gemalt.

Obgleich Votivgaben in heidnischen Tempeln nicht unbekannt waren und eine der vielen Kompromisse zwischen der falschen Religion und der wahren sind, wo die wahre sich noch in ihrer Kindheit befindet, möchte ich doch wünschen, dass alle andern Kompromisse eben so harmlos wären. Dankbarkeit und Frömmigkeit sind christliche Eigenschaften; und mit einem dankbaren, demütigen christlichen Geist lässt sich dieser Brauch durchaus vereinbaren.

Dicht bei dem Dom steht der alte Palast der Päpste, von dem ein Teil jetzt ein Kerker, der andere eine lärmende Kaserne ist; während düstere Reihen von Staatszimmern, verschlossen und verlassen, wie ein Hohn auf den Glanz und die Pracht ihrer Vergangenheit dastehen, gleich einbalsamierten Königsleichen. Aber wir gingen dorthin, weder um Prunkzimmer noch um Kasernenräume oder Gefängnisse zu sehen, obgleich wir ein paar Geldstücke in die Gefangenenbüchse an der Tür steckten, während die Gefangenen hoch oben durch ihre eisernen Gitter blickten und uns mit unruhiger Aufmerksamkeit betrachteten. Wir gingen hin, um uns die Ruinen der schauerlichen Räume anzusehen, in welchen die Inquisition vor Zeiten ihre Sitzungen abhielt.

Ein kleines, altes, braunes Weib mit funkelnden schwarzen Augen – ein Beweis, dass die Welt den Teufel in ihr noch nicht beschworen hatte, obgleich sie sechzig bis siebzig Jahre dazu Zeit gehabt hätte – trat mit einem großen Bund Schlüssel aus der Kasernenschenke, der sie vorstand, und schritt uns voraus. Wie sie uns unterwegs erzählte, dass sie eine Regierungsbeamtin sei (concierge du palais apostolique) und seit ich weiß nicht wie vielen Jahren schon gewesen sei; und wie sie diese Gefängnisse Fürsten gezeigt habe; und wie sie die beste von allen Kerkerführern sei; und wie sie in diesem Palast von Kindheit an gewohnt habe – dort geboren sei, wenn ich nicht irre –, das brauche ich nicht zu erzählen. Aber eine solche wütende, kleine, rasche, feuersprühende, energische Teufelin habe ich nirgends gesehen. Sie war die ganze Zeit über in Feuer und Flammen. Ihr Gebärdenspiel war über alle Maßen heftig. Sie sprach niemals, ohne dazu stehen zu bleiben. Sie stampfte mit dem Fuße, fasste uns bei den Armen, nahm theatralische Stellungen ein, hämmerte gegen die Mauern mit ihren Schlüsseln, um ihren Worten noch Nachdruck zu verleihen. Jetzt flüsterte sie, als wäre die Inquisition noch da; jetzt schrie sie, als läge sie selbst auf der Folter, und dabei machte sie geheimnisvolle hexenartige Gesten mit ihrem Zeigefinger, wenn sie sich den Resten einer neuen Schrecklichkeit näherte – wobei sie zurücksah und auf den Zehen schlich und abscheuliche Grimassen schnitt –, die sie allein befähigt hätten, um eines Kranken Kopfkissen, mit Ausschluss aller andern Gestalten, durch die ganze Dauer eines Fiebers schweben zu lassen. Wir kamen über einen Hof, in dem unbeschäftigte Soldaten herumstanden, und gingen durch ein Seitentor, welches diese Hexe für uns öffnete und wieder hinter uns schloss. Dann traten wir in einen engen Hof, noch enger geworden durch herabgefallene Steine und Schutthaufen, von denen einige die Mündung eines verfallenen unterirdischen Ganges verstopften, der einst mit einem andern Schloss auf dem entgegengesetzten Ufer des Flusses in Verbindung stand oder gestanden haben soll. Dicht neben diesem Hof ist ein Kerker – wir standen drinnen in der nächsten Minute – in dem unheimlichen Turm des oubliettes, wo Rienzi gefangen saß, mit einer eisernen Kette an dieselbe Mauer gefesselt, die jetzt noch steht, aber beraubt des Himmelslichtes, welches jetzt herein-scheint. Ein paar Stufen brachten uns in die Verliese, wo die Gefangenen der Inquisition achtundvierzig Stunden lang nach ihrer

Verhaftung ohne Speise und Trank eingesperrt blieben, damit ihre Standhaftigkeit erschüttert werde, selbst ehe sie noch vor ihre schrecklichen Richter traten. Dorthin ist der Tag noch nicht gelangt. Noch sind es enge Zellen, eingeschlossen von vier starren harten Mauern; immer noch herrscht dort die tiefste Nacht; immer noch schließen sie feste Türen und Riegel wie ehedem.

Die Hexe ging mit dem Blick, den ich oben beschrieben habe, leise weiter in einen gewölbten Raum, jetzt als Vorratskammer benutzt, einst die Kapelle des heiligen Offiziums. Der Saal, wo das Gericht tagte, war einfach, die Bühne hätte gestern erst entfernt sein können. Man denke sich das Gleichnis des guten Samariters an der Wand eines dieser Inquisitionsräume! Und doch war das Bild dort, und noch jetzt kann man seine Spur entdecken.

Hoch oben in der misstrauischen Mauer sind Nischen, wo die bebende Antwort der Beschuldigten vernommen und niederge-schrieben wurde. Viele von ihnen brachte man aus derselben Zelle, die wir soeben gesehen; durch denselben steinernen Gang. Wir waren in ihre Fußstapfen getreten.

Ich blicke um mich mit dem Schrecken, den ein solcher Ort einflößt, als mich die Hexe am Arme fasst und nicht die knochigen Finger, sondern den Griff eines der Schlüssel an die Lippe legt. Mit einer Bewegung lädt sie mich ein, ihr zu folgen. Ich tue es. Sie führt mich in einen anstoßenden Raum mit einem trichterförmigen, oben immer enger werdenden Dach, das sich hoch oben dem hellen Himmel öffnet. Ich frage sie, wo wir sind. Sie schlägt die Arme übereinander, grinst abscheulich und starrt mich an. Ich frage wieder. Sie blickt um sich, um zu sehen, ob die ganze kleine Gesellschaft da ist; dann setzt sie sich auf einen Steinhaufen nieder, wirft die Arme in die Luft und ruft mit gellender Stimme wie ein Dämon: »La salle de la question!«

Die Folterkammer! Und das Dach wurde in dieser Form gebaut, um das Geschrei der Opfer zu ersticken. O Hexe, Hexe! lasse uns eine Weile darüber nachdenken und schweigen. Still, Hexe! Bleibe mit deinen kurzen Armen, deine Knie umfassend, dort auf dem

Steinhaufen nur fünf Minuten lang sitzen, und dann sei wieder Feuer und Flamme!

Minuten! Sekunden hat der Zeiger der Palastuhr noch nicht hinter sich, als die Hexe schon wieder mit funkelnden Augen in der Mitte des Gemachs steht und mit ihren sonnenverbrannten Armen ein Rad darstellt, das schwere Schläge austeilt. »So drehte es sich um und um!« rief die Hexe. »Dumpf hallend, eine endlose Reihe schwerer Hämmer, niederfallend auf des Gemarterten Glieder. Seht den steinernen Trog«, sagte die Hexe. »Für die Wasserfolter. Da schlinge, schwelle, berste zu des Erlösers Ehre! Ziehe den blutigen Leinenfetzen mit jedem deiner Atemzüge in deinen ungläubigen Körper, Ketzer! Und wenn der Henker ihn wieder herauszieht, rauchende Spuren tragend von den kleinen Geheimnissen von Gottes Ebenbild, dann erkenne in uns seine auserwählten Diener, die wahrhaft an die Bergpredigt Glaubenden, die erlesenen Schüler dessen, der nie anders Wunder tat, als um zu heilen, der nie über einen Menschen Lähmungen, Blindheit, Taubheit, Stummheit, Wahnsinn oder eine andere Krankheit verhängte, der seine gesegnete Hand nie anders ausstreckte, als um Genesung und Erlösung vom Leid zu spenden.«

»Seht!« ruft die Hexe. »Dort war der Ofen. Dort machten sie die Eisen glühend heiß. Jene Löcher stützten den gespitzten Pfahl, an dem die Gemarterten hingen; mit ihrem ganzen Gewicht baumelten sie vom Dach herab. Aber«, flüsterte die Hexe, »hat Monsieur von diesem Turme gehört? Ja? Dann sehen Sie hinab!«

Eine kalte Luft, schwer von einem erdigen Geruch, strömt mir entgegen; denn sie hat unterdes eine Falltür in der Mauer geöffnet. Ich sehe hinein. Hinab auf den Boden, hinauf zum Gipfel eines steilen, finsteren, hohen Turmes: sehr unheimlich, sehr finster, sehr kalt. »Der Henker der Inquisition«, erzählt die Hexe, und sah neben mir hinunter, »warf hier die hinein, die über alles fernere Foltern hinaus waren. Aber schaut! Sieht Monsieur die schwarzen Flecken an der Mauer?« Ein Blick über die Schulter nach dem funkelnden Auge der Hexe zeigt mir – und würde mir auch ohne diese Führer gezeigt haben –, wo sie sind. »Was ist das?« – »Blut!«.

Im Oktober 1791, als die Revolution in dieser Stadt ihren Höhepunkt erreicht hatte, wurden hier sechzig Personen, Männer und Frauen (»und Priester«, sagte die Hexe, »Priester«), ermordet, und die Toten und die Sterbenden wurden zusammen in diesen schrecklichen Abgrund gestürzt, wo man dann ungelöschten Kalk auf ihre Leichname warf. Diese grässlichen Zeichen des Blutbades waren bald verschwunden; aber solange ein Stein dieses festen Gebäudes, in welchem die Tat geschah, auf dem andern bleibt, so lange werden sie in dem Gedächtnis der Menschen so deutlich bleiben, wie jetzt die Flecken von ihrem Blute an der Mauer zu sehen sind. War es ein Teil des großen Werkes der Vergeltung, dass die grausame Tat an diesem Ort geschehen musste? Dass ein Teil der Grausamkeiten und der scheußlichen Institutionen, die seit Jahrhunderten beschäftigt gewesen sind, die Natur des Menschen zu vergewaltigen, in ihrem letzten Dienste sich jenen Männern als Verlockung darbieten mussten, ihre viehische Wut zu befriedigen! Dass sie diesen Wüterichen die Möglichkeit gaben, sich auf der Höhe ihres Wahnsinns nicht schlimmer zu zeigen als eine große feierliche und gesetzliche Einrichtung auf der Höhe ihrer Macht! Nicht schlimmer? Viel besser! Sie benutzten den Turm der Vergessenen im Namen der Freiheit – ihrer Freiheit; eines erdgeborenen Wesens, gesäugt in dem schwarzen Schmutz der Bastillengräben und Kerker und notwendigerweise behaftet mit manchen Spuren seiner ungesunden Auferziehung – aber die Inquisition benutzte sie im Namen des Himmels.
Der alten Hexe Finger ist wieder gehoben, und sie schleicht wieder hinaus in die Kapelle des Heiligen Offiziums. Sie macht an einer gewissen Stelle halt. Ihr Haupteffekt kommt jetzt. Sie wartet auf die übrigen. Sie stürzt auf den wackeren Kurier los, der etwas erklärt, gibt ihm mit dem größten Schlüssel einen schallenden Schlag auf den Hut und heißt ihn schweigen. Sie versammelt uns alle um eine kleine Falltür im Fußboden wie um ein Grab. »Voilà!« Sie schießt nieder auf den Ring und reißt die Tür mit einem Krach auf, obgleich sie nicht leicht ist. »Voilà les oubliettes!« Schauerlich! Schwarz! Grauenhaft! Tödlich! »Les oubliettes de l'Inquisition!«

Mein Blut erstarrte, als ich von der alten Hexe hinab in die Gewölbe sah, wo diese vergessenen Geschöpfe mit Erinnerungen an die Außenwelt, an Gattinnen, Freunde, Kinder, Brüder, zu Tode hungerten und die Mauern widerhallen machten von ihrem nutzlosen Stöhnen. Aber als ich die verfluchte Mauer unten zerfallen und durchbrochen und die Sonne durch ihre klaffenden Wunden scheinen sah, da durchzuckte mich ein Gefühl des Sieges und des Frohlockens. Als ich es sah, fühlte ich mich erhöht in dem stolzen Gefühl, in diesen entarteten Zeiten zu leben: als ob ich der Held einer großen Tat wäre! Das Licht in diesem schaurigen Gewölbe war ein Symbol des Lichtes, welches herabfällt auf alle Verfolgungen in Gottes Namen, obgleich es seinen Mittag noch nicht erreicht hat! Es kann einem Blinden, dem eben das Gesicht wiedergeschenkt ist, nicht lieblicher erscheinen, als einem Reisenden, der es ruhig und majestätisch sich in das Dunkel dieses Höllenbrunnens hinab ergießen sieht.

Von Avignon nach Genua

Nachdem die Alte uns die Oubliettes gezeigt hatte, fühlte sie, dass ihr großer Coup gelungen war. Sie ließ die Tür schmetternd zufallen, stellte sich davor hin, die Arme in die Seite gestemmt, und sah uns im Gefühl ihrer Wichtigkeit an. Als wir den Ort verließen, begleitete ich sie in ihre Wohnung unter dem äußeren Tor der Festung, um eine kleine Geschichte des Gebäudes zu kaufen. Ihre Schenke, ein dunkles niedriges Gemach, trüb erhellt von kleinen Fenstern, tief eingeschnitten in die dicke Mauer, wirkte in seinem Zwielicht und mit seinem Kamin wie eine Schmiedeesse; der kleine Schenktisch an der Tür, die Flaschen, Krüge und Gläser, der Hausrat und die Kleidungsstücke an den Wänden und eine ruhig aussehende Frau (sie musste ein schönes Leben mit der Hexe führen), die an der Tür strickte – all dies glich ganz einem Gemälde von Ostade.

Ich ging um die Außenseite des Gebäudes in einer Art Traum und doch mit dem angenehmen Gefühle, aus ihm erwacht zu sein, denn diese Versicherung hatte mir das Licht unten in den Gewölben

gegeben. Die gewaltige Dicke und schwindelnde Höhe der Mauern, die ungeheure Stärke der massiven Türme, die große Ausdehnung des Gebäudes, seine riesenhaften Verhältnisse, sein düsteres Aussehen und seine barbarische Unregelmäßigkeit flößen Grauen und Staunen ein. Die Erinnerung an den verschiedenartigen Gebrauch, den man ehemals von ihm machte, als uneinnehmbare Festung, als üppiger Palast, als schrecklicher Kerker, als Ort der Marter, als Gerichtshof der Inquisition – zu ein und derselben Zeit ein Haus der Freude, des Kampfes, der Religion und des Blutes – gibt jedem seiner ungeschlachten Steine eine schreckliche Faszination und prägt seinen Unregelmäßigkeiten eine neue Bedeutung auf. Ich konnte jedoch damals und lange Zeit später an nichts anderes denken als an die Sonne in dem Kerker. Dass der Palast zu einem Aufenthaltsort für lärmende Soldaten geworden und gezwungen war, ihr rohes Gespräch und ihre gemeinen Flüche zurückzuhallen und ihre Kleider aus seinen schmutzigen Fenstern flattern zu sehen, das war schon ein gewisser Abstieg und zugleich etwas, worüber man sich freuen konnte; aber der Tag in seinen Zellen und der Himmel als Dach über seinen Folterkammern – das war seine Niederlage und sein Untergang! Hätte ich es gesehen in einer Flammenbrunst vom Graben bis zur Zinne, so hätte ich doch gefühlt, dass nicht das Licht und auch nicht alles Licht der Flammen, welche brennen, ihn so verzehren könnten wie die Sonnenstrahlen in seiner geheimen Gerichtskammer und in seinen Gefängnissen.
Ehe ich diesen Palast der Päpste verlasse, erlaubt mir noch, aus der obenerwähnten kleinen Geschichte eine für das Gebäude ganz charakteristische Anekdote mitzuteilen.
»Eine alte Sage erzählt, dass 1441 ein Neffe von Pierre de Lude, dem päpstlichen Legaten, einige vornehme Damen von Avignon ernstlich beleidigt habe, worauf die Verwandten dieser Damen, um sich zu rächen, sich des Jünglings bemächtigt und ihn schrecklich verstümmelt hätten. Mehrere Jahre lang hielt der Legat seine Rache in seinem Herzen versteckt, aber er war nichtsdestoweniger entschlossen, sie endlich zu befriedigen. Bis dahin tat er sogar Schritte zu einer gänzlichen Versöhnung; und als seine scheinbare

Aufrichtigkeit die Leute gewonnen hatte, lud er gewisse Familien, ganze Familien, die er auszurotten wünschte, zu einem glänzenden Mahle in diesen Palast. Die größte Fröhlichkeit herrschte bei dem Gelage; aber die Maßregeln des Legaten waren gut vorbereitet. Als der Nachtisch auf der Tafel stand, trat ein Schweizer mit der Meldung herein, dass ein fremder Gesandter um eine außerordentliche Audienz bitte. Der Legat entschuldigte sich für einen Augenblick bei seinen Gästen und entfernte sich mit seinem Gefolge. Wenige Augenblicke später war von fünfhundert Personen nur noch die Asche übrig – dieser ganze Flügel des Gebäudes war mit einer schrecklichen Explosion in die Luft gesprengt worden.«

Nachdem wir die Kirchen besichtigt hatten (ich will euch gerade jetzt nicht mit Kirchen belästigen), verließen wir am Nachmittag Avignon. Die Hitze war sehr groß, und an den Straßen draußen vor der Stadt lagen in jedem kleinen Fleckchen Schatten schlafende Menschen oder träge Gruppen, die halb schliefen und halb wachten und warteten, bis die Sonne tief genug stehe, um unter verbrannten Bäumen und auf dem staubigen Wege Boule zu spielen. Die Ernte war hier bereits eingebracht, und Maultiere und Pferde stampften auf dem Felde das Korn aus. Mit der Dämmerung kamen wir in eine wilde und hügelige Gegend, einst wegen ihrer vielen Räuber berühmt, und fuhren langsam eine steile Höhe hinauf. So ging es fort bis elf Uhr nachts, wo wir in der Stadt Aix, zwei Stationen von Marseille, haltmachten, um zu schlafen.

Der Gasthof, der all seine Jalousien und Läden geschlossen hatte, um das Licht und die Hitze fernzuhalten, war am nächsten Morgen komfortabel und luftig und die Stadt sehr reinlich, aber so heiß und so blendend hell, dass, als ich mittags hinausging, es mir vorkam, als träte ich plötzlich aus der dunklen Stube in klares blaues Feuer. Die Luft war so durchsichtig, dass ferne Hügel und Felsenspitzen nur eine Stunde weit zu sein schienen, während die Stadt unmittelbar vor mir – und zwischen mir und ihr eine Art blauer Wind – aussah, als ob sie weißglühend heiß wäre und als ob ihre Oberfläche eine flammende Luft ausatmete.

Gegen Abend verließen wir die Stadt und schlugen den Weg nach Marseille ein. Die Straße war staubig, die Häuser waren alle dicht verschlossen und die Reben weiß bepudert. Fast vor allen Türen saßen Weiber und schälten und schnitten Zwiebeln in irdene Schüsseln zum Abendessen. Das hatten sie gestern Abend auf dem ganzen Weg von Avignon getan. Wir kamen an einigen schattigen dunklen Châteaus vorüber, umgeben von Bäumen und geschmückt mit kühlen Teichen. Ihr Anblick war um so erquickender, als solche an unserm Wege sehr selten waren. Als wir uns Marseille näherten, bedeckte sich die Straße mit festtäglich gekleideten Leuten. Vor den Wirtshäusern erblickte man Gesellschaften, die rauchten, tranken, Dame oder Karte spielten und (einmal) tanzten. Aber überall Staub, Staub. Wir fuhren wieder durch eine lange, schmutzige, aus verstreuten Häusern bestehende Vorstadt, gedrängt voll von Menschen; auf der linken Seite erblickten wir einen trostlosen Hang und darauf die Landhäuser der Marseiller Kaufleute, grell weiß angestrichen und ohne die mindeste Ordnung durcheinandergewürfelt, Rück- und Vorderseiten und Giebel nach allen Himmelsrichtungen gerichtet, bis wir endlich in die Stadt einfuhren.

Ich war später zwei- oder dreimal dort bei schönem und schlechtem Wetter; und ich fürchte sehr, es steht außer allem Zweifel, dass es eine sehr schmutzige und unangenehme Stadt ist. Aber die Aussicht von den befestigten Höhen auf das schöne Mittelländische Meer mit seinen Felsen und anmutigen Inseln ist herrlich. Diese Höhen sind ein köstlicher Platz aus weniger malerischen Ursachen – als eine Zuflucht vor einem Gemenge abscheulicher Gerüche, die beständig aufsteigen aus seinem großen Hafen mit stehendem Wasser, in dem der Abfall zahlloser Schiffe mit allen möglichen Ladungen verfault – ein Geruch, der in heißem Wetter über alle Maßen widerlich ist.

Die Straßen füllten ausländische Matrosen aller Nationen in roten, blauen, gelben, fahlen und orangefarbenen Hemden, mit roten, blauen oder grünen Mützen, mit großen Bärten und ohne Bärte, mit türkischen Turbanen, lackierten englischen Hüten und neapolitanischen Kopfbedeckungen. Die Einwohner saßen in Gruppen auf dem Pflaster oder schöpften auf den Dächern ihrer Häuser frische Luft oder gingen auf den dumpfigsten und stickigsten aller Boulevards spazieren; und Scharen von wildblickenden Leuten niederen Standes traten einem überall in den Weg. Im Mittelpunkt dieses Lärmens und Aufruhrs stand das Irrenhaus, ein niedriges, gedrücktes, elendes Gebäude, gerade auf die Straße hinaussehend, ohne Vorbau und Hof, wo grinsende Wahnsinnige durch rostige Gitter auf die starrenden Gesichter hinausguckten, während die Sonne, mit ihren schrägen Strahlen brennende Glut in ihre kleinen Zellen sendend, ihr Hirn aufzutrocknen und zu peinigen schien, als verfolgte sie eine Meute Hunde.

Wir fanden ein ziemlich gutes Unterkommen im Hôtel du Paradis in einer engen Straße mit sehr hohen Häusern und gegenüber dem Laden eines Friseurs, mit zwei lebensgroßen wächsernen Damen, die sich um und um drehten in den Fenstern; so sehr war der Friseur selbst von diesen Damen bezaubert, dass er und seine Familie im luftigen Negligé in Armstühlen draußen auf dem Pflaster saßen und mit träger Würde die Verwunderung der Vorübergehenden genossen. Die Familie hatte sich schlafen gelegt, als wir um Mitternacht zu Bett gingen; aber der Friseur, ein dicker Mann mit hellfarbigen Pantoffeln, saß immer noch da, die Beine vor sich ausgestreckt, und konnte offenbar den Gedanken nicht ertragen, die Läden zuzumachen.

Am nächsten Tage gingen wir zum Hafen, wo Seeleute aller Nationen Ladungen aller Art einnahmen und löschten: Früchte, Wein, Öl, Seide, Wollstoffe, Samt und jederlei Art Kaufmannsgut. Wir nahmen eines der vielen kleinen Boote mit buntgestreiftem Zeltdach und ruderten unter dem Heck großer Schiffe, unter Bugsier- und Ankertauen hinweg, zwischen und unter anderen Booten und viel zu nahe an Schiffen vorbei, die die Luft schwer machten mit Orangenduft, zur »Marie Antoinette« hinüber, einem nach Genua bestimmten schmucken Dampfboot, das unweit dem Ausgang des Hafens lag. Bald kam auch der Wagen, jene unhandliche »Kleinigkeit aus dem Pantechnikon«, auf einem flachen Kahn herbei, nachdem er gegen alles unterwegs gestoßen und zu einer Unmasse von Flüchen und Grimassen Anlass gegeben hatte; und um fünf Uhr dampften wir in die offene See hinaus. Das Schiff war ausgezeichnet reinlich; gegessen wurde unter einem Zeltdach auf dem Deck. Die Nacht war still und klar, die ruhige Schönheit der See und des Himmels unaussprechlich.

Am nächsten Morgen in der Frühe befanden wir uns auf der Höhe von Nizza und fuhren, wenige Meilen von der Corniche entfernt (von welcher später noch zu sprechen sein wird), fast den ganzen Tag der Küste entlang. Wir erblickten Genua vor drei Uhr; die Beobachtung, wie allmählich sein herrliches Amphitheater vor uns aufstieg, Terrasse über Terrasse, Garten über Garten, Palast über Palast, Höhe auf Höhe, beschäftigte uns hinreichend, bis wir in den stattlichen Hafen einliefen. Nachdem wir uns hier über den Anblick von ein paar Kapuzinermönchen, welche das Wiegen einer Quantität Holz auf den Werften beaufsichtigten, gehörig gewundert hatten, fuhren wir nach Albaro, eine halbe Meile weiter, wo wir ein Haus gemietet hatten.

Unser Weg führte uns durch die Hauptstraßen; aber nicht durch die Strada nuova oder die Strada Balbi, berühmt durch ihre Paläste. Nie in meinem Leben fühlte ich mich so niedergeschlagen! Die wunderbare Neuheit von allem, die ungewöhnlichen Gerüche, der unberechenbare Schmutz (obgleich Genua die reinlichste der italienischen Städte heißt), die unordentlichen Haufen von schwarzen Häusern, eines über dem Dache des andern; die Straßen kotiger und dumpfiger als in St. Giles oder im alten Paris, und auf ihnen erblickte man nicht Vagabunden, sondern gutgekleidete Frauen mit weißen Schleiern und großen Fächern; die vollkommene Abwesenheit der Ähnlichkeit von Wohnhaus, Laden, Mauer, Pfahl oder Pfeiler mit irgendetwas, was man je vorher gesehen, und der Schmutz und die Unbehaglichkeit und der Verfall, welche das Herz beklemmten: alles das verwirrte mich vollkommen. Ich verfiel in unangenehme Träume. Ich war mir bewusst einer wirren und fieberartigen Vision von Heiligen und Jungfrauen und Nischen an den Straßenecken, von vielen Mönchen und Soldaten – von großen roten Vorhängen, die in den Portalen der Kirchen wehten – von Straßen, die immer bergauf gingen, während doch jede andere Straße immer noch höher hinaufstieg – von Obstläden mit frischen Limonen und Orangen, in Kränzen von Weinblättern hängend – von einem Wachthaus und einer Zugbrücke – und von ein paar Torgewölben – und von Eiswasserverkäufern, die am Rande der Gosse saßen – und weiter hatte ich kein Bewusstsein, bis man mich aussteigen ließ in einem unheimlichen, mit Unkraut überwucherten Hof, vor einer Art rot angestrichenem Gefängnis, und ich erfuhr, dass ich hier wohnen sollte.

Wie wenig glaubte ich an diesem Tage, dass ich jemals sogar für die Steine in den Straßen Genuas eine Neigung fassen und mit Liebe zurückblicken würde auf diese Stadt, wegen der vielen Stunden des Glücks und ruhigen Genusses, die mir dort beschieden waren! Aber das waren meine ersten Eindrücke, welche ich niedergeschrieben habe, und wie sie anders wurden, will ich auch niederschreiben. Jetzt lasst uns erst einmal aufatmen nach der langen Reise.

Genua und seine Umgebung

Die ersten Eindrücke eines solchen Ortes wie Albaro, der Vorstadt von Genua, wo ich jetzt wohne, können, sollte ich meinen, kaum anders als traurig und voller Enttäuschung sein. Es gehört ein wenig Zeit und Gewohnheit dazu, um das Gefühl der Niedergeschlagenheit zu überwinden, welches der Anblick des Verfalls und der Vernachlässigung ringsum zuerst verursacht. Neuheit, die den meisten Leuten angenehm ist, macht, glaube ich, mir besondere Freude. Ich bin nicht so leicht entmutigt, wenn ich imstande bin, meine eigenen Pläne und Beschäftigungen zu verfolgen; und ich glaube, ich besitze einiges natürliche Geschick, mich in die Umstände zu fügen. Aber bis jetzt streife ich hier herum in allen Höhlen und Winkeln der Nachbarschaft, verloren in verwirrtes Erstaunen; und wenn ich in meine Villa zurückkehre, in die Villa Bagnerello (das klingt romantisch, aber Signor Bagnerello ist ein Fleischer gleich neben mir), dann habe ich genug zu tun, um über meine neuen Erfahrungen nachzudenken und sie sehr zu meinem eigenen Ergötzen mit meinen Erwartungen zu vergleichen, bis ich wieder hinauswandere.

Die Villa Bagnerello oder das rosenrote Gefängnis, ein viel bezeichnenderer Name für das Gebäude, hat eine der schönsten Lagen, die man sich denken kann. Die herrliche Bucht von Genua mit dem tiefblauen Mittelländischen Meer breitet sich unweit vor uns aus; große alte verödete Häuser und Paläste sind überall ringsum verstreut; hohe Berge, ihre Gipfel oft in die Wolken hineinstreckend und mit festen Schlössern hoch droben an ihrem felsigen Abhang, stehen dicht zur Linken, und vor uns von den Mauern des Hauses bis an eine verlassene Kapelle, die auf den steilen und malerischen Felsen der Meeresküste steht, sind grüne Weinberge, wo man den ganzen Tag lang wandern kann in teilweisen Schatten durch unabsehbare Rebenalleen, die an einem kunstlosen Gitterwerk über den schmalen Pfad gezogen sind.

Man gelangt zu diesem abgelegenen Haus durch Gässchen, die so außerordentlich schmal sind, dass wir bei unserer Ankunft am Zollhaus erfuhren, die Leute hätten das engste dieser Gässchen gemessen und warteten hier, um das Maß an den Wagen zu legen. Das geschah auch mit großem Ernst mitten auf der Straße, während wir alle in atemloser Erwartung dabeistanden. Man fand, dass es sehr knapp zuging, aber gerade noch möglich war, und nicht mehr – woran mich jeden Tag von neuem der Anblick verschiedener großer Löcher erinnert, die der Wagen bei Durchfahren in die Mauern zu beiden Seiten des Weges gestoßen hat. Wir seien glücklicher, sagte man mir, als eine alte Dame, die vor nicht sehr langer Zeit in dieser Gegend ein Haus mietete und mit ihrem Wagen in einem Gässchen steckenblieb, und da es unmöglich war, eine der Türen zu öffnen, musste sie sich die Schmach gefallen lassen, sich wie Harlekin zu einem der kleinen Vorderfenster herausziehen zu lassen.

Habt ihr diese engen Gässchen hinter euch, so gelangt ihr zu einem Torweg, unvollkommen geschlossen von einer alten rostigen Tür – meiner Tür. An dieser rostigen alten Tür ist eine Klingel von gleicher

Beschaffenheit, die ihr läuten könnt, wenn ihr Lust habt, und auf deren Ruf niemand kommt, da sie nicht in der geringsten Verbindung mit dem Hause steht. Aber auch ein alter verrosteter Klopfer ist da – sehr locker, so dass er sich in der Hand herumdreht, wenn man ihn anfasst –, und wenn ihr ihn erst festzuhalten gelernt habt und lange genug klopft, dann kommt jemand. Der wackere Kurier kommt und lässt euch ein. Ihr tretet in einen armseligen kleinen Garten, ganz verwildert und mit Unkraut verwachsen, neben dem der Weinberg anfängt; ihr geht hindurch, tretet in eine viereckige Vorhalle gleich einem Keller, geht eine Treppe mit Marmorstufen, von denen keine ohne Sprünge ist, hinauf und kommt in ein außerordentlich großes Gemach mit gewölbter Decke und geweißten Wänden, einer großen Methodistenkapelle nicht unähnlich. Das ist die Sala. Sie hat fünf Fenster und fünf Türen und ist ausgeschmückt mit Gemälden, welche das Herz eines jener Londoner Bilderreiniger erfreuen würde, die als Firmenschild ein halbgeteiltes Gemälde heraushängen, das den Beschauer immer in Ungewissheit lässt, ob der geschickte Professor die eine Hälfte gereinigt oder die andere mit Schmutz angestrichen hat. Die Vorhänge dieser Sala sind von einer Art rotem Brokat, die Stühle sind alle unbeweglich, und das Sofa wiegt mehrere Tonnen.

In demselben Stock und aus diesem selben Zimmer zugänglich sind der Speisesaal, das Besuchszimmer und verschiedene Schlafzimmer, jedes mit vielen Türen und Fenstern versehen. Eine Treppe höher sind mehrere andere unheimliche Kammern und eine Küche, und eine Treppe tiefer ist eine andere Küche, die mit den wunderlichen Vorrichtungen, um Holzkohle zu brennen, wie das Laboratorium eines Alchimisten aussieht. Außerdem sind etwa noch ein halbes Dutzend kleine Gemächer vorhanden, in welche die Dienerschaft bei diesem heißen Juliwetter sich vor der Hitze des Feuers flüchten kann und wo der wackere Kurier den ganzen Abend lang alle möglichen musikalischen Instrumente eigener Fabrikation spielt. Es ist ein so wunderbar altes, labyrinthisches, spukhaftes, widerhallendes, unheimliches, kahles Haus, wie ich es nur je gesehen habe oder hätte träumen können.

Vor dem Besuchszimmer ist eine kleine, mit Reben überdachte Terrasse, und unter dieser Terrasse, die eine Seite des kleinen Gartens bildend, ein Haus, das früher ein Pferdestall war. Jetzt stehen drei Kühe darin, so dass wir frischgemolkene Milch eimerweise bekommen. Es ist keine Weide in der Nähe, und sie kommen deshalb nie aus dem Stall, sondern liegen beständig auf dem Boden, füllen sich den Bauch mit Weinblättern – echt italienische Kühe – und genießen das dolce far niente den ganzen lieben langen Tag hindurch. Ihre Pfleger und zugleich Schlaf-kameraden sind ein alter Mann namens Antonio und sein Sohn, zwei ockerbraune Kerle mit nackten Beinen und Füßen, bekleidet mit einem Hemd, einer weiten kurzen Hose und einer roten Schärpe, und sie tragen eine Reliquie oder ein Amulett gleich einem Bonbon um den Hals. Der Alte ist sehr bemüht, uns zum katholischen Glauben zu bekehren, und ermahnt mich sehr eifrig. Manchmal sitzen wir des Abends auf einem Stein neben der Tür, wie Robinson Crusoe und Freitag in umgekehrten Rollen, und er erzählt gewöhnlich zum Zwecke meiner Bekehrung eine Abkürzung der Geschichte St. Peters – hauptsächlich, glaube ich, wegen der unaussprechlichen Freude, die ihm seine Nachahmung des Hahnes macht.

Die Aussicht ist, wie ich sagte, reizend, aber am Tage müsst ihr die Jalousien dicht verschlossen lassen, sonst würde die Sonne euch wahnsinnig machen; und wenn die Sonne untergegangen ist, müsst ihr alle Fenster dicht zu machen, sonst könnten die Moskitos euch in Versuchung führen, Selbstmord zu begehen. So genießt ihr denn in dieser Jahreszeit im Zimmer wenig von der Aussicht. Um die Fliegen bekümmert ihr euch nicht, auch nicht um die Flöhe, deren Größe wunderbar und deren Name Legion ist und die den Wagenschuppen so zahlreich bevölkern, dass ich jeden Tag erwarte, den Wagen davonfahren zu sehen, gezogen von Myriaden kunstreicher Flöhe in Geschirr. Die Ratten werden ganz bequem von einem Schock dürrer Katzen ferngehalten, die zu diesem Zweck im Garten herumstreifen. Um die Eidechsen kümmert sich natürlich niemand, sie spielen in der Sonne und beißen nicht. Die kleinen Skorpione sind nur merkwürdig; die Käfer kommen etwas spät und haben sich noch nicht gezeigt. Die Frösche sind Gesellschaft. Wir haben einen Froschteich in dem Garten der nächsten Villa, und nach Sonnenuntergang sollte man meinen, dass Scharen von Frauen in Klappschuhen, ohne einen Augenblick Unterbrechung, auf einem nassen steinernen Fußboden auf und ab gingen. Geradeso klingt das Geräusch, das sie machen.

Die verfallene Kapelle an dem malerischen und schönen Strand war einst Johannes dem Täufer geweiht worden. Ich glaube, eine Legende erzählt, St. Johanni Gebeine wären dort mit verschiedenen Feierlichkeiten in Empfang genommen worden, als sie zuerst nach Genua kamen, denn Genua besitzt sie noch heutigen Tages. Wenn auf dem Meere ein ungewöhnlich heftiger Sturm ist, bringt man sie an den Strand und stellt sie vor der wütenden See aus, welche sie unfehlbar beruhigen. Infolge dieser Verbindung St. Johannis mit der Stadt sind eine große Menge Leute Giovanni Battista getauft, ein Name, dessen letzte Hälfte im genuesischen Dialekt »Batschitscha« ausgesprochen wird, gerade wie ein Niesen. An einem Sonn- oder Festtage, wo die Straßen gedrängt voll sind, jedermann von jedermann »Batschitscha« nennen zu hören ist für einen Fremden nicht wenig auffällig und ergötzlich.

In den engen Gässchen stehen große Villen, deren Wände (ich meine die Außenwände) verschwenderisch mit allerlei Gegenständen, heiligen und gräulichen, bemalt sind. Aber die Zeit und die Seeluft haben sie fast ganz verwischt, und sie sehen aus wie der Eingang in die Vauxhall-Gärten an einem sonnigen Tage. Die Höfe dieser Häuser sind mit Gras und Unkraut überwachsen. Alle Arten hässlicher Flecken bedecken die Sockel der Standbilder, als litten sie an einer Hautkrankheit; die äußeren Tore sind mit Rost bedeckt, und die Eisen vor den unteren Fenstern sind alle im Niederfallen begriffen. Brennholz liegt in Hallen, wo man kostbare Schätze bergehoch aufhäufen könnte. Wasserfälle sind ausgetrocknet und verstopft; Fontänen, zu schläfrig, um zu spielen, und zu faul, um zu springen, haben in ihrem Schlummer gerade noch so viel Erinnerung an ihre Identität, dass sie die Umgebung feucht machen; und der Schirokko weht oft über alle diese Dinge tagelang, wie ein Riesenofen, der einen Ferienspaziergang macht.

Vor nicht langer Zeit war ein Festtag zu Ehren der Mutter Gottes, an dem die jungen Leute der Nachbarschaft, noch von einer Prozession her mit grünen Rebengirlanden geschmückt, zu Dutzenden mit ihnen badeten. Es sah sehr seltsam und hübsch aus. Zwar muss ich gestehen (ich wusste damals von dem Feste nichts), dass ich glaubte und mich dabei beruhigte, sie trügen sie zu demselben Zweck wie die Pferde – um die Fliegen wegzujagen.

Kurz darauf war wieder ein Festtag, zu Ehren eines heiligen Nazaro. Einer von den jungen Leuten aus Albaro brachte kurz nach dem Frühstück zwei große Blumensträuße und kam selbst in den Salon herauf, um sie uns mit eigener Hand zu übergeben. Das war eine höfliche Weise, um einen Beitrag zu den Kosten der Musik, zu Ehren des Heiligen, zu bitten. So gaben wir ihm denn etwas, und der Bote entfernte sich wieder, sehr befriedigt. Um sechs Uhr abends gingen wir in die Kirche dicht neben uns, ein sehr bunt aufgeputzter Ort, über und über mit Girlanden und hellfarbigen Tüchern behangen und vom Altar bis an die Haupttüre angefüllt mit Frauen, die alle saßen. Sie tragen hier keine Hüte, sondern nur einen langen weißen Schleier, den Mezzero, und es war die gazenreichste und ätherischst aussehende Versammlung, die mir je vorgekommen ist. Die Mädchen sind im allgemeinen nicht hübsch zu nennen; aber sie haben einen bemerkenswert schönen Gang und zeigen in ihrem persönlichen Anstand und im Tragen ihrer Schleier viel angeborene Anmut. Auch einige Männer waren anwesend – nicht sehr viele –, und ein paar von ihnen knieten in den Seitenschiffen, wo jedermann über sie stolperte. Unzählige Kerzen brannten in der Kirche. Der Silber- und Zinnflitter an den Heiligen, vorzüglich im Halsband der Madonna, funkelte hell. Die Priester saßen um den Hauptaltar; die Orgel spielte lustig drauflos, und ein vollständiges Orchester tat das nämliche, während ein Dirigent auf einer kleinen Galerie, dem Orchester gegenüber, mit einer Rolle auf dem Pulte vor sich herumhämmerte und ein Tenor ohne alle Stimme sang. Das Orchester spielte eine Weise, die Orgel eine andere, der Sänger sang eine dritte, und der unglückliche Dirigent hämmerte und hämmerte und schwang seine Rolle nach einem ihm eigentümlichen Prinzip, allem Anschein nach mit der ganzen Aufführung sehr zufrieden. Ich habe nie einen so ohrenzerreißenden Lärm gehört. Die Hitze war die ganze Zeit über entsetzlich.

Die Männer mit roten Mützen und weite Röcke über den Schultern tragend (sie ziehen sie nie an) spielten unmittelbar vor der Kirche Kegel und kauften Zuckerwerk. Wenn ein halbes Dutzend von ihnen ein Spiel beendigt hatte, traten sie in die Kirche, bekreuzigten sich mit Weihwasser, sanken einen Augenblick lang auf ein Knie und gingen wieder hinaus, um ein neues Spiel anzufangen. Sie sind merkwürdig geschickt im Kegeln und können in steinigen Gässchen und Straßen und auf dem unebensten und zu dem Zweck unge-eignetsten Boden mit so viel Genauigkeit wie auf einem Billardtisch spielen. Am beliebtesten aber ist das Nationalspiel »Mora«, welches sie mit erstaunlicher Leidenschaft treiben und bei dem sie alles wagen können, was sie besitzen. Es ist ein sehr gefährliches Hazardspiel, wozu man weiter nichts braucht als die zehn Finger, welche immer – ich will kein Wortspiel machen – bei der Hand sind. Je zwei spielen zusammen. Der eine nennt eine Zahl – wir wollen die höchste nehmen, die Zehn –; er bezeichnet einen beliebigen Teil davon, indem er drei oder vier oder fünf Finger ausstreckt; und sein Gegner muss in demselben Augenblick aufs Geratewohl und ohne die Hand zu sehen so viel Finger ausstrecken, wie noch an der genannten Zahl fehlen. Ihre Augen und Hände werden daran so sehr gewöhnt und bewegen sich dabei mit so erstaunlicher Schnelligkeit, dass es einem uneingeweihten Zu-schauer sehr schwer, wenn nicht unmöglich ist, dem Gange des Spieles zu folgen. Die Eingeweihten jedoch, von denen immer eine eifrige Gruppe zusieht, nehmen mit leidenschaftlicher Heftigkeit an dem Spiel teil; und da sie immer bereit sind, im Falle eines Streites auf die eine oder andere Seite zu treten, und dabei häufig in Parteien zerfallen, so geht es oft sehr lärmend dabei zu. Es ist keineswegs das ruhigste Spiel von der Welt, denn die Zahlen werden immer mit lauter, scharfer Stimme ausgerufen und folgen so schnell aufeinander, wie sie nur gezählt werden können. Wenn man an einem Feiertag abends am Fenster steht, oder in einem Garten spaziert oder durch die Straßen geht oder an irgendeinem ruhigen Ort in der Nähe der Stadt umherschlendert, hört man gewiss die Mora in einem Dutzend Weinschenken auf einmal spielen; und sieht man über eine Weinbergmauer oder geht man um eine Ecke herum, so stößt man fast immer auf einen Haufen Spieler in voller lärmender Beschäftigung. Die meisten Menschen strecken ihre besondere Zahl öfter als eine andere aus; und die Aufmerksamkeit, mit der zwei scharfblickende Spieler sich gegenseitig bemühen, diese Schwäche zu entdecken und ihr Spiel danach einzurichten, ist sehr merkwürdig und unterhaltend. Der Effekt gewinnt bedeutend durch die allgemeine Lebhaftigkeit des Gebärdenspieles, denn zwei Männer spielen um einen halben Dreier mit einer verzehrenden Leidenschaft und einem Feuer, als sollte es den Verlierenden das Leben kosten.

Nicht weit von uns ist ein großer Palazzo, ehedem im Besitz eines Brignole, aber gegenwärtig von einer Jesuitenschule als Sommer-quartier gemietet. Ich trat neulich abends kurz nach Sonnenunter-gang in seine verfallenden Räume und konnte mich nicht enthalten, kurze Zeit darin auf und ab zu wandeln, mit träger Beschaulichkeit die trümmerhafte Umgebung genießend, die sich hier in allen Richtungen wiederholt.

Ich ging langsam auf und ab unter einer Kolonnade, die zwei Seiten eines mit Unkraut überwucherten Hofes umgibt, während das Haus die dritte Seite einnimmt und eine niedrige Terrasse, mit einer Aussicht auf den Garten und die benachbarten Hügel, die vierte. Ich glaube nicht, dass im ganzen Hofe eine einzige unzerbrochene Steinplatte war. In der Mitte stand eine melancholische Bildsäule, so scheckig in ihrem Verfall, dass sie gerade aussah, als wäre sie mit Heftpflaster überklebt und dann gepudert worden. Die Ställe, Wagenschuppen und Wirtschaftsräume waren alle leer, verfallen und ganz und gar verödet.

Türen waren angellos und hingen nur noch in ihren Klinken; Fenster waren zerbrochen, bunter Gips war abgebröckelt und lag in

Klumpen auf dem Boden; Hühner und Katzen hatten die Wirtschaftsgebäude dermaßen in Besitz genommen, dass ich mich nicht erwehren konnte, an die Märchen zu denken und sie mit Misstrauen als verwandeltes Hofgesinde zu betrachten, das der Entzauberung harrte; vornehmlich ein alter Kater – ein knochiges mageres Tier mit einem hungrigen grünen Auge (ehedem ein armer Verwandter, bin ich geneigt zu glauben) – umkreiste mich schnurrend, als ob er einen Augenblick glaube, ich sei der Held, der die Herrin befreien und alles entzaubern wollte, aber als er seinen Irrtum entdeckte, ließ er plötzlich ein grimmiges Fauchen vernehmen und schlich fort mit einem so fürchterlich gesträubten Schwanz, dass er nicht in das kleine Loch kommen konnte, in welchem er wohnte, sondern außen warten musste, bis sich sein Gemüt und sein Schwanz wieder geglättet hatten.

In einer Art Sommerhaus in diesem Säulengang, oder was es sonst sein mochte, hatten einige Engländer gewohnt, wie Maden in einer Nuss, aber die Jesuiten hatten ihnen gekündigt, und sie waren ausgezogen, und auch dies Haus war verschlossen. Der Palazzo war ein labyrinthisches, echoreiches, barackenartiges Gebäude. Die Fenster im Erdgeschoß waren zugenagelt, wie gewöhnlich; aber die Tür stand weit offen, und ich zweifle nicht, ich hätte hineingehen, mich zu Bett legen und sterben können, und niemand hätte etwas davon erfahren. Nur eine einzige Reihe Zimmer in einem oberen Stockwerk war bewohnt, und aus einem schallte laut die Stimme einer jungen Sängerin, die eine Bravourarie übte, in die stille Abendluft hinaus.

Ich ging in den Garten hinab, der schmuck und zierlich sein sollte, mit Alleen und Terrassen und Orangenbäumen und Bildsäulen und Wasser in steinernen Bassins; und alles war grün, kümmerlich, von Unkraut überwachsen, wuchernd, verbuttet oder geil, vom Meltau befallen, dumpfig, duftend nach allerlei schwammigem, modrigem und unheimlichem Leben. Nichts Lichtes war in der ganzen Umgebung als ein Johanniswürmchen – ein einsames Johanniswürmchen –, welches zwischen den dunklen Büschen aussah wie der letzte kleine Rest von dem entschwundenen Glanz des Hauses;

und selbst das fuhr in scharfen Winkeln hin und her, verließ jetzt diese eine Stelle rasch wie ein Pfeil, beschrieb dann einen unregelmäßigen Kreis und kehrte wieder zur selben Stelle zurück wie ein Blitz, dass es einen erschreckte, als suche es nach der Ruhestätte des Glanzes und frage verwundert, was aus ihm geworden sei.

*

Im Verlauf von zwei Monaten klärten sich die phantastischen Gestalten und Schatten meines trübseligen Einzugstraumes allmählich zu vertrauten Formen und Dingen ab; und ich fing schon an zu denken, dass, wenn nach einem Jahre die Zeit kommen werde, wo ich den langen Feiertag beschließen und nach England zurück-kehren musste, ich von Genua mit nichts weniger als fröhlichem Herzen scheiden werde.

Es ist ein Ort, der einem mit jedem Tage näher ans Herz wächst; immer scheint etwas darin zu entdecken zu sein. Man stößt auf die wunderlichsten Gässchen und Schlupfwinkel zum Herumlaufen. Man kann sich (welch eine Lust das ist, wenn man nichts zu tun hat!) wohl zwanzigmal am Tage verirren, wenn man will, und sich unter den unerwartetsten und überraschendsten Schwierigkeiten wieder zurechtfinden. Es ist reich an den seltsamsten Gegensätzen; Gegenstände, die malerisch, hässlich, gemein, prächtig, entzückend und widerwärtig sind, zeigen sich auf jeder Seite dem Blick.

Wer wissen will, wie schön die Gegend in der nächsten Umgebung von Genua ist, sollte bei klarem Wetter den Gipfel des Monte Faccio besteigen oder wenigstens die Stadtmauern umreiten, was leichter ist. Keine Aussicht kann mannigfaltiger und lieblicher sein als die auf die wechselnden Bilder des Hafens und der Täler der beiden Flüsse, Polcevera und Bizagno, von den Höhen, auf deren Rücken die starken Mauern entlanglaufen, eine chinesische Mauer en miniature. In dem nicht am wenigsten malerischen Teile dieser Partie befindet sich eine gute Probe einer echten genuesischen Schenke, wo der Besucher sich erfreuen kann an echten genuesischen Gerichten, wie Tagliarini, Ravioli, Würstchen, die stark mit Knoblauch gewürzt und in Scheibchen mit frischen grünen

Feigen gegessen werden, Hahnenkämme und Schafsnieren, mit Schöpsenfleisch und Leber zusammengehackt, kleine Stückchen von einem mir unbekannten Teil des Kalbes, zusammengedreht und in Butter gebraten und in einer großen Schüssel aufgetragen, und andere Merkwürdigkeiten der Art. Man bekommt in diesen vorstädtischen Trattorien oft Wein aus Frankreich und Spanien und Portugal, den Kapitäne kleiner Kauffahrteischiffe herüberbringen. Sie kaufen ihn zu soundso viel die Flasche, ohne zu fragen, was es ist, und ohne Sorge zu tragen, sich den Namen zu merken, wenn sie ihn erfahren, und teilen die Flaschen gewöhnlich in zwei Partien, die eine etikettieren sie Champagner, die andere Madeira. Wie mancherlei Arten von Blume, Feuer, Lage, Alter und Gewächs der entgegengesetztesten Beschaffenheit unter diesen beiden Namen begriffen werden, ist in der Tat erstaunlich. Nach vorsichtiger Schätzung geht die Reihe von kaltem Haferschleim bis zu Marsala und wieder hinab bis zu Apfeltee.

Die meisten der Straßen sind so schmal, wie nur Straßen sein können, wo Leute (selbst Italiener) wohnen und gehen sollen, denn es sind bloße Gässchen, in denen sich hier und da eine Art Brunnen oder ein Loch zum Atmen befindet. Die Häuser sind unermesslich hoch, mit allen möglichen Farben bemalt und in allen möglichen Graden von Beschädigung, Schmutz und Verfallenheit. Gewöhnlich werden sie etagenweise vermietet, wie die Häuser in der alten Stadt Edinburgh oder wie viele Häuser in Paris. Nur wenig Haustüren sind geschlossen; die Eingangshallen werden meistens als allgemeines Eigentum betrachtet, und ein leidlich unternehmender Grubenräumer könnte sich ein schönes Vermögen erwerben, wenn er sie dann und wann räumte. Da Kutschen nicht in diese Straßen gelangen können, kann man auf verschiedenen Plätzen vergoldete und buntbemalte Portechaisen mieten. Viele von den Vornehmeren halten sich auch selbst solche Portechaisen; und abends kann man sie in allen Richtungen hin und her tragen sehen und vor ihnen Leute mit großen Laternen, die aus einem mit Leinwand be-spannten Gestell bestehen. Die Portechaisen und Laternen sind die legitimen Nachfolger der langen Reihen der geduldigen und vielgeschmähten Maultiere, die den ganzen Tag lang mit ihren kleinen Schellen durch diese engen Straßen klingeln. Sie folgen ihnen so regelmäßig, wie die Sterne der Sonne folgen.

Nie werde ich die Straßen mit den Palästen vergessen: die Strada nuova und die Strada Balbi! Oder wie die erstere an einem Sommertage aussah, als ich sie zuerst erblickte unter dem klarsten und dunkelsten Blau eines Sommerhimmels, den die schmale Perspektive riesenhafter Häuser zu einem dünnen und höchst kostbaren Streifen von Glanz verkümmerte, der auf den dichten Schatten unten herabsah! Eine Klarheit, die selbst im Juli und August nicht allzu häufig ist; denn die Wahrheit muss heraus, wir hatten nicht acht blaue Himmel in ebenso vielen Sommerwochen, außer zuweilen ganz frühmorgens; und wenn man da auf das Meer hinaussah, da verschmolz Wasser und Himmel zu einem Meer des dunkelsten und glänzendsten Blaus. Zu andern Zeiten gab es Wolken und Nebel genug, um einen Engländer in seinem eigenen Land brummen zu machen.

Die endlosen Einzelheiten all dieser reichen Paläste, einige von ihnen in ihren innern Räumen verschwenderisch bedeckt mit Meisterwerken van Dycks! Die großen schweren steinernen Balkone, einer über dem andern und Reihe über Reihe; und hier und dort einer größer als die übrigen, hoch emporgetürmt, eine große marmorne Plattform; die türlosen Eingangshallen, die festver-riegelten unteren Fenster, die ungeheuren öffentlichen Treppen, dicke Marmorpfeiler, feste, kerkergleiche Bogen und öde, träumerische, widerhallende, gewölbte Gemächer, durch die das Auge immer und immer wieder streift, wie ein Palast auf den andern folgt – die Terrassengärten zwischen den Häusern mit grünen Rebenlauben und Zitronenhainen und errötendem Oleander in voller Blüte, zwanzig, dreißig, vierzig Fuß über der Straße die gemalten Hallen verbleichend, verschimmelnd und vermodernd in den feuchten Ecken, aber noch in schöner Farbe und üppigen Gestalten glänzend, wo die Mauern trocken sind – die ver-waschenen Figuren an den Außenwänden der Häuser, Kränze haltend oder Kronen und auswärts oder niederwärts fliegend und in Nischen stehend und hier und da noch verblichener scheinend als irgend anderswo, denn daneben sind ein paar frische kleine Cupidos, die auf einem später gemalten Teil der Front etwas herausstrecken, was wie ein Laken aussieht, aber eigentlich eine Sonnenuhr ist – die steilen, bergauf führenden Straßen mit kleinen Palästen (aber bei alledem sehr große Paläste) und marmornen Terrassen, die in fadenartige Gässchen hineinsehen – die prächtigen und zahllosen Kirchen; und der schnelle Übergang aus einer Straße mit stattlichen Gebäuden in ein Labyrinth voll des abscheulichsten Schmutzes, wo ungesunde Gerüche herrschen und Schwärme von halbnackten Kindern und Scharen von schmutzigem Volk sich drängen – alles das zusammen bildet eine so wunderbare, so märchenhafte Welt, so lebhaft und doch so tot, so lärmend und doch so ruhig, so aufdringlich und doch so scheu und düster, so hellwach und doch so fest im Schlafen, dass es eine Art Rausch für den Fremden ist, hier weiter und weiter zu gehen und sich umzuschauen. Eine verwirrende Phantasmagorie, mit der ganzen Zusammenhanglosigkeit eines Traumes und mit all der Qual und mit all der Freude ausschweifender Wirklichkeit!

Die verschiedenartige Weise, auf welche man zu gleicher Zeit diese Paläste verwendet, ist charakteristisch. So hat zum Beispiel der englische Bankier (ein vortrefflicher und gastlicher Freund) sein Kontor in einem geräumigen Palazzo in der Strada nuova. In der Vorhalle (jeder Zoll derselben ist kunstreich bemalt, aber sie ist so schmutzig wie eine Polizeistation in London) verkauft ein habichtsnasiger Sarazenenkopf mit einem Wald von schwarzen Haaren (es gehört ein Mann dazu) Spazierstöcke. Auf der andern Seite des Einganges steht eine Frau mit einem grellbunten Taschentuch als Kopfputz (die Frau des Sarazenenkopfes, glaub ich) und verkauft Strickarbeiten ihrer eigenen Hand und zuweilen Blumen. Ein wenig tiefer hinein betteln gewöhnlich zwei oder drei Blinde. Zuweilen werden sie von einem Mann ohne Beine besucht, der sich auf einem Wägelchen fährt, aber ein so rotes munteres Gesicht und einen so stattlichen wohlkonditionierten Körper hat, dass es aussieht, als wäre er bis an die Hüften in die Erde gesunken oder als guckte er mit halbem Leibe eine Kellertreppe herauf, um mit jemandem zu sprechen. Noch weiter in der Tiefe liegen ein paar Kerle und schlafen am hellen Mittag, oder ein paar Chaisenträger warten auf den, den sie getragen haben. In diesem Falle haben sie ihre Portechaisen mitgebracht, und diese stehen dann auch da. Auf der linken Seite der Halle ist ein kleines Gemach, ein Hutmacher-laden. Im ersten Stock ist die englische Bank. Ferner ist im ersten Stock eine ganze Familienwohnung, und zwar eine sehr geräumige. Der Himmel weiß, was wieder darüber sein mag; aber wenn ihr dort seid, habt ihr erst angefangen hinaufzukommen. Und doch, wenn man wieder, mit diesem Gedanken beschäftigt, die Treppe hinabkommt und durch eine große gebrechliche Tür hinten in der Halle hinausgeht, anstatt sich auf die andere Seite zu wenden, um wieder auf die Straße zu gelangen, da donnert sie mit dem schauerlichsten und wüstesten Echo hinter euch zu, und ihr steht in einem Hofe (in dem Hofe desselben Hauses), der seit hundert Jahren von keinem menschlichen Fuß betreten worden zu sein scheint. Kein Ton stört seine Ruhe; kein Kopf, durch eines der gespenstischen, dunklen, misstrauischen Fenster schauend, macht es dem Unkraut auf dem zerspaltenen Steinpflaster schwach ums Herz, indem es ihm den Gedanken an die Möglichkeit einflößt, es seien Hände da, es auszurotten. Gerade euch gegenüber ruht eine riesige Steinfigur mit einer Urne auf einem hohen künstlichen Felsen, und aus der Urne guckt das abgebrochene Ende einer Bleiröhre heraus, die vor langer, langer Zeit einmal einen kleinen Wasserfall die Felsen hinabschickte. Aber die Augenhöhlen des Riesen sind nicht trockner als jetzt diese Brunnen. Er scheint seiner Urne, die fast umgestürzt ist, einen letzten Stoß gegeben zu haben und, nachdem er gerufen: »Alles leer!«, in versteinertes Schweigen versunken zu sein.

In der Straße der Läden sind die Häuser viel kleiner, aber doch noch groß und sehr hoch. Sie sind sehr unreinlich, ohne alle Abzugs-kanäle, wenn ich mich auf meine Nase irgendwie verlassen kann, und strömen einen eigentümlichen Duft aus, wie der Geruch von schlechtem Käse, eingeschlagen in sehr warme Decken. Trotz der

Höhe der Häuser scheint in der inneren Stadt noch Mangel an Platz gewesen zu sein, denn neue Häuser sind überall eingeschoben. Wo nur eine Ecke in der Mauer einer Kirche oder eine Spalte in einer Umfassungsmauer ist, da könnt ihr sicher sein, eine Wohnung irgendeiner Art zu finden, welche aussieht, als ob sie dort hervorgewachsen wäre wie ein Schwamm. An das Regierungshaus, an das Senatshaus, um jedes große Gebäude drängen sich kleine Läden, wie schmarotzendes Gewürm um eine große Leiche. Und bei alledem mögt ihr hinblicken, wohin ihr wollt, Stufen hinab, Stufen hinauf, dahin oder dorthin, überall sind unregelmäßige Häuser, zurückweichend, sich vorwärts drängend, überhängend, auf ihre Nachbarn gestützt, sich oder ihre Nachbarn auf der einen oder der andern Weise einengend, bis eines, unregelmäßiger als die übrigen, den Weg versperrt und ihr nicht weiter sehen könnt.

Einer der verkommensten Stadtteile liegt, glaube ich, beim Landungsplatz, obgleich es auch sein mag, dass er sich meiner Seele tiefer eingeprägt hat, weil er sich am Abend unserer Ankunft mit dem Gedanken an außerordentliche Verkommenheit verknüpft hat. Auch hier sind die Häuser sehr hoch und von unendlich verschiedener Missgestalt; und wie bei den meisten Häusern hängt hier etwas aus vielen Fenstern heraus und teilt seinen schmutzigen Geruch der Luft mit. Zuweilen ist es ein Vorhang, zuweilen ein Teppich, zuweilen ein Bett, zuweilen eine ganze Leine voll Kleider, aber immer ist es etwas. Vor dem Erdgeschoß dieser Häuser ist das Pflaster von einer Arkade überdeckt, sehr schwer, dunkel und niedrig wie eine alte Krypta. Ihre Steinwand oder der Bewurf derselben ist ganz schwarz geworden, und um jeden dieser schwarzen Pfeiler scheinen sich Schmutz und Abfall aller Art von selbst zu sammeln. Unter einigen dieser Bogen haben die Verkäufer von Makkaroni und Polenta ihre Stände, die keineswegs einladend sind. Der Abfall eines nahen Fischmarktes in einem Nebengäßchen, wo die Leute auf dem Boden und in alten Verschlägen und Buden sitzen und Fische verkaufen, wenn sie welche haben, und der Abfall eines Gemüsemarktes, der nach demselben Prinzip gebaut ist, tragen zu der Verschönerung dieses Viertels bei; und da hier alle kaufmännischen Geschäfte gemacht werden und es den ganzen Tag gedrängt voll ist, so ist es mit einem sehr entschiedenen Geruch begabt. Der Porto Franco oder Freihafen (wo Einfuhren aus dem Ausland zollfrei lagern können, bis sie verkauft und wieder herausgenommen werden, wie in einer königlichen Niederlage in England) befindet sich auch hier; und zwei majestätische Beamte mit dreieckigen Hüten stehen an der Tür, um die Besucher zu visitieren, wenn sie Lust haben, und Mönche und Damen fernzuhalten. Denn man weiß, dass sowohl Heiligkeit als auch Schönheit der Versuchung des Schmuggelns nachgegeben hat, und zwar auf eine und dieselbe Weise; nämlich indem sie die geschmuggelte Ware unter den weiten Falten ihres Kleides verbarg. Daher dürfen Heiligkeit und Schönheit um keinen Preis hier eintreten.

Die Straßen von Genua würden um vieles verschönert werden durch die Einfuhr von einigen Priestern von einnehmendem Äußern. Jeder vierte oder fünfte Mann auf der Straße ist ein Priester oder ein Mönch, und man kann ziemlich sicher darauf rechnen, in jeder Landkutsche auf den benachbarten Straßen wenigstens einen wandernden Geistlichen zu finden. Ich kenne keine abstoßenderen Gesichter, als ich unter diesen Leuten gesehen habe. Wenn die Handschrift der Natur überhaupt leserlich ist, so kann man schwerlich in irgendeiner andern Klasse von Menschen auf der Welt größere Mannigfaltigkeit an Trägheit, Heuchelei und geistiger Erstarrung beobachten.

Pepys hörte einst einen Geistlichen in seiner Predigt zum Beweis seiner Achtung vor dem Priesterstand behaupten, dass er, wenn er einen Priester und einen Engel zu gleicher Zeit träfe, zuerst den Priester begrüßen würde. Ich bin mehr der Meinung Petrarcas, der, als ihm sein Schüler Boccaccio in großer Seelenangst schrieb, dass er von einem Karthäuser, der ein Bote des Himmels zu sein behauptet habe, besucht und wegen seiner Schriften ermahnt worden sei, zur Antwort gab, dass er für seinen Teil sich die Freiheit nehmen würde, die Wahrheit des Vorgebens durch persönliche Beobachtung des Gesichtes, der Augen, der Stirn, des Benehmens und der Rede des Boten zu prüfen. Auf ähnliche Beobachtungen gestützt, kann auch ich nur der Meinung sein, dass manche unbeglaubigten Himmelsboten durch die Straßen Genuas schleichen oder ihr Leben in andern italienischen Städten verfaulenzen. Vielleicht sind die Kapuziner, obgleich keine gelehrte Körperschaft, als Orden betrachtet, die besten Freunde des Volkes. Sie scheinen als Berater und Tröster der einfachen Leute unmittelbarer mit ihnen zu verkehren, sie häufiger zu besuchen, wenn sie krank sind, und sich weniger als einige andere Orden in die Geheimnisse der Familie zu drängen, um einen schädlichen Einfluss auf den schwächeren Teil derselben zu gewinnen, und von einem weniger fanatischen Verlangen beherrscht zu sein, Konvertiten zu machen und sie dann, einmal bekehrt, mit Leib und Seele dem Verderben anheimfallen zu lassen. Man sieht sie in ihren groben Röcken zu allen Zeiten und in allen Teilen der Stadt und am frühesten Morgen bettelnd auf den Märkten. Auch die Jesuiten sind zahlreich in den Straßen und schleichen paarweise geräuschlos umher, wie schwarze Katzen.

In einigen dieser engen Gassen sammeln sich bestimmte Gewerbe. Es gibt eine Juwelierstraße und eine Buchhändlergasse; aber selbst an Orten, wohin man niemals mit einem Wagen gelangen kann oder konnte, erheben sich mächtige alte Paläste, eingeschlossen zwischen düsteren Mauern und fast von der Sonne abgesperrt. Sehr wenig Kaufleute denken daran, ihre Waren im Laden auszustellen. Wenn man als Fremder etwas kaufen will, muss man gewöhnlich sich im Laden umsehen, bis man es erblickt hat, dann es ergreifen, wenn es im Bereich der Hand ist, und fragen: »Wie teuer?« Alles wird am unwahrscheinlichsten Orte verkauft. Braucht man Kaffee, so geht man in einen Zuckerbäckerladen, will man Fleisch haben, so findet man es wahrscheinlich hinter einem alten gewürfelten Vorhang, ein halbes Dutzend Stufen hinab, in einem abgelegenen Winkel, der so schwer zu finden ist, als wäre die Ware Gift und als bestraften die Gesetze Genuas den Verkäufer mit dem Tode.

Die meisten Apothekerläden sind gewissermaßen öffentliche Treffpunkte. Hier sitzen gravitätische Männer mit Stöcken stundenlang im Schatten, lassen eine dürftige genuesische Zeitung von Hand zu Hand gehen und besprechen schläfrig und wortkarg die Neuigkeiten. Zwei oder drei derselben sind arme Ärzte, bereit, in dringenden Fällen Dienste zu leisten und mit dem ersten besten Boten über Hals und Kopf davonzueilen. Man kann sie an der Weise erkennen, mit der sie den Kopf vorstrecken, wenn man eintritt, und an dem Seufzer, mit dem sie wieder in ihre dunkle Ecke zurücksinken, wenn sie finden, dass man nur eine Arznei braucht. Wenige Leute lungern in den Barbierläden, obgleich diese sehr zahlreich sind, da kaum einer sich selbst rasiert. Aber der Apothekerladen hat seine Gäste, welche hinten unter den Flaschen sitzen, die Hände über den Knauf ihrer Stöcke gefaltet, so regungslos und ruhig, dass man sie entweder in dem dunklen Laden gar nicht bemerkt oder sie – wie es mir einmal mit einem melancholisch aussehenden Mann in flaschengrünem Rock und einem Hut wie ein Stöpsel erging – für eine riesenhafte Medizinflasche hält.

*

An Sommerabenden drängen die Genuesen sich, wie ihre Vorfahren die Häuser, in jeden verfügbaren Raum innerhalb und außerhalb der Stadt. In allen Gassen und Gässchen, jeden kleinen Abhang hinauf, auf jeder niedrigen Mauer und jeder Treppe schwärmen sie wie die Bienen. Währenddessen (und vorzüglich feiertags) läuten die Glocken unaufhörlich; nicht in Akkorden oder in irgendeiner andern bekannten Tonform, sondern mit grässlichem, verwirrtem, unharmonischem Geklingel, mit einer plötzlichen Pause bei jedem fünfzehnten Klingkling, das einen zum Wahnsinn bringen könnte. Dieses Kunststück verrichtet ein Knabe oben im Kirchturm, der den Klöppel oder den herabhängenden Strick in die Hand nimmt und lauter zu lärmen versucht als jeder seiner Nebenbuhler. Der Lärm soll den bösen Geistern besonders zuwider sein; aber wenn man in diese Kirchtürme hinaufblickt und diese jungen Christen so beschäftigt sieht (und hört), dann könnte man sie sehr natürlich für den bösen Feind halten.

Die Festtage sind im Frühherbst sehr zahlreich. Alle Läden waren zweimal die Woche wegen dieser Feiertage geschlossen, und eines Abends waren alle Häuser in der Nachbarschaft einer gewissen Kirche illuminiert, und die Außenseite der letzteren war mit Fackeln erleuchtet; auf einem freien Platze vor einem der Stadttore stand ebenfalls eine Gruppe brennender Fackeln. Dieser Teil des Festes nimmt sich noch schöner und eigentümlicher aus, wenn man weiter ins offene Land hinauskommt, wo man die illuminierten Hütten den steilen Abhang von unten bis zu seiner Spitze hinauf verfolgen kann und wo man an Reihen von Kerzen vorüberkommt, die vor einer alleinstehenden Hütte an der Straße in der Sternennacht einsam verbrennen.

An solchen Tagen putzen sie die Kirche des Heiligen, dem zu Ehren das Fest gefeiert wird, gar schmuck heraus. Goldgestickte Behänge von verschiedenen Farben verbinden die Bogen miteinander; die Altargeräte sind ausgestellt, und zuweilen sind sogar die hohen Pfeiler von oben bis unten in dichtanschließende Draperien gehüllt. Der Dom ist dem heiligen Lorenz gewidmet. Am St.-Lorenz-Tage ging ich hinein, gerade als die Sonne unterging. Obgleich die Ausschmückung gewöhnlich nicht im besten Geschmack ist, war die Wirkung doch gerade jetzt wirklich sehr prächtig. Denn das ganze Gebäude war mit Rot ausgeschlagen, und die sinkende Sonne, deren Strahlen durch den großen roten Vorhang und das Hauptportal hereinströmten, machte alle die Pracht zu ihrer eignen. Als die Sonne unterging und allmählich drinnen alles dunkel wurde, außer ein paar Kerzen, die noch auf dem Hauptaltar glimmten, und einigen kleinen silbernen Hängelampen, da nahm sich die Kirche sehr geheimnisreich und effektvoll aus. Aber in einer dieser Kirchen gegen Abend zu sitzen ist wie eine gelinde Dosis Opium.

Mit dem bei dem Fest gesammelten Gelde werden gewöhnlich die Ausschmückung der Kirche, die Musik und die Kerzen bezahlt. Wenn etwas übrigbleibt (was, glaube ich, selten geschieht), wird es zum Besten der Seelen im Fegfeuer verwendet. Man hält auch dafür, es kämen ihnen die Anstrengungen gewisser kleiner Knaben zugute, welche Geldbüchsen vor rätselhaften kleinen Häuschen – anzusehen wie kleine Chausseehäuschen – schütteln, die (gewöhnlich fest verschlossen) an roten Kalendertagen auffliegen und drinnen ein Bild und einige Blumen enthüllen.

Dicht vor dem Stadttor auf dem Wege nach Albaro steht ein kleines Haus mit einem Altar darin und einer Geldbüchse draußen: auch zum Besten der Seelen im Fegfeuer. Um das Mitleid noch mehr anzuregen, ist auf jeder Seite der Gittertür ein hässliches Gemälde angebracht, das eine auserlesene Gesellschaft von Seelen im Fegfeuer darstellt. Eine derselben hat einen grauen Schnurrbart und einen kunstreich frisierten grauen Kopf, als hätte man ihn aus dem Ladenfenster eines Friseurs genommen und in den Ofen geworfen. Da steht er: ein höchst grotesker und abscheulich burlesker alter Kerl, ewig in der wirklichen Sonne schmorend und im künstlichen Feuer schmelzend behufs der Erbauung (und der Beiträge) der ärmeren Genuesen.

Sie sind eben kein sehr lustiges Volk, und nur selten sieht man sie an ihren Feiertagen tanzen; die vornehmsten Zerstreuungsorte für die Frauen sind die Kirchen und die öffentlichen Spaziergänge. Die Frauen sind alle sehr gutmütig, gefällig und fleißig. Der Fleiß hat sie nicht reinlich gemacht, denn ihre Wohnungen sind sehr schmutzig, und ihre gewöhnliche Beschäftigung an schönen Sonntagmorgen ist, vor der Türe zu sitzen und auf der Nachbarin Kopf eine Jagd anzustellen. Aber ihre Häuser sind so überfüllt und der frischen Luft beraubt, dass es wenigstens eine Wohltat unter so vielem Unglück gewesen wäre, wenn diese Teile der Stadt zur Zeit der Blockade von Massena dem Erdboden gleichgemacht worden wären.

Die Bauernweiber sind so beständig beschäftigt, in den öffentlichen Teichen und in jedem Bach und Graben Kleider zu waschen, dass man sich inmitten dieses allgemeinen Schmutzes nur wundern kann, wer denn eigentlich die Kleider trägt, wenn sie rein sind. Beim Waschen wird das zu reinigende Leinen nass auf einen glatten Stein gelegt und mit einem hölzernen Schlegel darauf herumgehämmert. Sie dreschen es so wütend, als wollten sie sich an der Kleidung im allgemeinen dafür rächen, dass sie mit dem Sündenfall in Verbindung steht.

Nicht selten sieht man zu solchen Zeiten am Rande des Teiches oder auf einem zweiten flachen Steine ein unglückliches Kindlein, mit Armen, Beinen und allem fest eingeschnürt in eine Unmasse Zeug, so dass es weder Finger noch Zehe rühren kann. Dieser Brauch (den wir oft auf alten Bildern dargestellt sehen) ist unter dem einfachen Volk allgemein. So ein Kind kann überall liegen gelassen werden, ohne dass es ihm möglich ist wegzukriechen, man kann es irgendwo hinlegen, es kann ohne Gefahr aus dem Bett purzeln oder man kann es an einem Haken aufhängen, wie eine Puppe in einem Spielzeug-laden, ohne dass für jemanden Unannehmlichkeiten entstehen.

Eines Sonntags, kurz nach meiner Ankunft, saß ich in der kleinen Dorfkirche von San Martino, vielleicht eine halbe Meile von der Stadt, während dort eine Kindtaufe stattfand. Ich sah den Priester und einen Kirchendiener mit einer großen Kerze und einen Mann und eine Frau und noch ein paar andere Leute, aber ich dachte vor dem Schluss der Feierlichkeit ebenso wenig daran, dass dies eine Taufe sei, oder dass das sonderbare kleine steife Päckchen, welches während der Feierlichkeit beim Griff – wie ein kurzes Schüreisen – von einem zum andern gereicht wurde, ein Kind sei, wie ich bei meiner eigenen Taufe anwesend zu sein glaubte. Ich ließ mir hernach das Kind einen Augenblick geben – man hatte es auf den Taufstein gelegt – und bemerkte, dass es sehr rot im Gesicht, aber vollkommen ruhig und unter keiner Bedingung aus seiner steifen Lage zu bringen war. Die große Menge Krüppel auf den Straßen hörte jetzt bald auf, mich in Verwunderung zu setzen.

Natürlich gibt es eine Anzahl von Nischen mit Heiligen und Madonnen, gewöhnlich an den Straßenecken. Das Lieblings-andachtsbild der Gläubigen in Genua ist ein Gemälde, auf dem man einen Bauern mit einem Spaten oder sonst einem Ackerwerkzeug neben sich knien sieht, während die Madonna mit dem kleinen Heiland auf dem Arm in einer Wolke erscheint. Dies ist die Legende der Kirche Madonna della Guardia, einer Kapelle auf einem Berge, wenige Meilen von Genua, welche in hohem Ansehen steht. Wie erzählt wird, lebte dieser Bauer ganz einsam und bearbeitete einen kleinen Acker oben auf dem Berg, wo er als frommer Mann täglich seine Gebete zur Madonna hinaufsandte – in der freien Luft, denn seine Hütte war sehr ärmlich. An einem gewissen Tag erschien ihm die Jungfrau, wie auf dem Bilde, und sagte: »Warum betest du in der freien Luft und ohne Priester?« Der Bauer entschuldigte sich damit, dass kein Priester und keine Kirche in der Nähe seien. Gewiss eine ungewöhnliche Klage in Italien. »So möchte ich«, sagte die himmlische Erscheinung, »hier eine Kapelle gebaut wissen, in der die Gläubigen beten können.« – »Aber, Santissima Madonna«, sagte der Bauer, »ich bin ein armer Mann, und Kapellen können nicht ohne Geld gebaut werden. Auch wollen sie unterhalten sein, Santissima; denn eine Kapelle zu haben und sie nicht freigebig zu unterhalten ist ein Verbrechen – eine Todsünde.« Diese Äußerung gefiel der Erscheinung sehr. »Geh«, sagte sie, »es liegt ein Dorf in dem Tal zur Linken und ein anderes Dorf in dem Tal zur Rechten und ein anderes Dorf woanders (und sie nannte die Orte), welche gern zur Erbauung einer Kapelle beitragen werden. Geh zu ihnen! Erzähle ihnen, was du gesehen, und zweifle nicht, dass Geld genug zusammenkommen wird, um eine Kapelle zu bauen und sie später anständig zu unterhalten.« Alles dies erwies sich (wunderbarerweise) als vollkommen richtig. Und zum Beweise dieser Voraussagung und Erscheinung besteht die Kapelle der Madonna della Guardia reich und blühend noch heutigentags.

Die Pracht und Mannigfaltigkeit der genuesischen Kirchen kann kaum übertrieben werden. Vornehmlich die Kirche der Annunciata, wie die meisten andern auf Kosten einer einzigen adeligen Familie erbaut und jetzt in langsamer Ausbesserung begriffen. Von der äußeren Tür bis zur höchsten Höhe der Kuppel ist sie so verschwenderisch gemalt und mit Gold ausgelegt, dass sie aussieht (wie Sismondi in seinem hübschen Buch über Italien sagt) wie eine große emaillierte Schnupftabaksdose. Die meisten der reicheren Kirchen besitzen einige schöne Gemälde oder andere Kostbar-keiten, die fast alle unmittelbar neben plumpen Konterfeien trübseliger

Mönche und dem schlechtesten Flitterwerk, das man nur sehen kann, stehen.

Es mag eine Folge der dem Volksgefühl und den Volksbörsen gegebenen Richtung auf die Seelen im Fegefeuer sein, dass man den Körpern der Toten hier so außerordentlich wenig Beachtung schenkt. Für die ganz Armen befinden sich unmittelbar neben einer Ecke der Mauern und hinter einem hervorspringenden Punkt der Festungswerke nicht weit vom Meere gewisse gemeinschaftliche Gruben – eine für jeden Tag des Jahres welche alle verschlossen bleiben, bis eine nach der andern zur täglichen Empfangnahme ihrer Leichen an die Reihe kommt. Unter den Truppen in der Stadt sind gewöhnlich einige Schweizer, mal mehr, mal weniger. Wenn einer von diesen stirbt, wird er auf Kosten einer Kasse begraben, die seine in Genua wohnenden Landsleute unter sich haben. Dass für diese Leichen Särge gekauft werden, setzt die Behörden in großes Erstaunen.

Gewiss ist die Wirkung dieses unanständigen haufenweisen Hinabstürzens der Leichen in eine Grube sehr schlecht. Es umgibt den Tod mit widerwärtigen Bildern, welche unmerklich auf die übergehen, denen sich der Tod naht. Gleichgültigkeit und Meiden der Sterbenden sind natürliche Folgen; und alle mildernden Einflüsse des großen Schmerzes werden mit rauer Hand verscheucht.

Wenn ein alter Cavaliere oder ein Mann von ähnlichem Range stirbt, so schichtet man im Dom Bänke in Gestalt eines Sarges über-einander, darüber hängt man ein schwarzsamtenes Leichentuch, legt den Hut und Degen des Toten oben darauf, setzt ringsherum einen kleinen Kreis von Stühlen und schickt seinen Freunden und Bekannten Einladungskarten, sich hier zu versammeln und die Messe anzuhören, welche am Hauptaltar gelesen wird, der bei dieser Gelegenheit mit einer Unzahl Kerzen geschmückt ist.

Wenn Leute aus den höheren Ständen sterben oder im Sterben liegen, entfernen sich gewöhnlich alle nächsten Verwandten; sie gehen zur Zerstreuung aufs Land und lassen die Leiche, ohne sich weiter um sie zu bekümmern, zurück. Den Leichenzug bildet gewöhnlich eine Gesellschaft von Leuten, die Confraternità, die als eine Art freiwilliger Buße in regelmäßiger Reihenfolge den Toten diesen Dienst erweisen, die aber, etwas Stolz mit ihrer Demut vermischend, in ein weites, die ganze Gestalt bedeckendes Gewand gehüllt sind und eine das Gesicht verhüllende Kapuze mit Öffnungen zum Atmen und Sehen tragen. Diese Tracht macht eine sehr schauerliche Wirkung, vorzüglich bei einer gewissen blauen Confraternità in Genua, die geradeso aussieht – wenn man plötzlich auf der Straße auf ihren Zug stößt –, als wären es Vampire oder Dämonen, welche die Leiche als ihre Beute davontragen.

Obgleich diese Sitte dem Missbrauch ausgesetzt sein mag, der viele italienische Sitten begleitet, indem man sie als ein Mittel betrachtet, eine laufende Rechnung mit dem Himmel anzulegen, von der man zu leicht für zukünftige schlechte Handlungen abrechnen kann, oder als eine Sühne für früher getanes Böse, so muss man doch zugeben, dass es eine gute und praktische und eine unzweifelhaft mit guten Werken verbundene Sitte ist. Eine freiwillige Dienstleistung wie diese ist gewiss besser als die befohlene Buße (die gar nicht selten vorkommt), soundsovielmal einen bestimmten Stein vom Fußboden des Domes zu küssen; oder als ein der Madonna geleistetes Gelübde, ein oder zwei Jahre lang nichts als Blau zu tragen. Dies soll droben ganz besondere Freude auslösen, da Blau, wie wohl bekannt ist, die Lieblingsfarbe der Madonna sein soll. Frauen, die sich dieser Glaubenshandlung gewidmet haben, sieht man sehr häufig auf den Straßen gehen.

Die Stadt besitzt drei Theater, außer einem alten, das jetzt selten geöffnet wird. Das bedeutendste – Carlo Felice, das Opernhaus von Genua – ist ein sehr prächtiges, bequem eingerichtetes und schönes Theater. Eine Schauspielergesellschaft spielte dort, als wir ankamen, und nach ihrer Abreise kam ein Opernensemble zweiten Ranges. Die Hauptsaison ist erst in der Karnevalszeit im Frühjahr. Nichts fiel mir bei meinen Besuchen in dem Hause (die sehr zahlreich waren) so sehr auf wie der ungewöhnlich strenge und grausame Charakter der Zuhörerschaft, welche die geringsten Mängel rügt, nichts als einen Spaß nimmt, beständig auf eine

Gelegenheit zu zischen lauert und die Schauspielerinnen so wenig wie die Schauspieler schont. Aber da sie sonst nichts Öffentliches haben, worüber sie die mindeste Missbilligung aussprechen dürften, so sind sie vielleicht entschlossen, diese Gelegenheit so ausgiebig wie möglich zu benutzen.

Man bemerkt auch eine große Anzahl von piemontesischen Offizieren, die das Recht haben, fast umsonst im Parterre zu sitzen; denn einen unentgeltlichen oder billigen Platz für diese Herren fordert der Gouverneur bei allen öffentlichen oder halböffentlichen Schauspielen. Sie sind natürlich sehr strenge Kritiker und viel härter in ihren Forderungen, als wenn sie den unglücklichen Direktor reich machten.

Das Teatro Diurno oder Tagestheater ist eine bedeckte Bühne im Freien, wo bei Tage in den kühlen Stunden des Nachmittags gespielt wird; die Vorstellungen beginnen gewöhnlich um vier oder um fünf Uhr und dauern in der Regel drei Stunden. Es ist eigentümlich, mitten unter der Zuhörerschaft eine schöne Aussicht auf die benachbarten Hügel und Häuser zu haben und die Nachbarn aus ihren Fenstern zuschauen zu sehen und die Glocken der Kirchen und Klöster im vollständigsten Widerspiel mit der Szene läuten zu hören. Außer diesem und der Neuheit, ein Schauspiel in der frischen angenehmen Luft aufführen zu sehen, während die Dämmerung allmählich einbricht, ist an der Aufführung nichts sehr Interessantes oder Charakteristisches. Die Schauspieler sind sehr mittelmäßig, und obgleich sie zuweilen eine von Goldonis Komödien spielen, ist doch ihr Repertoire hauptsächlich französisch. Was nur im mindesten national ist, ist despotischen Regierungen und von Jesuiten umlagerten Königen gefährlich.

Das Puppentheater – eine berühmte Truppe aus Mailand – ist ohne allen Zweifel die drolligste Darbietung, die ich jemals in meinem Leben gesehen. Nie sah ich etwas so vollständig Lächerliches. Man glaubt, die Puppen wären vier oder fünf Fuß hoch, aber sie sind in Wirklichkeit viel kleiner, denn wenn ein Musiker im Orchester zufällig seinen Hut auf die Bühne setzt, so wirkt er beunruhigend riesenhaft und macht einen Schauspieler ganz verschwinden. Sie führen gewöhnlich ein Lustspiel und ein Ballett auf. Der Komiker in dem Lustspiel, welches ich an einem Sommerabend sah, ist Kellner in einem Gasthof; niemals seit Beginn der Welt hat es einen so beweglichen Schauspieler gegeben. Man verwendet große Mühe auf ihn. Er hat Extragelenke in seinen Beinen und ein pfiffiges Auge, mit dem er dem Parterre zuzwinkert, auf eine Weise, die einem Fremden ganz unerträglich ist, welche aber die Eingeweihten, meistens Leute aus dem gemeinen Volke, als eine ganz natürliche Sache aufnehmen und als ob es ein Mensch wäre. Seine Lebhaftigkeit ist wunderbar: Er schüttelt ständig die Beine und zwinkert mit dem Auge. Dann ist ein schwerfälliger Vater da mit grauem Haar, der sich auf die ganz regelrechte herkömmliche Theaterbank setzt und seine Tochter in der regelrechten her-kömmlichen Weise segnet, die fürchterlich ist. Niemand wird es für möglich halten, dass etwas anderes als ein wirklicher Mensch so langweilig sein könnte. Das ist der Triumph der Kunst.

-Im Ballett entführt ein Zauberer die Braut unmittelbar vor der Hochzeit. Er bringt sie in seine Höhle und bemüht sich, sie zu beruhigen. Sie setzen sich auf ein Sofa (das vorgeschriebene Sofa auf dem vorgeschriebenen Platz, links zweiter Eingang), und ein Zug von Spielleuten kommt herein; einer davon schlägt die Trommel und wirft sich mit jedem Schlage um. Da diese sie nicht erheitern können, erscheinen Tänzer. Erst vier, dann zwei; die zwei, die fleischfarbigen zwei. Der Tanz, den sie aufführen, die Höhe, bis zu der sie springen, die unmögliche und unmenschliche Ausdauer, mit der sie pirouettieren, die Zurschaustellung ihrer wunderbaren Beine, das Niedersetzen des Fußes mit einem Ruck genau auf die Fußspitze, wenn die Musik es verlangt, des Herrn Zurücktreten, wenn die Dame an die Reihe kommt, und der Dame Zurücktreten, wenn die Reihe an dem Herrn ist, das leidenschaftliche Finale eines Pas de deux und der Abgang mit einem Sprunge! – ich werde nie wieder in meinem Leben ein wirkliches Ballett mit ernsthaftem Gesicht sehen können.

Eines Abends ging ich in dieses Puppentheater, um mir das Stück »St. Helena oder der Tod Napoleons« anzusehen. Zuerst zeigte sich Napoleon mit einem ungeheuren Kopf auf einem Sofa in seinem Zimmer auf St. Helena; ein Diener trat herein mit der unverständlichen Meldung: »Sir Ju od si on Lau!«

Sir Hudson – hättet ihr seine Uniform sehen können! – war gegen Napoleon ein vollkommenes Mammut von einem Mann; abscheulich hässlich, mit einem ungeheuer unproportionierten Gesicht und einem großen Klumpen als Unterkinnlade, um seinen tyrannischen und harten Charakter auszudrücken. Er fing sein Foltersystem damit an, dass er seinen Gefangenen »General Bonaparte« nannte, worauf letzterer im Tone tiefster Tragik antwortete: »Sir Ju od si on Lau! nennt mich nicht so. Wiederholt dieses Wort und verlasst mich! Ich bin Napoleon, Kaiser von Frankreich.«

Sir Ju od si on Lau fuhr unverdrossen fort, ihn mit einer Verordnung der britischen Regierung zu unterhalten, welche die Art und Weise, wie er sein Haus halten sollte, und die Ausstattung seiner Zimmer vorschrieb und seine Bedienung auf vier oder fünf Personen beschränkte. »Vier oder fünf für mich!« sagte Napoleon, »für mich! Einhunderttausend Mann standen vordem unter meinem alleinigen Befehl; und dieser englische Offizier spricht von vier oder fünf für mich!« Während des ganzen Stückes war Napoleon (der in seiner Sprache dem wirklichen Napoleon sehr ähnlich war und ständig kleine Monologe hielt) sehr schlecht auf »diese englischen Offiziere« und »diese englischen Soldaten« zu sprechen, zum großen Ergötzen des Publikums, welches ganz entzückt war, dass Lowe ausgescholten wurde, und welches, sowie Lowe »General Bonaparte« sagte (was er immer tat und worauf immer dieselben Vorwürfe folgten), ihn ganz und gar verwünschte. Es ist schwer zu sagen, warum; denn die Italiener haben weiß Gott wenig Ursache, mit Napoleon zu sympathisieren!

Von einer Intrige mit Napoleon war gar nicht die Rede; nur dass ein französischer Offizier, als Engländer verkleidet, einen Plan zur Flucht vorschlug und, da er entdeckt wurde, aber nicht bevor

Napoleon sich großmütig geweigert hatte, seine Freiheit zu stehlen, sofort von Lowe zum Galgen verurteilt wurde. Das tat er mit zwei sehr langen Reden, welche Lowe dadurch denkwürdig machte, dass er sie mit »jas« schloss – um zu zeigen, dass er ein Engländer sei –, was einen donnernden Beifall verursachte. Napoleon ward von dieser Katastrophe so gerührt, dass er auf der Stelle in Ohnmacht fiel und von zwei andern Puppen hinausgetragen wurde. Nach dem zu urteilen, was folgte, mochte er sich von dem Schock noch nicht wieder erholt haben, denn der nächste Akt zeigte ihn in einem reinen Hemd in seinem Bett mit roten und weißen Vorhängen, während eine Dame, vorzeitig in Trauer gekleidet, zwei kleine Kinder herbeiführte, die neben dem Bett niederknieten, als er christlich verschied; das letzte Wort auf seinen Lippen war »Vatterlo«.

Es war unaussprechlich komisch. Bonapartes Stiefel waren so wunderbar ungehorsam und verrichteten nach eigenem Belieben wunderbare Dinge: sie schlugen sich übereinander, verirrten sich unter den Tischen, baumelten in der Luft und rutschten zuweilen weit weg über den Bereich aller menschlichen Wissenschaft hinaus, wenn er mitten im Gespräch war – unglückliche Zufälle, die durch den feststehenden trübseligen Ausdruck seines Gesichtes nicht weniger lächerlich wurden. Um seinem Gespräch mit Lowe ein Ende zu machen, musste er an einen Tisch treten und in einem Buch lesen. Da war es denn das Schönste, was mir jemals vorgekommen, den Körper wie einen Stiefelknecht über dem Buch hängen zu sehen, während die sentimentalen Augen hartnäckig in das Parterre hinabstarrten. Er war wunderbar schön im Bett, mit einem unge-heuern Hemdenkragen und den kleinen Händchen draußen auf der Bettdecke. Ebenso schön war Dr. Antomarchi, eine Puppe mit langen Haaren, der infolge einer Verwirrung seiner Drähte um das Bett schwebte wie ein Geier und ärztlichen Rat in der Luft gab. Er war fast so gut wie Lowe, obgleich der letztere zu allen Zeiten groß war – ein entschiedener Wüterich und Schurke, durch und durch und unbezweifelbar. Lowe war vorzüglich schön zu Ende, wo er, als der Doktor und der Diener sagten: »Der Kaiser ist tot!«, seine

Uhr herauszog und das Stück schloss, indem er mit charakteristischer Brutalität ausrief: »Ha! ha! Elf Minuten vor sechs; der General tot! und der Spion gehängt!« Damit fiel der Vorhang im Triumph.

*

In ganz Italien, behauptet man (und ich glaube es), gibt es keine lieblichere Wohnung als den Palazzo delle Peschiere oder den Palast der Fischteiche, wohin wir zogen, sobald unser dreimonatiger Mietvertrag für den rosenroten Kerker in Albaro abgelaufen war.

Er steht auf einer Höhe, innerhalb der Mauern Genuas, aber getrennt von der Stadt, umgeben von seinem eigenen schönen Garten, geschmückt mit Bildsäulen, Vasen, Springbrunnen, Marmorbassins, Terrassen, Alleen von Zitronen- und Orangen-bäumen, Gebüschen von Rosen und Kamelien. Alle seine Zimmer sind schön in ihren Proportionen und in ihrer Ausschmückung; aber die große Halle, etwa fünfzig Fuß hoch, mit drei großen Fenstern auf der einen Seite, aus denen man die ganze Stadt Genua, den Hafen und das benachbarte Meer übersieht, gewährt eine der entzückendsten und schönsten Aussichten auf der Welt. Eine gemütlichere und wohnlichere Umgebung, als die Räume drinnen sind, lässt sich schwer denken; und gewiss kann man sich nichts Köstlicheres träumen als die Aussicht draußen im Sonnenschein oder im Mondenlicht. Er gleicht mehr einem verzauberten Palast in einem arabischen Märchen als einer Wohnung in dieser wirklichen, nüchternen Welt. Dass man von Zimmer zu Zimmer wandern kann und nie müde wird der phantastischen Bilder an den Wänden und an der Decke, so frisch und glänzend in ihren muntern Farben, als wären sie gestern gemalt, oder dass ein Stockwerk oder sogar die große Halle, an welche sich acht andere Zimmer anschließen, ein ausgedehnter Spaziergang ist, oder dass oben Korridore und Schlafzimmer sind, welche wir nie benutzen und selten besuchen und durch die wir kaum den Weg zu finden wissen, oder dass auf jeder der vier Seiten des Hauses eine Aussicht von ganz verschiedenem Charakter ist, alles das bedeutet wenig; aber diese

Aussicht von der Halle aus ist mir wie ein Traumgebild. Ich kehre zu ihr mit der Phantasie zurück, wie ich es hundertmal des Tages in der ruhigen Wirklichkeit getan habe, und ich stehe dort und sehe hinaus, während die süßen Düfte des Gartens zu mir heraufsteigen, in einem vollkommenen Traum des Glücks.

Dort liegt ganz Genua in schöner Unordnung, mit seinen vielen Kirchen und Klöstern, deren Türme zum sonnigen Himmel hinaufsteigen; und hier unter mir, gerade wo die Dächer beginnen, ein einsames Klosterdach, geformt wie eine Galerie mit einem eisernen Kreuz an dem einen Ende, wo ich zuweilen am frühesten Morgen eine kleine Gruppe dunkel verschleierter Nonnen habe trauervoll auf und ab gleiten sehen und stehenbleiben und hinabblicken in die erwachende Welt, an der sie keinen Teil haben. Dort links der Monte Faccio, der heiterste aller Berge bei gutem Wetter, aber der finsterste, wenn Gewitter nahen. Das Fort innerhalb der Mauern (der gute König baute es, um die Stadt zu beherrschen und den Genuesern die Häuser um die Ohren zu schlagen, wenn seine Untertanen unzufrieden sein sollten) überragt jene Höhe zur Rechten. Dort vor uns liegt das offene Meer; und jene schmale Küstenstrecke, die bei dem Leuchtturm anfängt und in der rosigen Ferne allmählich zu einem bloßen Flecken wird, ist die schöne Küstenstraße, die nach Nizza führt. Der Garten dicht dabei unter den Dächern und Häusern, ganz rot von Rosen und erquickend frisch durch kleine Fontänen, ist die Acqua sola – eine öffentliche Promenade, wo die Militärmusik lustig spielt und die weißen Schleier im dichten Gedränge wehen und der genuesische Adel herum und herum und herum fährt in Staats-kleidern und Kutschen wenigstens, wenn auch nicht in unbedingter Weisheit. Anscheinend keinen Steinwurf weit sitzt die Zuhörer-schaft des Tagtheaters, ihre Gesichter hierher gekehrt; aber da uns die Bühne verborgen ist, sieht es, wenn man sonst die Sache nicht versteht, wunderlich aus, wie die Gesichter sich so plötzlich aus dem Ernst zum Lachen verkehren, und noch wunderlicher ist es, wenn man das Beifallsklatschen in der Abendluft herüberrauschen hört, sobald der Vorhang fällt. Denn da heute Sonntag ist, spielen sie ihr bestes und anziehendstes Stück. Und jetzt sinkt die Sonne hinab in so prächtigem Schmuck von rotem, grünem und goldenem Licht, wie es weder Feder noch Pinsel schildern kann, und mit dem Läuten der Vesperglocken tritt auf einmal ohne Dämmerung die finstere Nacht ein. Dann fangen an Lichter zu blinken in Genua und auf der Straße ins Freie, und die sich drehende Laterne dort draußen auf der See scheint jetzt einen Augenblick auf den Palast und den Portikus und erleuchtet ihn, als ob der Vollmond hinter einer Wolke hervorträte; dann lässt sie ihn wieder in tiefes Dunkel sinken. Und das ist, soviel ich weiß, der einzige Grund, warum die Genuesen ihn nach Dunkelwerden meiden und glauben, es gehe darin um.

Mein Gedenken wird manche Nacht in späteren Zeiten darin umgehen; aber nicht, dass es dadurch schlimmer würde, das verspreche ich. Der Geist wird dann und wann wegsegeln in die heitere Ferne hinaus und die Morgenluft genießen in Marseille, wie ich es eines schönen Morgens tat.

Der dicke Friseur saß immer noch in Pantoffeln vor seiner Ladentür, aber die sich drehenden Damen im Fenster hatten mit der natürlichen Unbeständigkeit ihres Geschlechtes aufgehört, sich zu drehen, und schmachteten drinnen stockstill, die schönen Gesichter den dunklen Winkeln des Ladens zugewendet, wo kein Bewunderer hindringen konnte.

Der Dampfer war nach einer köstlichen Fahrt von achtzehn Stunden von Genua angelangt, und wir wollten auf der Corniche von Nizza wieder zurückkehren; denn wir begnügten uns nicht damit, nur die Außenseite der schönen Städte zu sehen, die sich in malerischen Gruppen aus den Olivenwäldern und Feldern und Hügeln am Rande der See erheben.

Das Schiff, welches an diesem Abend um acht Uhr nach Nizza fuhr, war sehr klein und so voll Waren, dass man kaum Platz hatte, sich zu bewegen; auch gab es nichts zu essen an Bord außer Brot und nichts zu trinken außer Kaffee. Aber da es etwa um acht Uhr morgens in Nizza eintreffen musste, so schadete das nichts; so dass, als wir anfingen den hellen Sternen zuzublinken, in unwillkürlicher Erwiderung ihres Herabblinkens, auch wir uns in unsere Kojen in einer gedrängt vollen, aber kühlen Kajüte verloren und fast bis zum Morgen schliefen.

Da das Schiff ein so schläfriges und eigensinniges Schiff war, wie nur jemals gebaut wurde, so fehlte bloß noch eine Stunde an Mittag, als wir im Hafen von Nizza einfuhren, wo wir durchaus nichts anderes erwarteten als das Frühstück. Aber wir hatten Wolle geladen. Wolle darf im Marseiller Zollhaus nicht länger als zwölf Monate hintereinander lagern ohne Zollentrichtung. Um dieses Gesetz zu umgehen, pflegte man unverkaufte Wolle scheinbar auszuführen, sie irgendwo anders hinzubringen, wenn die zwölf Monate fast vorüber sind, sie gleich wieder zurückzuschaffen und als neue Ladung weitere zwölf Monate ins Lager zu bringen. Unsere Wolle war ursprünglich aus einem Ort der Levante gekommen. Als wir in den Hafen kamen, wurde sie als Erzeugnis der Levante erkannt. Sofort wurden die bunten kleinen Sonntagsboote voll feiertäglich gekleideter Leute, welche uns entgegengefahren waren, von den Behörden weggewiesen. Wir verfielen der Quarantäne; und eine große Flagge wurde feierlich an dem Mast auf der Werft hinaufgezogen, um es der ganzen Stadt bekannt-zumachen.

Es war ein sehr heißer Tag. Wir hatten uns nicht rasiert, nicht gewaschen, nicht angekleidet und nicht gegessen und konnten kaum an der Albernheit Geschmack finden, schmorend in einem feiertagsstillen Hafen zu liegen, während die Stadt aus achtungsvoller Entfernung zusah und allerlei Leute mit großen Backenbärten und dreieckigen Hüten über unser Schicksal vor einem fernen Wachthaus berieten – mit Gebärden (wir betrach-teten sie sehr genau durch Fernrohre), die mindestens eine Gefangenschaft von einer Woche versprachen. Aber selbst in dieser Krisis trug der wackere Kurier einen Sieg davon. Er telegraphierte jemandem (ich sah niemanden), der entweder mit dem Hotel in natürlicher Verbindung stand oder nur für diese Gelegenheit en rapport gesetzt wurde. Der Telegraph erhielt Antwort, und in einer halben Stunde oder weniger ertönte ein lauter Ruf vom Wachthaus.

Man verlangte den Kapitän. Alle halfen dem Kapitän in sein Boot. Alle holten ihr Gepäck und sagten, wir gingen ans Land. Der Kapitän ruderte fort und verschwand hinter einer kleinen hervorspringenden Ecke des Galeerensklavengefängnisses und kam gleich wieder zurück mit etwas, aber sehr mürrisch. Der wackere Kurier ging ihm entgegen und empfing das Etwas als sein rechtmäßiges Eigentum. Es war ein großer Korb, in ein Leinentuch eingeschlagen, und darin waren zwei große Flaschen Wein, ein gebratenes Huhn, Salzfisch mit Knoblauch zusammengehackt, ein großer Laib Brot, etwa ein Dutzend Pfirsiche und ein paar andere Kleinigkeiten. Nachdem wir unser Frühstück ausgesucht hatten, lud der wackere Kurier eine auserwählte Gesellschaft ein, an den Erfrischungen teilzunehmen, und versicherte seinen Gästen, dass sie sich nicht durch Rücksichten auf Zartgefühl abhalten lassen sollten, da er einen zweiten Korb auf ihre Kosten bestellen werde. Das tat er denn auch – niemand wusste wie –, und bald wurde der Kapitän wieder abgerufen und kehrte wieder mürrisch mit einem anderen Etwas zurück, welches mein allgemein geliebter Diener unter seine Obhut nahm und mit einem Klappmesser, seinem persönlichen Eigentum, etwas kleiner als ein römisches Schwert, tranchierte.

Die ganze Gesellschaft auf dem Schiff wurde durch diese unerwartete Verproviantierung in sehr heitere Stimmung versetzt; aber niemand mehr als ein geschwätziger kleiner Franzose, der nach fünf Minuten betrunken wurde, und ein handfester Kapuziner, der jedermann außerordentlich eingenommen hatte und, wie ich wahrhaftig glaube, einer der besten Mönche auf der Welt war.

Er hatte ein treuherziges offenes Gesicht und einen vollen braunen wallenden Bart und war ein merkwürdig hübscher Mann von etwa fünfzig Jahren. Er war am frühen Morgen zu uns getreten und hatte gefragt, ob wir auch sicher um elf Uhr in Nizza eintreffen würden; er sei sehr begierig, dies zu erfahren, denn wenn er um diese Zeit einträfe, müsse er Messe lesen und bis zum Genuss des heiligen Brotes fasten; wenn aber keine Aussicht sei, das Reiseziel zur rechten Zeit zu erreichen, wolle er sofort frühstücken. Er machte diese Mitteilung in der Meinung, dass der wackere Kurier der

Kapitän sei; und in der Tat sah dieser von allen Personen an Bord am meisten wie ein Kapitän aus. Nachdem ihm versichert worden war, dass wir zur rechten Zeit ankommen würden, fastete er und unterhielt sich fastend mit jedermann in der allerbesten Laune von der Welt, indem er Witze auf Kosten der Mönche mit andern Witzen auf Kosten der Laien beantwortete und sagte, dass er, obgleich er Mönch sei, doch wetten wolle, die zwei stärksten Leute auf dem Schiff nacheinander mit den Zähnen zu fassen und über das ganze Deck zu tragen. Niemand gab ihm Gelegenheit dazu; aber ich glaube, er wäre dazu imstande gewesen; denn er war ein stattlicher, schöner Mann, selbst in seinem Kapuzinerrock, die hässlichste und unkleidsamste Tracht, die es nur geben kann.

Das alles hatte dem geschwätzigen Franzosen so große Freude gemacht, dass er allmählich den Mönch sehr patronisierte und ihn zu bedauern schien als einen Menschen, der nur durch ein unseliges Schicksal abgehalten worden sei, als Franzose geboren zu werden. Obgleich seine Gönnerschaft von der Art war, wie sie etwa eine Maus einem Löwen schenken könnte, hatte er doch eine ungeheure Meinung von seiner Herablassung; und von diesem Gefühl hingerissen, stellte er sich zuweilen auf die Fußspitzen, um den Mönch auf die Schultern zu klopfen.

Als die Körbe ankamen, machte sich der Mönch, da es unterdessen zu spät für die Messe geworden, wacker darüber her, verzehrte erstaunliche Massen von kaltem Fleisch und Brot, trank tiefe Züge von dem Wein, rauchte Zigarren, nahm Prisen, unterhielt ein fortlaufendes Gespräch nach allen Seiten und lief zuweilen an die Reling, um jemand am Strande die Meldung zuzurufen, dass wir auf irgendeine Weise aus dieser Quarantäne herauskommen müssten, da er nachmittags an einer großen Prozession teilzunehmen habe. Danach kam er wieder zurück, herzlich aus bloßer purer Laune lachend, während der Franzose sein kleines Gesicht in zehntausend Fältchen zog und sagte, wie drollig er sei und welch ein braver Bursche dieser Mönch sei! Endlich machte die Sonnenhitze von außen und der Wein von innen den Franzosen schläfrig. Er streckte sich in der Mittagshöhe der Gönnerschaft seines riesigen Schützlings hin und fing an zu schnarchen.

Es war vier Uhr, als wir befreit wurden, und der Franzose, schmutzig, wollig und mit Schnupftabak befleckt, schlief immer noch, als der Mönch ans Land ging. Sobald wir frei waren, eilten wir alle auseinander, um uns zu waschen und anzukleiden, damit wir bei der Prozession anständig erscheinen könnten; und ich sah den Franzosen nicht eher wieder, als bis wir in der Hauptstraße uns aufstellten, wo er sich, sorgfältig aufgeputzt, in einen Vorderplatz drängte, seinen kleinen Rock zurückschlug, um eine breit streifige, über und über mit Sternen besäte Samtweste zu zeigen und sich und seinen Stock so zur Schau zu stellen, dass er den Mönch, wenn er käme, ganz und gar verwirren und in Erstaunen setzen musste.

Die Prozession war sehr lang und bestand aus einer Unzahl Leuten, die in kleine Gruppen geteilt waren; jede Gruppe sang in näselndem Ton auf eigene Rechnung, ohne auf die andern Rücksicht zu nehmen, was eine sehr melancholische Wirkung auf die Zuhörer hervorbrachte. Man sah Engel, Kreuze, Madonnen auf Brettern, von Cupidos umgeben, Kronen, Heilige, Messbücher, Infanterie, Kerzen, Mönche, Nonnen, Reliquien, Würdenträger der Kirche, in grünen Hüten unter purpurnen Sonnenschirmen daher schreitend, und hier und da eine Art heiliger Straßenlaternen an einer langen Stange. Wir erwarteten mit Spannung die Kapuziner, und jetzt sah man auch ihre braunen Kutten und Strickgürtel nahen.

Ich sah den kleinen Franzosen vor sich hin lachen bei dem Gedanken, dass der Mönch, wenn er ihn in der breit streifigen Weste sähe, innerlich ausrufen werde: »Ist das mein Beschützer, dieser vornehme Mann?« und ganz und gar in Verwirrung geraten werde. Ach, niemals hatte sich der Franzose so getäuscht. Als unser Freund, der Kapuziner, mit übereinandergelegten Armen sich nahte, sah er dem kleinen Franzosen mit einem nicht zu beschreibenden heiteren, ruhigen und in sich versunkenen Blick ins Gesicht. Nicht die mindeste Spur des Erkennens oder der Lustigkeit war auf seinem Antlitz zu entdecken; nicht das mindeste Bewusstsein von Brot und Fleisch, Wein, Schnupftabak oder Zigarren. »C'est lui-même«, hörte ich den kleinen Franzosen mit einigem Zweifel sagen. Ja, o ja, er war es leibhaftig. Es war nicht sein Bruder, nicht sein Neffe, ihm sehr ähnlich. Er war es. Er schritt in großer Stattlichkeit daher, denn er war einer der Oberen des Ordens und nahm sich in seiner Rolle bewundernswert aus. Nie gab es etwas Vollkommeneres in seiner Art wie die Weise, mit der er seinen ruhigen Blick auf uns, seinen Reisegefährten vor einer Stunde, verweilen ließ, als ob er uns in seinem Leben nicht gesehen hätte und als ob er uns jetzt nicht sähe. Der Franzose nahm endlich ganz demütig seinen Hut ab, aber der Mönch ging weiter mit derselben unzerstörbaren Ruhe; und die breit streifige Weste, im Gedränge verschwindend, wurde nicht mehr gesehen.

Die Prozession schloss mit einer Gewehrsalve, die alle Fenster in der Stadt zittern machte. Am nächsten Nachmittag fuhren wir auf der berühmten Corniche nach Genua.

Der halb französische, halb italienische Vetturino, der uns mit seinem kleinen rasselnden Zweispänner in drei Tagen dorthin zu bringen versprach, war ein sorgloser hübscher Bursche, dessen leichter Sinn und Singlust keine Grenzen kannte, solange es ohne Widerwärtigkeiten hinging. So lange hatte er ein Wort, ein Lächeln und einen Peitschenknall für alle Bauernmädchen und ein Stück- chen aus der »Somnambula« für alle Echos. So lange ging es durch jedes kleine Dorf, klingelnd mit den Glocken an den Pferden und den Ringen in seinen Ohren, ein wahres Meteor der Galanterie und Heiterkeit. Aber es war sehr charakteristisch, ihn bei einer kleinen Widerwärtigkeit zu sehen, als wir einmal an eine kleine Stelle des Weges kamen, wo ein Wagen zusammengebrochen war und den Weg versperrte. Seine Hände wühlten augenblicklich in seinen Haaren, als ob eine Vereinigung aller schrecklichsten Unfälle auf Erden plötzlich sein armes Haupt betroffen hätte. Er fluchte französisch, betete italienisch, lief hin und her, die Erde im wahren Wahnsinn der Verzweiflung stampfend. Um den zerbrochenen Wagen standen mehrere Kärrner und Maultiertreiber, und zuletzt schlug ein Mann von einigermaßen originellem Geiste vor, dass man einen gemeinsamen Versuch machen solle, das Ding in Ordnung zu bringen und den Weg frei zu machen – ein Gedanke, der, glaube ich wahrhaftig, unserm Freunde niemals eingefallen wäre, und wären wir bis jetzt dort geblieben. Es geschah mit einem geringen Aufwand von Mühe; aber bei jeder Pause wühlten seine Hände wieder in den Haaren, als ob kein Strahl von Hoffnung sein Unglück zu erhellen imstande wäre. Aber sowie er wieder auf dem Bock saß und munter bergab rasselte, da kehrte er wieder zu den Bauernmädchen und der »Somnambula« zurück, als ob keine Gewalt des Unglücks ihn niederschlagen könnte.

Ein großer Teil der Romantik der schönen Städte und Dörfer an dieser schönen Straße verschwindet, wenn man hineinkommt, denn manche von ihnen sind sehr jämmerlich. Die Straßen sind schmal, finster und schmutzig, die Einwohner halbverhungert und unreinlich, und die welken alten Weiber mit dem langen grauen Haar, oben auf dem Kopfe in einen Knoten geschlungen, wie eine Unterlage für schwere Lasten, sind längs der Riviera und auch in Genua so entsetzlich hässlich, dass sie, wenn man sie in den düstern Torwegen mit ihren Spindeln stehen oder in Ecken miteinander plaudern sieht, sich ausnehmen wie eine Bevölkerung von Hexen – nur dass man sie gewiss nicht im Verdacht haben kann, im Besitz eines Besens oder eines andern Werkzeugs der Reinlichkeit zu sein. Auch sind die Schweinehäute, die allgemein zu Weinschläuchen gebraucht werden und überall in der Sonne hängen, keineswegs ein Schmuck, da sie immer das Ansehen von sehr aufgedunsenen Schweinen behalten, die mit abgeschnittenen Köpfen und Beinen an ihrem Schwanz baumeln. Reizend sind aber diese Städte, wenn man sich ihnen nähert. Mit ihren dicht gedrängten Dächern und Türmen kleben sie oben an steilen Abhängen mitten unter Bäumen oder liegen am Rande schöner Buchten. Die Vegetation ist überall üppig und schön, und die Palme gibt der eigentümlichen Landschaft auch ein eigentümliches Gepräge. In einer Stadt, San Remo – ein ganz merkwürdiger Ort, auf düsteren offenen Bogen erbaut, so dass man unter der ganzen Stadt herumwandern könnte –, sind schöne Terrassengärten; andere Städte sind belebt von den Hammer-schlägen der Schiffszimmerleute und dem Bau kleiner

Fahrzeuge am Strand. In mancher der geräumigen Buchten könnten die Flotten Europas vor Anker liegen. Jedenfalls zeigt jede kleine Gruppe von Häusern in der Entfernung ein bezauberndes Gewirr von malerischen und phantastischen Formen. Die Straße selbst – jetzt hoch über der funkelnden See, die sich unten am Fuße des Abgrundes bricht, jetzt landeinwärts sich wendend, um den Strand einer Bucht zu umgehen, jetzt das steinige Bett eines Bergstromes überschreitend, jetzt tief unten auf dem Strand, jetzt zwischen gespaltenen Felsen von allerlei Gestalt und Farbe hindurch, jetzt an einem einsamen und verfallenen Turm vorbei, einem Glied der Turmkette, die ehedem zum Schutz der Küste gegen die Einfälle der Barbaresken-Staaten gebaut wurden – bietet auf jedem Schritt neue Schönheiten dar. Wenn sie diese originellen Umgebungen verlässt und sich durch die lange Reihe einer Vorstadt an der flachen Seeküste hin nach Genua zieht, da gewähren die wechselnden Ansichten der Stadt und des Hafens neues Interesse, das immer wieder aufgefrischt wird durch jedes riesenhafte, ungeschlachte, halb unbewohnte alte Haus in seiner Umgebung und zu seinem Gipfelpunkte gelangt, wenn man die Stadt Genua erreicht und ganz Genua mit seinem schönen Hafen und den angrenzenden Hügeln sich in stolzer Pracht vor dem Auge entfaltet.

Nach Parma, Modena und Bologna

Ich verließ Genua am 6. November, um nach vielerlei Orten (darunter England) zu reisen, zuerst aber nach Piacenza, wohin ich in dem Coupé eines Vehikels fuhr, das einem Frachtwagen nicht unähnlich sah, begleitet von dem wackeren Kurier und einer Dame mit einem großen Hund, der die ganze Nacht hindurch kläglich heulte.

Die Nacht war sehr feucht und sehr kalt, sehr finster und sehr unheimlich; wir fuhren kaum vier englische Meilen die Stunde und hielten nirgends an, um uns zu erfrischen. Um zehn Uhr am nächsten Morgen wechselten wir den Wagen in Alessandria, wo man uns in eine andere Kutsche packte, deren Kasten zu klein gewesen wäre für eine Fliege, Fliegen heißen kleine vierspännige Wagen in den englischen Seebädern (Anmerkung des Übersetzers). und zwar in Gesellschaft von einem sehr alten Priester; einem jungen Jesuiten, seinem Gefährten, der ihre Breviere und andere Bücher trug und der beim Einsteigen so eifrig gewesen war, dass eine fleischfarbige Lücke zwischen dem schwarzen Strumpf und den schwarzen Kniehosen erschien, die an Hamlet in Ophelias Zimmer erinnerte, nur dass sie an beiden Beinen sichtbar war; einem Advokaten aus der Provinz und einem Herrn mit einer roten Nase, die einen ungewöhnlichen und eigentümlichen Glanz zeigte, den ich an einem menschlichen Wesen noch nie vorher bemerkt hatte. Auf diese Weise reisten wir weiter bis vier Uhr nachmittags, denn die Wege waren immer noch sehr schlecht und die Kutsche sehr langsam. Um die Reise noch zu verschönern, war der alte Priester noch mit dem Wadenkrampf behaftet, so dass er alle zehn Minuten einen schrecklichen Schrei ausstoßen und durch die vereinten Bemühungen der Gesellschaft herausgehoben werden musste, wobei die Kutsche allemal mit großem Ernst auf ihn wartete. Dieses Übel und die Wege bildeten den Hauptgegenstand der Unter-haltung. Als ich nachmittags entdeckte, dass das Coupé von zwei Leuten verlassen worden war und nur noch einen Passagier hatte – einen furchtbar hässlichen Toskaner mit einem großen roten Schnauzbart, dessen Enden kein Mensch entdecken konnte, wenn er seinen Hut aufhatte –, machte ich mir diesen bessern Sitz zunutze und setzte die Reise in Gesellschaft dieses Herrn (der ein sehr unterhaltender und launiger Mann war) bis fast um elf Uhr nachts fort, als der Kutscher erklärte, dass er nicht daran denken könne weiterzufahren. Wir machten also halt in einem Orte namens Stradella.

Der Gasthof war eine Reihe von seltsamen Galerien um einen Hof herum, wo unsere Kutsche und ein oder zwei Frachtwagen und ein Trupp Hühner und Brennholz in bunter Verwirrung überein-andergeschichtet standen, so dass man nicht wusste und nicht hätte beschwören können, was ein Huhn und was ein Karren war.

Wir folgten einem verschlafenen Mann mit einer lodernden Fackel in ein großes, kaltes Zimmer, wo zwei ungeheuer breite Betten auf Gestellen lagen, die wie zwei ungeheuer breite Speisetafeln aus Tannenholz aussahen, dann noch eine dritte Tannenholztafel von ähnlicher Größe in der Mitte des nackten Flurs, vier Fenster und zwei Stühle. Jemand sagte, es sei mein Zimmer, und ich ging darin wohl eine halbe Stunde lang hin und her und starrte den Toskaner, den alten Priester, den jungen Priester und den Advokaten an (Rotnase wohnte in der Stadt und war nach Hause gegangen), die auf den Betten saßen und mich ebenfalls anstarrten.

Die etwas ungemütliche Drolligkeit dieser Situation wird durch die Ankündigung des Wackeren, der unterdessen gekocht hat, unterbrochen, dass das Abendessen fertig sei, und wir alle verfügen uns in das Zimmer des Priesters nebenan, welches ein Seitenstück zu dem meinigen war. Das erste Gericht bestand aus Kohl mit viel Reis, in einer großen Terrine voll Wasser gekocht und mit Käse gewürzt. Es war so heiß und uns war so kalt, dass man fast fidel dabei werden konnte. Das zweite Gericht bestand aus kleinen Stückchen Schweinefleisch mit Schweinsnieren geröstet, das dritte aus zwei Hühnern, das vierte aus zwei kleinen Truthühnern, das fünfte aus einem Ragout von Knoblauch und Trüffeln und ich weiß nicht was sonst, und damit schloss das Gelage.

Ehe ich in meinem eigenen Zimmer Platz nehmen und es für das schaurigste halten kann, geht die Tür auf, und herein tritt der Wackere, in einer solchen Masse Brennholz versteckt, dass er aussieht wie der wandelnde Birnamswald auf einem Winterspaziergang. Er setzt diesen Haufen im Nu in Brand und macht ein großes Glas Grog zurecht, denn seine Flasche hält gleichen Schritt mit der Jahreszeit und enthält jetzt nichts als den reinsten Branntwein. Sowie er diese Tat verrichtet hat, verabschiedet er sich für die Nacht, und ich höre ihn noch eine Stunde später und sogar bis ich einschlafe Späße machen in einem Nebengebäude (scheinbar dicht unter meinem Kopfkissen), wo er in einer Gesellschaft vertrauter Freunde Zigarren raucht. Er ist in diesem Hause in seinem Leben noch nicht gewesen, aber er kennt allerwärts jedermann, bevor er wo fünf Minuten gewesen ist, und kann sicher darauf rechnen, in dieser Zeit sich die begeisterte Liebe des ganzen Hauses zu erwerben.

Dies ist um zwölf Uhr nachts. Um vier Uhr am nächsten Morgen ist er wieder auf den Beinen, frischer als eine neu aufgeblühte Rose, zündet lodernde Feuer an, ohne die geringste Ermächtigung vom Wirt, bringt Kannen mit siedend heißem Kaffee, wenn alle andern Leute nichts als kaltes Wasser bekommen können, und geht auf die finstere Straße hinaus und brüllt nach frischer Milch auf die Möglichkeit hin, dass jemand mit einer Kuh herbeikommen könnte. Während die Pferde kommen, stolpere auch ich in die Stadt hinaus. Sie scheint aus einer einzigen kleinen Piazza zu bestehen, durch deren Bogen ein kalter feuchter Wind ein und aus bläst, regelmäßig wechselnd wie ein Muster. Aber es ist stockdunkel und regnet sehr, und ich würde sie morgen nicht wiedererkennen, wenn man mich wieder hinbrächte – was der Himmel verhüten wolle!

Die Pferde kommen in etwa einer Stunde. Unterdessen flucht der Kutscher, zuweilen christlich, zuweilen heidnisch, zuweilen, wenn es ein langer und zusammengesetzter Fluch ist, fängt er mit dem Christentum an und gelangt allmählich ins Heidentum.

Verschiedene Boten werden abgeschickt, nicht eigentlich nach den Pferden, sondern mehr einer nach dem andern, denn der erste Kutscher kommt gar nicht zurück, und die übrigen ahmen ihn alle nach. Endlich erscheinen die Pferde, umringt von allen Boten; einige stoßen sie, andere ziehen sie, und alle schelten sie laut aus. Dann nehmen der alte Priester, der junge Priester, der Advokat, der Toskaner und wir alle unsere Plätze ein, und verschlafene Stimmen rufen hinter den Türen wunderlicher Löcher in verschiedenen Teilen des Hofes hervor: »Addio, corriere mio! Buon viaggio, corriere!« Grüße, welche der Kurier, dessen ganzes Gesicht in ein einziges Schmunzeln verwandelt ist, in gleicher Weise erwidert, während wir durch die schmutzige Straße rumpeln.

In Piacenza, vier oder fünf Stunden von dem Wirtshause in Stradella, löste sich unsere kleine Gesellschaft mit verschiedenen Beweisen freundschaftlicher Gefühle von allen Seiten auf. Der alte

Priester bekam wieder den Krampf, ehe er noch halb die Straße hinab war, und der junge Priester legte seinen Bücherpack auf eine Türschwelle und rieb pflichtgemäß des alten Herrn Waden. Der Klient des Advokaten erwartete ihn an der Gasthoftür und küsste ihn mit einem so lauten Schmatz auf den Backen, dass ich fürchtete, er hatte entweder einen sehr schlechten Prozess oder eine sehr kärglich gefüllte Börse. Der Toskaner schlenderte fort, eine Zigarre im Munde, den Hut in der Hand tragend, damit er die Enden seines wirren Bartes besser aufwickeln könne, und der wackere Kurier begann, sowie wir in die Straßen traten, um uns umzusehen, mich mit den Privatgeschichten und Familienangelegenheiten der ganzen Gesellschaft zu unterhalten.

Eine gar braune, alte, herabgekommene Stadt ist Piacenza. Ein verlassener, öder, grasbewachsener Ort mit verfallenen Wällen, halb zugeschütteten Gräben, welche den magern Kühen, die darin herumwandern, kärgliches und ungesundes Futter geben, und Straßen düsterer Häuser, die mürrisch die Häuser auf der andern Seite ansehen. Die schläfrigsten und harmlosesten aller Soldaten streifen herum, beladen mit dem doppelten Fluch der Trägheit und der Armut, der ihre schlecht passenden Uniformen missgestaltet zusammenschrumpfen macht; die schmutzigsten aller Kinder spielen mit ihrem improvisierten Spielzeug (Schweine und Straßenkot) in den armseligsten Gossen, und die magersten Hunde wandern die ödesten Torwege aus und ein, beständig etwas zu fressen suchend, was sie niemals zu finden scheinen. Ein geheimnisvoller und feierlicher Palast, bewacht von zwei riesenhaften Standbildern, Zwillingsgenien des Ortes, steht ernst in der Mitte der verödeten Stadt, und der König mit den marmornen Füßen, der zu den Zeiten von »Tausendundeiner Nacht« regierte, könnte da drinnen ganz zufrieden leben und in seiner obern Hälfte von Fleisch und Blut niemals die Kraft zu dem Wunsche herauszukommen fühlen.

Was für ein seltsames, halb schmerzliches und halb köstliches Hinträumen ist es, durch diese Orte zu streifen, die sich in die warme Sonne schlafen gelegt haben! Sobald man einen neuen erblickt, scheint er immer von allen öden, modrigen, gottverlassenen Städten in der weiten Welt die vornehmste.

Während ich auf diesem Hügel saß, der früher eine Bastei war und noch früher, als sich eine alte römische Station hier befand, eine lärmende Festung, da wurde ich gewahr, dass ich bis jetzt noch nicht wusste, was es heißt, faul zu sein. Einer Haselmaus, ehe sie sich unter die Wolle in ihrem Kasten verkriecht, muss es gewiss ziemlich ähnlich zumute sein, oder einer Schildkröte, ehe sie sich eingräbt. Ich fühle, dass ich einroste, dass der geringste Versuch zu denken mit einem störenden Geräusch verbunden sein würde, dass nirgends etwas zu tun ist oder getan zu werden braucht, dass es keinen Fortschritt, keine Bewegung, keine Anstrengung, keinen Gewinn für das Menschengeschlecht mehr gibt über diesen hinaus, dass alles hier vor Jahrhunderten stillstand und sich niederlegte zu ruhen bis zum Tage des Gerichts!

Aber nicht, solange der wackere Kurier lebt! Seht, wie er zum Tore von Piacenza hinausrasselt, in dem höchsten Postwagen, den ich jemals gesehen, so dass er aus dem Vorderfenster herausguckt wie über eine Gartenmauer, während der Postillion, eine konzentrierte Essenz aller Schäbigkeit Italiens, einen Augenblick die lebendige Unterhaltung unterbricht, um vor einer kleinen stumpfnasigen Madonna, die kaum weniger schäbig ist als er und in einem gemauerten Marionettenkasten draußen vor dem Tore steht, an den Hut zu greifen.

In Genua und in der Umgegend ziehen sie die Reben an Gittern, von plumpen viereckigen Pfeilern gestützt, die schon an und für sich nichts weniger als malerisch sind. Aber hier windet man sie um die Bäume oder lässt sie über die Hecken hinlaufen, und die Weinberge stehen voller Bäume, die man zu diesem Zweck in regelmäßigen Zwischenräumen gepflanzt hat, und jede Rebe schlingt sich um ihren besonderen Stamm. Die Blätter glänzen jetzt im hellsten Gold und tiefsten Rot, und nie hatte ich einen so anmutigen und bezaubernd schönen Anblick. Meilenlang windet sich der Weg durch diese lieblichen Formen und Farben. Die üppigen Girlanden, die zierlichen Kränze und Kronen von allen Gestalten, die

Elfennetze, die über große Bäume geworfen sind und sie scherzend zu Gefangenen machen, die Blätterberge von köstlichen Formen auf dem Boden, wie reich und schön sind sie! Und dann und wann erblickt man eine lange, lange Reihe Bäume, alle mit Rebengewinden untereinander verknüpft, als hätten sie einander angefasst und kämen das Feld herabgetanzt.

Parma hat für eine italienische Stadt heitere und belebte Straßen und ist daher nicht so charakteristisch wie manche Orte von weniger Ruf. Ausnehmen muss man aber die abgelegene Piazza, wo der Dom, das Baptisterium und der Campanile – alte Gebäude von einem düstern Braun, geschmückt mit zahllosen grotesken Ungeheuern und grauenhaft aussehenden Gestalten aus Marmor und rotem Sandstein – sich in großartiger Ruhe gruppieren. Ihr Schweigen wurde nur, als ich sie sah, von dem Zwitschern der vielen Vögel gestört, welche in den Spalten der Steine und in den kleinen Eckchen und Winkelchen des Gebäudes, wo sie ihre Nester angelegt hatten, aus und ein flogen. Sie flatterten geschäftig aus dem kalten Schatten der von Menschenhand gebauten Tempel in die sonnige Himmelsluft hinaus. Nicht so die Andächtigen drinnen, die demselben schläfrigen Gesang zuhörten oder vor denselben Bildern und Kerzen knieten oder mit tiefgebeugten Häuptern in dieselben dunklen Gebetbücher flüsterten, die ich in Genua und überall verlassen hatte.

Die verblichenen und verstümmelten Gemälde, mit denen die Mauern dieser Kirche bedeckt sind, machen nach meiner Meinung einen merkwürdig melancholischen und niederschlagenden Eindruck. Es ist ein Kummer, große Kunstwerke – gleichsam die Seelen der Maler – vergehen und verschwinden zu sehen wie menschliche Körper. Dieser Dom ist durchweht von dem Vermodern von Correggios Fresken in der Kuppel. Der Himmel weiß, wie schön sie einst gewesen sind, Kunstkenner geraten jetzt noch bei ihrem Anblick außer sich vor Entzücken; aber ein solches Labyrinth von Armen und Beinen, solche Haufen von verkürzten Gliedmaßen, verwickelt, verwirrt und durcheinandergeworfen, könnte kein verrückt gewordener Chirurg im wildesten Wahnsinn sich ausdenken.

Der Dom hat eine sehr interessante unterirdische Kirche; das Dach wird von marmornen Pfeilern getragen, und hinter jedem schien wenigstens ein Bettler im Hinterhalt zu liegen, ohne noch die Gräber und abgelegenen Altäre zu erwähnen. Aus jedem dieser Schlupfwinkel humpelten solche Scharen gespensterhaft aussehender Männer und Weiber hervor, die andere Männer und Weiber mit verkrüppelten Gliedern und zerschmetterten Kinnladen oder paralytischen Gebärden, irren Gesichtern oder andern Gebrechen herbeiführten und für sie bettelten, dass die verblichenen Gemälde droben in der Kuppel, wenn sie plötzlich lebendig geworden wären und sich in diese unterirdische Kirche geflüchtet hätten, schwerlich eine größere Verwirrung hätten machen oder einen beklemmendem Anblick von Armen und Beinen geben können.

Auch Petrarcas Denkmal ist hier. Und dann das Baptisterium mit seinen schönen Bogen und seinem riesenhaften Becken; und dann eine Galerie mit sehr merkwürdigen Gemälden, von denen einige von überreichlich behaarten Künstlern mit kleinen Samtmützen, die mehr vom Kopf fielen, als darauf saßen, kopiert wurden. Ferner befindet sich hier der Palast Farnese und darin ein unheimliches, großes, altes, düsteres Theater, das langsam vermodert.

Es ist ein großer, hölzerner Bau in Hufeisenform, die unteren Sitze eingerichtet wie in den römischen Theatern, aber darüber große schwere Logen oder vielmehr Zimmer, wo der Adel saß, fern von den übrigen in Stolz und Prunk. Mit einem solchen Verfall, wie ihn dieses Theater zeigt – und der Eindruck auf den Beschauer wird noch grauenhafter durch den Gedanken an die Bestimmung des Gebäudes –, können nur Würmer vertraut sein. Hundertundzehn Jahre sind vergangen, seit das letzte Stück hier gespielt wurde. Der Himmel scheint durch die Öffnungen im Dach. Die Logen senken sich tiefer und tiefer und sind nur von Ratten besucht. Moder und Schwamm bedecken die verblichenen Farben und zeichnen gespenstische Landkarten auf die Täfelung; bleiche Lumpen hängen herab, wo einst die glänzenden Vorhänge des Prosceniums waren; die Bühne ist so verfault, dass man eine schmale hölzerne Galerie darüber gebaut hat, denn sie würde unter dem Tritt des Besuchers einsinken und ihn in der schaurigen Tiefe unten begraben. Verödung und Verfall prägen sich allen Sinnen auf. Die Luft hat einen modrigen Geruch und einen erdigen Geschmack; was sich von Tönen aus der Außenwelt mit einem seltenen Sonnenstrahl etwa herein verirrt, klingt dumpf und hohl, und Würmer und Fäulnis haben für das Gefühl die Oberfläche des Holzes so verändert, wie die Zeit eine glatte Hand in Runzeln zieht. Wenn jemals Gespenster Stücke aufführen, so spielen sie sicher auf dieser gespensterhaften Bühne.

Es war das köstlichste Wetter, als wir nach Modena kamen, wo die Dunkelheit der düstern Kolonnaden an den Häusern der Haupt-straße entlang erfrischend und angenehmer wurde durch den klaren, wunderbar blauen Himmel. Ich trat aus dem Vollglanz des Tages in einen dämmrigen Dom, wo gerade das Hochamt zele-briert wurde, düstere Kerzen brannten, Leute in allen Richtungen vor allen möglichen Altären knieten und die Priester den gewöhn-lichen Gesang in dem gewöhnlichen leisen, schläfrigen, langge-zogenen, melancholischen Ton hören ließen.

Mit dem Gedanken, wie seltsam es sei, in jeder dieser stagnierenden Städte dasselbe Herz mit demselben eintönigen Pulsschlag als den Mittelpunkt desselben erstarrten, halb regungs-losen Körpers zu sehen, trat ich zu einer andern Tür hinaus und wurde plötzlich zu Tode erschreckt vom Schall der gellendsten Trompete, die jemals geblasen wurde. Im nächsten Augenblick trabte eine Kunstreitertruppe aus Paris um die Ecke und zog dicht an der Mauer der Kirche hin, mit den Hufen ihrer Pferde die Greise, Löwen, Tiger und andere Ungeheuer von Stein und Marmor schlagend. Zuerst kam ein stattlicher Ritter mit vielem, vielem Haar und ohne Hut, in der Hand ein ungeheures Banner mit den Worten: »Heute abend Mazeppa!« Dann ein mexikanischer Häuptling, eine große birnenförmige Keule auf der Schulter, wie Herkules. Dann sechs oder acht römische Wagen, und in jedem stand eine schöne

Dame mit außerordentlich kurzem Rock und unnatürlich rotem Trikot. Sie spendeten der Menge strahlende Blicke, in denen aber ein Ausdruck von Unruhe und Besorgnis versteckt lag, den ich mir erst nicht erklären konnte, bis sich die offene Rückseite des Wagens zeigte; jetzt erst entdeckte ich, mit welch unendlicher Schwierigkeit die roten Beine bei dem unebenen Pflaster der Stadt festen Stand behielten, was mir eine ganz neue Vorstellung von den alten Römern und Griechen gab. Der Zug schloss mit einem Dutzend unerschrockenen Kriegern verschiedener Nationen, die paarweise ritten und stolz auf die unkriegerische Bevölkerung von Modena herabblickten: sie ließen sich aber doch herab, dann und wann mit freigebiger Hand Zettel unter sie auszustreuen. Nachdem sie auf den Löwen und Tigern lange genug herumkarrioliert und die Vorstellung des Abends mit Trompetenschall verkündet hatten, verschwanden sie an dem andern Ende des Platzes und ließen eine neue und ansehnlich vermehrte langweilige Öde zurück.

Als die Prozession so ganz vorüber war, dass die gellende Trompete sanft in der Entfernung ertönte und der Schweif des letzten Pferdes endgültig um die Ecke verschwunden war, da gingen die Leute, welche neugierig aus der Kirche getreten waren, wieder hinein. Aber eine alte Dame, die drinnen dicht an der Tür auf dem Boden kniete, hatte alles gesehen und mit großem Vergnügen, ohne aufzustehen, und gerade jetzt trafen zu unserer gemeinschaftlichen Verwirrung mein und der alten Dame Auge zusammen. Sie machte jedoch unserer Verlegenheit schnell ein Ende, indem sie sich andächtig bekreuzigte und sich vor einer Figur in buntem Rock und vergoldeter Krone auf das Gesicht niederwarf; so ähnlich war diese Figur den Gestalten in dem Zuge, dass sie vielleicht jetzt noch das Ganze für eine himmlische Erscheinung hält. Wie dem auch sei, ich hätte ihr ihr Interesse am Zirkus vergeben, und wenn ich ihr Beichtvater gewesen wäre.

In dem Dom war ein kleiner alter Mann mit funkelnden Augen und einem Buckel, der es sehr übelnahm, dass ich mich nicht bemühte, den in einem alten Turm aufbewahrten Eimer zu sehen, den die Modenesen den Bolognesen im vierzehnten Jahrhundert raubten und über den ein Krieg und auch ein komisches Heldengedicht von Tasso entstand. Da ich mich aber ganz und gar mit der Außenseite des Turmes und mit dem Phantasiebild des Eimers darin begnügte und lieber im Schatten des schlanken Campanile und vor dem Dome verweilte, so habe ich bis auf den heutigen Tag keine Bekanntschaft mit diesem Eimer gemacht.

Wir waren wahrhaftig in Bologna, ehe der kleine alte Mann (oder der Reiseführer) uns das Zeugnis geben konnte, dass wir den Wundern Modenas nur halb hätten Gerechtigkeit widerfahren lassen. Aber es ist eine solche Freude für mich, neue Umgebungen hinter mir zu lassen und immer weiter zu schweifen, um neue Umgebungen zu finden – und außerdem habe ich einen so eigensinnigen Charakter in bezug auf Sehenswürdigkeiten, die anerkannt und vorgeschrieben sind, dass ich sehr fürchte, ich werde überall, wohin ich komme, gegen ähnliche Autoritäten sündigen.

Sei dem, wie ihm wolle, ich befand mich am nächsten Sonntagmorgen auf dem hübschen Kirchhof von Bologna mitten unter stattlichen Marmorgräbern und Säulengängen in Gesellschaft einer Schar von Bauern und begleitet von einem kleineren Cicerone des Ortes, der sich die Ehre der Stadt sehr angelegen sein ließ und eifrigst bestrebt war, meine Aufmerksamkeit von den schlechten Denkmälern abzuwenden, während er niemals müde ward, die guten zu rühmen. Ich bemerkte, dass der kleine Mann (ein sehr launiger kleiner Kerl, dessen ganzes Gesicht aus glänzenden Zähnen und Augen zu bestehen schien) trübselig auf einen Rasenfleck blickte, und ich fragte ihn, wer dort begraben sei. »Das arme Volk, Signore«, sagte er mit einem Achselzucken und einem Lächeln und blieb stehen, um sich nach mir umzusehen – denn er ging immer ein wenig voraus und nahm seinen Hut ab, um jedes neue Denkmal vorzustellen –, »nur die Armen, Signore! Es ist sehr hübsch. Es ist sehr freundlich. Wie grün und wie kühl ist es! Es ist wie eine Wiese! Fünf kleine Kinder von mir sind dort begraben, Signore.« Als er die Zahl nannte, streckte er alle Finger seiner rechten Hand aus, was der italienische Bauer immer tut, wenn er die Zahl mit seinen zehn

Fingern ausdrücken kann. »Gerade dort, ein wenig rechts. Ja, gedankt sei Gott. Es ist sehr freundlich. Wie kühl und wie grün es ist! Ganz wie eine Wiese!«

Er sah mir fest ins Gesicht, und als er bemerkte, dass es mir leid tat, nahm er eine Prise (jeder Cicerone schnupft) und machte eine kleine Verbeugung, teils zur Entschuldigung, so etwas erwähnt zu haben, und teils dem Gedächtnis seiner Kinder und seines Lieblingsheiligen zu Ehren. Es war eine so unaffektierte und so vollkommen natürliche Verbeugung, wie nur jemals ein Mensch eine machte. Gleich darauf nahm er den Hut ganz ab und bat um die Erlaubnis, mir das nächste Denkmal vorstellen zu dürfen, und seine Augen und seine Zähne glänzten heller als je vorher.

Durch Bologna und Ferrara

Ein so schmucker Aufseher war angestellt auf dem Kirchhof, wo der kleine Cicerone seine Kinder begraben hatte, dass, als der kleine Cicerone mir zuflüsterte, dieser Aufseher werde sich nicht beleidigt fühlen, wenn ich ihm für einen kleinen Extradienst ein paar Paoli (etwa zehn Pence in englischem Geld) gäbe, ich ungläubig den dreieckigen Hut und die waschledernen Handschuhe, die gutsitzende Uniform und die strahlenden Knöpfe ansah und dem kleinen Cicerone mit einem ernsten Kopfschütteln sein Ansinnen verwies. Denn im Glanz der Erscheinung kam er mindestens dem Untertürsteher mit dem schwarzen Stab gleich, und der Gedanke, dass er zehn Pence annehmen werde, erschien empörend. Er nahm sie jedoch ganz gutmütig an, als ich so frei war, sie ihm zu geben, und nahm den dreieckigen Hut mit einem Schwung ab, der für das doppelte Geld billig gewesen wäre.

Es schien sein Amt zu sein, den Leuten die Denkmäler zu beschreiben – jedenfalls tat er es, und als ich ihn gleich Gulliver in Brobdignag »mit den Institutionen meines geliebten Vaterlandes verglich, konnte ich mich der Tränen des Stolzes und der Wonne nicht enthalten«. Was laufen hieß, wusste er ganz und gar nicht, ebenso wenig wie eine Schildkröte. Er stand still, wenn die Leute stillstanden, damit sie ihre Neugier befriedigen konnten, und gestattete ihnen – wahrhaftig, es ist so –, manchmal sogar die Inschriften auf den Gräbern zu lesen. Er war weder schäbig noch unverschämt noch grob noch unwissend. Er sprach seine Sprache ganz richtig und schien sich in seiner Weise als eine Art Lehrer des Volkes zu betrachten und vor ihm und sich selbst die gehörige Achtung zu haben. Man würde ebenso wenig einen solchen Mann als Kastellan in der Westminster Abtei anstellen, wie man dort die Leute (wie man es in Bologna tut) umsonst hereinlassen würde.

Wieder eine alte düstere Stadt unter dem glänzenden Himmel mit schwerfälligen Arkaden an beiden Seiten der älteren Straßen und leichteren und heitereren Bogengängen in den neuern Teilen der Stadt. Wieder gebräunte Massen heiliger Gebäude mit vielen Vögeln, welche in den Spalten der Steine aus und ein flogen, und vielen grinsenden Ungeheuern als Sockel der Pfeiler. Wieder reiche Kirchen, einschläfernde Messen, dampfender Weihrauch, klingelnde Glocken, Priester in prächtigem Schmuck, Gemälde, Kerzen, gestickte Altartücher, Kreuze, Heilige und künstliche Blumen.

Ein ernstes und gelehrtes Wesen schwebt um die Stadt, und ein wohltuendes Düster ruht darauf, so dass sie schon unter der Masse von Städten einen besonderen Eindruck in der Seele zurücklassen würde, wäre sie nicht noch ferner in des Reisenden Erinnerungen durch die zwei schiefen Türme (an und für sich genügend unansehnliche Dinger, das muss man gestehen) ausgezeichnet. Sie stehen gegeneinander geneigt, als ob einer dem andern eine steife Verbeugung machte, und bilden einen höchst seltsamen Hintergrund in der Perspektive von einigen dieser engen Straßen. Auch die Kollegiengebäude und Kirchenpaläste und vor allem die Kunstakademie, mit einer Unzahl interessanter Gemälde, vorzüglich von Guido, Dominichino und Ludovico Caracci, geben ihr eine besondere Stelle im Gedächtnis. Ja, und wäre alles dieses nicht, und hätte sie sonst kein anderes Merkmal, so würde ihr der große Meridian auf dem Fußboden der Petroniuskirche, wo die Sonne die

Zeit mitten unter den knienden Betern anzeigt, ein besonderes und anziehendes Interesse geben.

Bologna war voller Touristen, die von einer die Straße nach Florenz ungangbar machenden Überschwemmung aufgehalten wurden, und ich war hoch oben in einem Hotel einquartiert, in einem abgelegenen Zimmer, welches ich nie finden konnte, und mit einem Bett, groß genug für eine Pensionsschule, in dem ich nie einschlafen konnte. Der vornehmste unter den Kellnern, welche diesen abgelegenen Zufluchtsort heimsuchten, wo ich keine andere Gesellschaft hatte als die Schwalben in den breiten Dachrinnen über dem Fenster, hatte eine fixe Idee in bezug auf die Engländer, und der Gegenstand dieser harmlosen Monomanie war Lord Byron. Ich machte diese Entdeckung durch die zufällige Bemerkung beim Frühstück, dass die Matten, mit denen der Fußboden bedeckt war, in dieser Jahreszeit sehr wohl täten, worauf er sofort antwortete, dass »Milor Byron« diese Matten sehr gern gehabt habe. Als er zu gleicher Zeit bemerkte, dass ich keine Milch nahm, rief er mit Begeisterung aus, dass »Milor Byron« niemals Milch angerührt habe. Zuerst nahm ich es in meiner Unschuld für ausgemacht an, dass er einer von des Lords Bedienten gewesen sei; aber nein, er sagte nein, er habe nur die Gewohnheit, mit Engländern von Milor zu sprechen, weiter nichts. Er kenne ihn durch und durch, sagte er. Um dies zu beweisen, brachte er ihn mit allem möglichen, vom Monte-Pulciano-Wein beim Mittagessen, der auf einer seiner Besitzungen gebaut worden, bis zu dem großen Bett, ganz das Ebenbild des seinigen, in Verbindung. Als ich das Haus verließ, verband er mit seinem Abschiedsgruß im Hofe die Versicherung, dass der Weg, den ich einschlage, Milor Byrons Lieblingsspazierritt gewesen sei. Und ehe der Hufschlag des Pferdes noch recht auf dem Pflaster erklang, lief er rasch die Treppe hinauf, gewiss um einem andern Engländer in einem andern einsamen Zimmer zu erzählen, dass der eben abgereiste Gast Lord Byrons Ebenbild sei.

Ich war in Bologna in der Nacht, fast um Mitternacht, angekommen, und auf dem ganzen Weg von unserm Eintritt in das päpstliche Gebiet an – welches in keinem Teile besonders gut regiert wird, denn Sankt Peters Schlüssel sind jetzt etwas rostig geworden – hatte der Kutscher so viel von der Gefahr von Räubern nach eingebrochener Dunkelheit gesprochen, und der wackere Kurier war so sehr davon angesteckt worden, und die beiden hatten so oft angehalten und waren auf- und abgestiegen, um nach dem hinten befestigten Mantelsack zu sehen, dass ich mich fast dem, der die Güte gehabt hätte, ihn abzuschneiden, verpflichtet hätte fühlen können. Daher wurde ausgemacht, dass wir von Bologna um eine Stunde aufbrechen müssten, die uns gestattete, Ferrara nicht später als um acht oder neun Uhr zu erreichen; und die Nachmittags- und Abendreise war sehr angenehm, obgleich sie durch eine sehr flache Gegend ging, die durch das Austreten der Bäche und Flüsse von dem neulichen Regen immer morastiger wurde.

Abends, als ich allein spazieren ging, während die Pferde rasteten, kam ich in eine kleine Landschaft, die durch eine jener eigentümlichen Bewegungen des Geistes, die wir alle kennen, mir vollkommen bekannt zu sein schien und die ich jetzt deutlich vor mir sehe. Es war nicht viel darin. Im blutroten Licht lag eine melancholische Wasserfläche, leise bewegt vom Abendwind, an ihrem Rande ein paar Bäume. Im Vordergrund lehnte eine Gruppe schweigender Bauernmädchen über das Seitengeländer einer kleinen Brücke und sah jetzt zum Himmel hinauf, jetzt ins klare Wasser hinab. In der Ferne eine dumpf hallende Glocke. Der Schatten der nahenden Nacht auf der ganzen Gegend. Wenn ich hier in einem früheren Leben ermordet worden wäre, so hätte ich mich des Orts nicht deutlicher oder mit größerem innerem Schauer erinnern können; und die wirkliche Erinnerung, die mir in jener Minute geworden, wird durch die visionäre so verstärkt, dass ich kaum glaube, das Schauspiel je vergessen zu können.

Du altes Ferrara, einsamer, entvölkerter, verlassener als eine andere Stadt der ganzen trüb-ernsten Gemeinde! Das Gras wächst so dicht in den öden Straßen, dass man hier tatsächlich Heu machen könnte, solange die Sonne scheint. Aber die Sonne scheint in Ferrara mit verminderter Heiterkeit, und der Leute, die man in den

Straßen sieht, sind so wenig, dass das Fleisch seiner Bewohner wirklich Gras sein und auf dem Markt wachsen könnte.

Ich möchte wissen, warum der erste Kupferschmied in einer italienischen Stadt stets neben dem Hotel oder ihm gegenüber wohnt, so dass er in den Reisenden die Empfindung hervorbringt, als ob die klopfenden Hämmer sein eigenes, mit tödlicher Energie zuckendes Herz wären. Ich möchte wissen, warum sich Korridore eifersüchtig auf allen Seiten um das Schlafzimmer drängen und es mit unnötigen Türen anfüllen, die nicht geschlossen werden können und nicht aufgehen und in pechdunkle Nacht führen. Ich möchte wissen, warum es noch nicht genügt, dass diese argwöhnischen Gespenster sich die ganze Nacht hindurch über unsere Träume wundern, sondern dass auch noch hoch oben in der Wand runde Öffnungen sein müssen, so dass einem, wenn eine Maus oder eine Ratte hinter dem Getäfel raschelt, immer der Gedanke kommt, es kratze jemand mit den Zehen an der Wand, in dem Bemühen, eine dieser Öffnungen zu erreichen und hereinzugucken. Ich möchte wissen, weshalb die Reisigbündel so beschaffen sind, dass sie nichts hervorzubringen wissen als eine marternde Glut, wenn sie eben angebrannt sind, und marternde Kälte und Erstickung zu allen andern Zeiten! Ich möchte vor allen Dingen wissen, warum es ein Hauptcharakterzug der Architektur der italienischen Gasthöfe ist, dass das ganze Feuer zur Esse hinausgeht, nur der Rauch nicht.

Auf die Antwort kommt wenig an. Kupferschmiede, Türen, runde Öffnungen, Rauch und Reisigbündel sind mir willkommen. Gebt mir das freundliche Gesicht des Aufwärters oder der Aufwärterin, das höfliche Benehmen, das liebenswürdige Verlangen, sich angenehm zu machen und es angenehm zu finden, das leichtherzige, heitre, einfache Wesen – lauter Juwelen im Schmutz –, und ich bin morgen wieder der Ihrige!

Ariostos Haus, Tassos Gefängnis, ein schöner, alter, gotischer Turm und natürlich mehrere Kirchen sind die Sehenswürdigkeiten Ferraras. Aber die langen, öden Straßen und die verfallenen Paläste, wo Efeu weht anstatt der Banner und wo üppig aufgeschossenes

Unkraut langsam die seit langer Zeit unbetretenen Treppen hinauf-
kriecht, sind die besten Sehenswürdigkeiten von allen.

Der Anblick dieser öden Stadt, eine halbe Stunde vor
Sonnenaufgang an einem schönen Morgen, als ich sie verließ, war
so malerisch, wie er traumhaft und gespenstisch erschien. Es tat
nichts, dass die Leute noch nicht aus dem Bett waren, denn wenn
sie auch wach und geschäftig gewesen wären, so hätte das nur
einen geringen Unterschied in dieser Wüste von einem Orte
gemacht. Am besten musste sie sich ausnehmen ohne eine einzige
Gestalt im Gemälde, eine Stadt der Toten ohne einen einzigen
Überlebenden. Die Pest konnte die Straßen, die Plätze verödet und
Belagerung und Plünderung die alten Häuser zertrümmert, ihre
Türen und Fenster eingeschlagen und Breschen in die Dächer
gerissen haben. An einer Stelle erhob sich ein großer Turm in die
Luft, der einzige Haltepunkt für das Auge in der düsteren, schweig-
samen Umgebung. An einer andern stand ein gewaltiges Schloss
mit einem Graben ringsherum, abgelegen von allen andern: eine
finster dräuende Stadt für sich allein. In den schwarzen Kerkern
dieser Burg wurden Parisina und ihr Geliebter in tiefer Nacht
enthauptet. Der rote Schimmer, der am Himmel erschien, als ich
darauf zurücksah, färbte seine Wälle außen, wie sie vor alters viele
Male innen gefärbt gewesen sind; aber so wenig entdeckte man ein
Lebenszeichen, dass das Schloss und die Stadt von allen menschlichen Wesen gemieden sein konnten von dem Augenblick an, da
das Beil auf den letzten der beiden Liebenden niederfiel, und
niemals einen andern Klang hätten widerhallen können,

> *»seit jenem Schlag, der bis zum Block*
> *mit dumpfem, schwerem Falle schnitt.«*

An dem Po, der sehr angeschwollen und sehr reißend war, angekommen, überschritten wir denselben auf einer Schiffbrücke und
kamen so in österreichisches Gebiet und setzten unsere Reise fort
durch ein Land, welches einige Meilen weit großenteils unter
Wasser stand. Der wackere Kurier und die Soldaten hatten sich
wohl erst eine halbe Stunde wegen unseres Passes herumgezankt.
Aber das war eine tägliche Erquickung für den Wackeren, der stets

stocktaub wurde, wenn schäbig gekleidete Beamte in Uniform wie gewöhnlich aus hölzernen Kästen hervorstürzten, um den Pass zu sehen – oder mit andern Worten, um zu betteln –, und der, stocktaub gegen meine Bitten, dem Manne etwas zu geben, damit wir unsere Reise in Frieden fortsetzen könnten, gewöhnlich den Beamten in gebrochenem Englisch ausschimpfte, während des unglücklichen Mannes Angesicht durch das vollkommene Nichtverstehen dessen, was gegen seine Ehre gesagt wurde, zu einem Porträt der Seelenqual im Kutschenfenster eingerahmt wurde.

Im Laufe dieses Tages bekamen wir einen Postillion, der ein so wild und doch so gutmütig aussehender Vagabund war, wie man sich nur wünschen konnte. Es war ein schlanker, kräftig gebauter, dunkelfarbiger Kerl mit einem Überfluss von zottigen, schwarzen Haaren, die ihm über das ganze Gesicht hingen, und einem großen, schwarzen Schnurrbart, der bis unter das Kinn herabhing. Er trug einen zerrissenen, jägergrünen Rock, hier und da mit Rot besetzt, einen spitzen Hut, dem die Bürste seine Unschuld noch nicht geraubt, mit einer zerknickten und verwirrten Feder darauf, und ein brennend rotes Tuch, das ihm über die Schultern hing. Er saß nicht im Sattel, sondern lag ganz bequem auf einer Art niedrigem Fußbrett vorn am Wagen, unten zwischen den Pferdeschwänzen, ein Platz, vortrefflich geeignet, sich jeden Augenblick den Kopf zerschmettern zu lassen. Dieser Räubergestalt sagte der wackere Kurier, als wir gerade ganz anständig dahintrabten, dass es wohl gut sei, etwas schneller zu fahren. Er erwiderte diese Erinnerung mit einem wahren Geheul des Hohnes, schwang die Peitsche um den Kopf (so eine Peitsche! sie glich vielmehr einem selbst verfertigten Bogen), warf die Absätze in die Höhe, viel höher als die Pferde, und verschwand in einem Paroxysmus in der Gegend der Achsen. Ich erwartete nichts anderes, als ihn hundert Yards hinter uns auf der Straße liegen zu sehen, aber in der nächsten Minute erschien der spitze Hut plötzlich wieder, und der Kerl saß ruhig auf seinem Platz wie auf einem Sofa, sich mit dem Gedanken beschäftigend, dem er mit den Rufen Ausdruck gab: »Haha, was weiter. O der Teufel! Noch schneller! Schu – hu – uh – hu!« Dieser letzte Ausruf war ein unaus-sprechlich herausforderndes Geheul. Da ich unser nächstes Ziel diesen Abend noch erreichen wollte, wagte ich bald den Versuch, jene Erinnerung auf eigene Rechnung zu wiederholen. Das brachte ganz die gleiche Wirkung hervor. Mit dem gleichen höhnischen Schwunge flog die Peitsche durch die Luft, wieder tauchten die Absätze empor und der spitze Hut unter, und wieder war er gleich darauf da, ruhig wie vorher und für sich sagend:»Haha! was weiter! O der Teufel! Noch schneller! Sch – hu – uh – hu!«

Ein italienischer Traum

Ich war einige Tage unterwegs gewesen; hatte sehr wenig des Nachts und gar nicht am Tage gerastet. Die schnelle und ununterbrochene Reihenfolge von neuen Eindrücken, die ich gehabt, wachte ich gleich halb verkörperten Träumen wieder auf, und ein Gedränge von Gegenständen irrte in der größten Verwirrung durch meine Seele, als ich auf einer einsamen Straße dahinreiste. Zuweilen hielt das eine oder andere Bild inne in seinem rastlosen Hin- und Herschweben und gestattete mir, es ganz ordentlich zu betrachten und mit vollkommener Deutlichkeit zu sehen. Nach einigen Minuten zerging es dann wieder vor den Augen wie das Bild einer Zauberlaterne, und während ich ein Stück davon ganz deutlich, ein anderes unbestimmt und wieder ein anderes gar nicht erblickte, ließ es mich einen anderen der vielen neuerdings geschauten Orte dahinter und durchschimmernd und immer deutlicher werdend sehen. Aber kaum war dies Bild ganz sichtbar geworden, so verschmolz es auch schon wieder zu einem anderen. Einmal stand ich wieder vor den braunen alten Kirchen Mantuas. Wie ich die wunderlichen Pfeiler mit den gräulichen Ungeheuern als Sockel erkannte, kam es mir vor, als sähe ich sie für sich stehen auf dem ruhigen Platz von Padua, wo die ehrwürdige alte Universität war und hie und da Gruppen von Gestalten in dunklen weiten Talaren wallten. Dann wieder streifte ich im Freien bei dieser lieben

Stadt herum und bewunderte das ungewöhnlich schmucke Aussehen der Wohnhäuser, Blumen- und Obstgärten, wie ich sie vor wenigen Stunden gesehen hatte. Gleich darauf erschienen an ihrer Stelle die beiden Türme von Bologna, und der hartnäckigste dieser Gegenstände konnte keine Minute standhalten vor dem dräuenden, grabenumringten Schloss von Ferrara, das wie ein Bild zu einer schauerlichen Sage wieder hervortrat im Morgenrot, herrisch über der einsamen, grasbewachsenen, verfallenen Stadt hervorragend. Kurz, in meinem Geiste herrschte jener angenehme Wirrwarr, der bei Reisenden sehr häufig ist und den sie gern ruhig gewähren lassen. Jeder Stoß des Wagens, in dem ich halbschlummernd im Finstern saß, schien eine alte Erinnerung von ihrem Platz zu werfen und eine neue hinzustellen; und in diesem Zustand schlief ich ein.

Das Stillhalten des Wagens weckte mich nach einiger Zeit auf (so glaubte ich). Es war jetzt ganz Nacht, und wir befanden uns am Rande des Wassers. Hier lag ein schwarzes Boot mit einer kleinen Hütte von derselben Trauerfarbe darauf. Als ich darin Platz genommen, wurde das Boot von zwei Männern zu einem großen Licht, das weit hinaus auf dem Meere glänzte, gerudert.

Dann und wann vernahm man ein schauerliches Seufzen des Windes. Er kräuselte das Wasser und wiegte das Boot und jagte die dunklen Wolken an den Sternen vorüber. Ich konnte nicht umhin zu bemerken, wie seltsam es sei, zu so einer Stunde hinauszuschwimmen, das Land hinter sich lassend und nach jenem Licht auf dem Meer steuernd. Bald fing es an, heller zu brennen; und aus einem Lichte wurde jetzt eine ganze Schar von Kerzen, die aus dem Wasser hervorfunkelten und schimmerten, wie sich das Boot ihnen auf einem traumhaften Pfad, bezeichnet mit Pfählen, näherte.

Wohl eine Meile waren wir so über das Wasser geschwommen, als ich es in meinem Traum gegen ein Hindernis in nächster Nähe rauschen hörte. Wie ich forschend hinaussah, erblickte ich durch das Dunkel etwas Schwarzes, Körperhaftes – wie ein Ufer, aber flach auf dem Wasser liegend wie ein Floß –, an dem wir vorüberglitten. Der Oberste der beiden Ruderer sagte, es sei ein Totenacker.

Erfüllt von der staunenden Aufmerksamkeit, die ein Friedhof hier draußen auf dem einsamen Meer erregen musste, wandte ich mich zurück, um ihn zu betrachten, als er schnell unsern Blicken entrückt war. Ehe ich wusste, wie oder wodurch, entdeckte ich, dass wir durch eine Straße glitten – eine gespenstische Straße; zu beiden Seiten stiegen die Häuser aus dem Wasser, und das schwarze Boot glitt unter ihren Fenstern dahin. In einigen dieser Fenster glänzten Lichter, die die schwarze Flut mit dem Widerschein ihrer Strahlen besternten; überall aber tiefes Schweigen.

So gelangten wir weiter in die geisterhafte Stadt, immerfort durch enge Straßen und Gassen, alle mit strömendem Wasser angefüllt. Manchmal waren die Ecken, die wir zu umfahren hatten, so spitz und die Gässchen so eng, dass es dem langen schmalen Boot fast unmöglich schien, hier zu wenden; aber mit einem leisen melodischen Warnungsruf ließen es die Ruderer ohne Pause weitergleiten. Zuweilen beantworteten die Ruderer eines andern schwarzen Bootes den Ruf und, ihre Schnelligkeit hemmend (was, glaubte ich, wir auch taten), schwebten sie an uns vorüber wie ein dunkler Schatten. Andere Boote, von derselben Trauerfarbe, lagen angekettet an bemalten Pfeilern in der Nähe dunkler, geheimnisvoller Tore, die unmittelbar aufs Wasser hinausgingen. Einige dieser Boote waren leer; in andern hatten sich die Ruderer zum Schlafen ausgestreckt; zu einem sah ich einige Gestalten durch einen finsteren Torweg aus dem Innern eines Palastes gehen – in festliche Tracht gekleidet und begleitet von Fackelträgern. Nur einen flüchtigen Anblick hatte ich von ihnen, denn eine Brücke, die so tief auf das Boot herabhing, als wollte sie auf uns herabfallen und uns zerschmettern – eine von den vielen Brücken, die durch diesen Traum spukten –, verdeckte sie sogleich wieder. Weiter fuhren wir, dem Herzen dieser wunderbaren Stadt entgegen – ringsum Wasser, wo man sonst kein Wasser sieht –, Gruppen von Häusern, Kirchen, Prachtgebäuden, mitten aus der Flut steigend – und überall dasselbe seltsame Schweigen. Jetzt schossen wir über einen breiten und offenen Strom, dann, wie mir träumte, an einem geräumigen gepflasterten Kai vorbei, wo die hellen Lampen, mit denen er erleuchtet war, lange Reihen von Bogen und Pfeilern von schwerer Masse und großer Stärke, aber doch dem Auge so leicht erscheinend wie Girlanden von Reif oder Sonnenfäden, zeigten – und wo ich zum ersten Mal Menschen gehen sah –, und wir kamen an einer Treppe an, die vom Wasser hinauf zu einem großen Hause führte, wo ich mich, nachdem ich durch unzählige Korridore und Galerien gegangen war, zur Ruhe legte und die schwarzen Boote unter meinem Fenster über das leise plätschernde Wasser hin und her gleiten hörte, bis ich einschlief.

Den prächtigen Tag, der mich in jenem Traum erweckte, seine Frische, seine Bewegung, seine Wonnigkeit, das Funkeln der Sonne auf dem Wasser, den klaren blauen Himmel und die kühle Luft – das alles können die Worte eines Wachenden nicht beschreiben. Aber von meinem Fenster aus sah ich auf Boote und Barken hinab; auf Masten, Segel, Tauwerk und Flaggen; auf Gruppen von rührigen Matrosen, beschäftigt mit der Ladung jener Fahrzeuge; auf geräumige Kais voll von Ballen, Fässern, Waren aller Art; auf große Schiffe, unfern von mir in stolzer Ruhe ankernd; auf Inseln, mit prächtigen Kuppeln und Türmen gekrönt, wo in der Sonne goldene Kreuze schimmerten, hoch oben auf wunderbaren Kirchen, die aus dem Meere emporstiegen! Dann als ich hinabging an den Rand des grünen Meeres, das vor der Türe floss und alle Straßen erfüllte, gelangte ich auf einen Platz von so wunderbarer Schönheit und Großartigkeit, dass er alles andere im Vergleich mit seiner überwältigenden Anmut armselig und alltäglich erscheinen ließ.

Es war eine große Piazza, träumte mir, wie alles übrige im tiefen Meer ankernd. Auf seiner geräumigen Fläche stand ein Palast, majestätischer und prächtiger in seinem greisen Alter als alle Gebäude der Erde in der Kraft und Blüte ihrer Jugend. Klöster und Galerien, so zierlich leicht, als wären sie das Werk von Elfen, so fest, dass Jahrhunderte vergebens sie bestürmt hatten, umgaben rings diesen Palast und schlossen eine Kirche ein, die in der ganzen üppigen Phantastik des Orients prunkte. Nicht weit von ihrer Pforte reckte ein einzeln stehender Turm sein stolzes Haupt empor in den Himmel und schaute auf das Adriatische Meer hinaus. Nahe am Rande des Wassers standen – reich an bösen Erinnerungen – zwei Säulen von rotem Granit; auf dem Gipfel der einen eine Gestalt mit Schwert und Schild, auf der andern ein geflügelter Löwe. Nicht weit von diesen trug ein zweiter Turm – in seinem Schmuck der reichste der reichen, selbst hier, wo alles reich war – auf seiner Spitze eine große Kugel, goldig und tiefblau glänzend; die zwölf Himmelszeichen waren darauf gemalt, und um sie drehte sich eine Sonne, während darüber zwei eherne Riesen die Stunden auf einer tönenden Glocke anschlugen. Ein längliches Viereck hoher Häuser vom weißesten Marmor, umgeben von einer leichten, schönen Arkade, bildete einen Teil des bezaubernden Schauspiels, und hie und da stiegen buntbemalte schlanke Flaggenmasten aus dem immer wechselnden Boden.

Mit träumte, ich träte in den Dom und wanderte durch seine vielen Bogengänge von einem Ende seines Raumes bis zum andern. Ein großartiger, traumhafter Bau von ungeheuren Dimensionen; golden von alten Mosaiken, duftend von Wohlgerüchen, verdüstert von den Wolken des Weihrauchs, reich an Schätzen von kostbaren Steinen und Metallen, die durch eiserne Gitter strahlen, geheiligt mit den Reliquien verstorbener Heiligen, regenbogenfarbig von gemalten Glasfenstern, dunkel von geschnitztem Holz und buntem Marmor, düster oben in seinen Höhen und weiten Fernen, schimmernd mit Silberlampen und flackernden Kerzen, überirdisch, phantastisch, feierlich, unbegreiflich durch und durch. Mir träumte, ich träte in den alten Palast und wandelte durch verödete Gänge und Ratszimmer, wo die alten Regenten dieser Herrscherin der Meere finster von den Wänden herabblickten und wo ihre Galeeren, noch immer siegreich auf der Leinwand, kämpften wie ehemals. Mir träumte, ich wandelte durch die Prunkhallen – jetzt kahl und leer! –, und wie ich über der Stadt alten Glanz und alte Macht, die jetzt verschwunden, nachdachte, da hörte ich eine Stimme sagen: »Einige Wahrzeichen ihrer alten Herrschaft und einige tröstende Gründe für ihren Sturz kann man hier noch sehen!«

Mir träumte dann, ich würde in ein paar unheimliche Gemächer geführt, die mit einem Gefängnis neben dem Palast in Verbindung standen – in Verbindung durch eine hoch über einer Straße sich wölbende Brücke, die man, träumte mir, die Seufzerbrücke nannte. Aber zuerst kam ich an zwei zackigen Spalten in einer steinernen Mauer vorüber, dem Löwenrachen – jetzt zahnlos –, wo, glaubte ich im Fieberspuk meines Traumes, voreinst viele Anklagen Unschuldiger, wenn finstere Nacht war, hineingeworfen wurden. Wie ich dann das Zimmer sah, wohin Gefangene zum Verhör gebracht wurden, und die Tür, zu der sie hinausgingen, wenn sie verurteilt waren – eine Tür, die sich nie hinter einem Menschen schloss, der noch Leben und Hoffnung vor sich hatte –, da war es mir, als sollte mir das Herz im Leibe erstarren.

Aber noch tiefer wurde es getroffen, als ich mit der Fackel in der Hand aus dem heitern Tag hinab in zwei Reihen schauerlicher Steinzellen stieg. Sie waren ganz finster. In der dicken Mauer einer jeden war ein Loch, wo man einst – träumte mir – alltäglich eine Fackel hineinsteckte, um dem Gefangenen für eine halbe Stunde zu leuchten. Beim Schimmer dieses kärglichen gespendeten Lichtes hatten die Eingekerkerten Inschriften in die geschwärzten Gewölbe gekritzelt und gegraben. Ich sah sie. Denn ihr Mühen mit einem rostigen Nagel hatte ihre Qual und sie durch viele Geschlechter überlebt.

Eine Zelle sah ich, wo kein Mensch länger als vierundzwanzig Stunden blieb; denn er war dem Tode verfallen, wenn er hier eintrat. Gleich daneben eine andere, wohin um Mitternacht der Beichtiger kam – ein Mönch in brauner Kutte und verhüllender Kapuze –, grauenhaft schon bei Tage und in der hellen Sonne, aber in der tiefen Nacht dieses Kerkers der Vernichter der Hoffnung und der Herold des Todes. Ich stand auf der Stelle, wo um dieselbe schauerliche Stunde der Gefangene – nachdem er gebeichtet – erdrosselt wurde, und legte meine Hand auf die niedrig überwölbte Pforte, durch welche der schwerfällige Sack in ein Boot getragen, fortgerudert und dort versenkt wurde, wo ein Netz zu werfen ein todeswürdiges Verbrechen war.

Um diese Kerkerveste und über einem Teil derselben – außen die rauhen Wände bespülend, innen sie mit Schleim und Moder überziehend, abgerissene Wasserpflanzen und allerlei Abfall in Spalten und Ritzen stopfend, als müsste auch den Steinen und Riegeln der Mund gestopft werden: ein stets bereiter, glatter Weg, um die Leichen der geheimen Opfer des Staates fortzuschaffen, ein so bereitwilliger Weg, dass er mit ihnen ging und vor ihnen herlief wie ein grausamer Beamter – floss dasselbe Wasser, welches diesen Traum erfüllte und es selbst damals als einen erscheinen machte.

Als ich vom Palast eine Treppe hinabstieg – die Riesentreppe, glaube ich, genannt –, überkam mich eine traumhafte Erinnerung eines abdankenden Greises, der immer langsamer und schwächer hinabging, als er die die Einsetzung seines Nachfolgers verkündende Glocke läuten hörte. In einer der schwarzen Barken glitt ich weiter, bis wir zu einem alten Arsenal kamen, bewacht von vier marmornen Löwen. Um meinen Traum noch wunderbarer und unwahrscheinlicher zu machen, zeigte einer derselben auf seinem Leib Worte und Sätze, die zu unbekannter Zeit und in unbekannter Sprache, so dass ihre Bedeutung allen Menschen ein Geheimnis war, dort eingegraben worden waren.

Man vernahm wenig Hämmergepoch in dieser Werft und sah nur wenig Arbeit im Werke: denn die Größe der Stadt war nicht mehr, wie ich bereits gesagt habe. Ja, sie erschien wie ein Wrack, das man treibend auf dem Meer gefunden hat; eine fremde Flagge weht über ihm, und Fremde stehen an seinem Steuer. Eine prächtige Barke, in der ehemals das Oberhaupt mit Prunk hinausgefahren war, um sich mit dem Meer zu vermählen, war, träumte ich, nicht mehr vorhanden; aber an seiner Stelle ein zierliches Modell nach der Erinnerung wie die Größe der Stadt; und es sprach von dem, was gewesen (so vermischt sich Starkes und Schwaches im Staube) fast so beredt wie die gewaltigen Pfeiler, Bogen und Dächer, gebaut, um stattliche Schiffe zu überschatten, von denen kein Schatten mehr auf Erden noch auf dem Wasser übrig war.

Ein Zeughaus war noch da, geplündert und beraubt, aber ein Zeughaus. Eine blutrote, den Türken entrissene Fahne trauerte in der dumpfen Luft ihres Kerkers. Reichverzierte Harnische großer Krieger waren dort aufbewahrt; Armbrüste und Bolzen, Köcher und Pfeile, Speere, Schwerter, Dolche, Streitkolben, Schilder und schwere Äxte; Platten von geschmiedetem Stahl; Eisen, um das edle Ross zu einem mit metallenen Schuppen bedeckten Ungeheuer zu machen, und eine Waffe mit kunstreichen Federn (man konnte sie bequem in der Brust tragen), bestimmt, ihr Werk geräuschlos zu tun und Menschen mit vergifteten Pfeilen zu töten. Einen Schrank sah ich voll fluchbeladener Marterwerkzeuge: entsetzlich ersonnen, um zu foltern und des Menschen Knochen zu zerquetschen und zu zerbrechen und sie mit allen Qualen eines tausendfachen Todes zu zerreißen und zu verrenken. Davor standen zwei eiserne Helme mit Bruststücken, eingerichtet, um sich fest und knapp um das Haupt lebender Opfer zu schließen, und an jedem befand sich ein kleiner Vorsprung, auf den der Folternde sich bequem mit dem Ellbogen stützen und dem Jammern und den Bekenntnissen des Unglücklichen im Helme lauschen konnte. So ähnlich menschlicher Gestalt starrten ihre Züge, so von Schmerz durchkrampft war ihr künstliches Antlitz, dass es einem schwer wurde, sie sich leer zu denken; und schreckliche in ihnen spukende Gesichter schienen mir zu folgen, als ich wieder das Boot bestieg und nach einer Art Garten oder Promenade in dem Meer fuhr, wo Gras und Bäume waren. Aber ich vergaß sie, wie ich am äußersten Ende der Insel stand – ich stand dort in meinem Traum – und über die kräuselnden Wellen in die untergehende Sonne blickte: vor mir am Himmel und über der Tiefe eine purpurne Glut, und hinter mir die ganze Stadt, auf dem Wasser sich in goldene und purpurne Streifen auflösend.

Im Hochgenuss der Wunder eines so köstlichen Traumes achtete ich nur wenig der Zeit und merkte ihr Verstreichen kaum. Aber er hatte Tage und Nächte; und wenn die Sonne hoch stand und wenn die Strahlen der Laternen auf dem fließenden Wasser glitzerten, fuhr ich immer noch – träumte mir –, und die Wellen spülten und plätscherten an den schlüpfrigen Mauern und Häusern, wenn meine schwarze Barke durch die Straßen schwamm.

Zuweilen stieg ich an der Pforte von Kirchen und großen Palästen aus und wanderte durch Gemächer und Kreuzgänge, durch Labyrinthe reicher Altäre und alter Denkmäler, durch verfallene Zimmer, wo der Hausrat, halb schauerlich und halb grotesk, dem Untergang entgegenmoderte. Gemälde waren da von solcher Schönheit und solchem Ausdruck, von so viel Leidenschaft, Wahrheit und so mächtigem Eindruck, dass sie wie lauter jugendliche und frische Wirklichkeiten in einem Heer von Gespenstern aussahen. Ich träumte sie mir oft zusammen mit den alten Tagen der Stadt, mit ihren Schönheiten, Tyrannen, Kriegern, Patrioten, Kaufleuten, Hofleuten, Priestern, ja selbst mit ihren Steinen, Ziegeln und öffentlichen Plätzen – und alles dieses lebte wieder vor mir an den Wänden. Dann schritt ich eine marmorne Treppe hinab, wo das Wasser gegen die untersten Stufen plätscherte, stieg wieder in mein Boot und träumte meinen Traum fort.

Enge Gassen ging es hinab, wo Zimmerleute, die mit Hobel und Stemmeisen in ihren Werkstätten arbeiteten, die leichten Späne unmittelbar ins Wasser warfen, wo sie wie Seekraut lagen und in verwirrtem Haufen vor mir her schwammen. Vorbei an offenstehenden Türen, zerfallen und verfault in der Feuchtigkeit, und dahinter hellgrün und glänzend ein kleiner Rebstock, der mit seinen zitternden Blättern ungewohnte Schatten auf den Fußboden zeichnete. Vorbei an Kais und Terrassen, wo anmutig verschleierte Damen vorübergingen und Herumlungerer in der Sonne auf Steinplatten und Treppen ruhten. Unter Brücken hindurch, wo auch Leute untätig standen und in das Wasser hinabsahen. Unter steinernen Söllern vorbei, die in schwindelnder Höhe vor den höchsten Fenstern der höchsten Häuser hingen. Vorbei an Gärten, Theatern, Heiligennischen, wunderbaren Gebäudemassen – gotisch – maurisch – phantastisch geschmückt mit den Phantasien aller Zeiten und Völker. An Gebäuden vorbei, die hoch waren und niedrig, schwarz und weiß, gerade und krumm, ärmlich und großartig, gebrechlich und fest. Langsam durch einen wirren Haufen von Booten und Barken, und endlich in den großen Kanal hinein! Da sah ich im launischen Wechsel meines Traums den alten

Shylock hin und her gehen auf der Brücke, die ganz bebaut war mit Läden und laut vom Gesumm vieler Menschenzungen, und eine Frauengestalt – mein Traum sagte mir, es sei Desdemona – beugte sich aus einem Gitterfenster, um eine Blume zu pflücken. Und im Traum glaubte ich, Shakespeares Geist müsste hier irgendwo über dem Wasser schweben und durch die Stadt irren.

Nachts, wenn zwei Votivlampen vor einer Madonna in einer Galerie dicht unter dem Dach des großen Domes brannten, träumte mir, die große Piazza des geflügelten Löwen sei erhellt von heiterem Licht und die Arkaden seien gedrängt voll von Menschen, während ganze Scharen sich in den prächtigen Kaffeehäusern am Platze – die nie geschlossen wurden, sondern die ganze Nacht geöffnet blieben – unterhielten. Wenn die ehernen Riesen Mitternacht an der Glocke anschlugen, da, träumte mir, sei hier alles Leben und aller Verkehr der Stadt vereinigt; und wie ich längs der öden Kais wieder wegruderte, sah ich dort nur einzelne schlafende Gondoliere, die sich in ihre Mäntel gehüllt hatten und ausgestreckt auf dem steinernen Fußboden lagen.

Aber dicht bei den Kais und Kirchen, Palästen und Kerkern, an den Mauern nagend und in die geheimen Winkel der Stadt schleichend, wogte das Wasser; geräuschlos und lauernd, mit seinen vielen Ringen sich rundumschlingend wie eine alte Schlange, der Zeit harrend, träumte mir, wo die Menschen in seinen Tiefen nach einem einzigen Stein der alten Stadt, die einst seine Herrin sein wollte, suchen würden.

So trug mich das Wasser dahin, bis ich auf dem alten Marktplatz von Verona erwachte. Viele, viele Male habe ich seitdem wieder an diesen wunderbaren Traum auf dem Wasser gedacht, und ich habe mich halbverwundert gefragt, ob er noch dort liege und ob sein Name Venedig sei.

Über Verona, Mantua, Mailand und den Simplonpaß in die Schweiz

Ich scheute mich fast, nach Verona zu reisen, aus Furcht, es könnte mir die Romantik von Romeo und Julia verlorengehen, aber ich war kaum auf den alten Marktplatz getreten, so verschwand diese Besorgnis. Es ist ein so absonderlicher und malerischer Platz, von einer so außerordentlichen Reichhaltigkeit und Mannigfaltigkeit phantastischer Gebäude, dass diese so romantische Stadt, der Schauplatz einer der romantischsten und schönsten Geschichten, kein besseres Herz haben könnte.

Es war natürlich genug, dass ich geradewegs zum Marktplatz, zum Hause der Capulets ging, das jetzt zu einer ganz jämmerlichen, kleinen Schenke herabgesunken ist. Lärmende Vetturini und schmutzige Marktkarren stritten sich um den Besitz des Hofes, wo der Kot knöcheltief lag und eine Herde schmutzbespritzter Gänse herumwatschelte. Im Torweg fletschte ein boshaft aussehender Hund wütend die Zähne und hätte gewiss Romeo, sowie er über die Mauer stieg, beim Bein gepackt, wenn er damals schon vorhanden gewesen wäre. Der Obstgarten kam in andere Hände und wurde schon vor vielen Jahren von dem Gebäude getrennt, aber es gehörte einer zu dem Hause – oder konnte jedenfalls dazu gehört haben –, und der Hut (Capello), das alte Wappen der Familie, ist immer noch, in Stein gehauen, über dem Torweg des Hofes zu erblicken. Die Gänse, die Marktkarren, ihre Fuhrleute und der Hund passen freilich nicht recht zur Geschichte, das muss man gestehen, und es wäre hübscher gewesen, das Haus leer zu finden und durch die verlassenen Räume wandern zu können. Aber der Hut war unsäglich erquicklich und der Fleck, wo vordem der Garten war, kaum weniger. Außerdem war das Haus ein so misstrauisch und grämlich aussehendes Haus, wie man nur wünschen konnte, obgleich von sehr mäßiger Größe. So war ich denn ganz zufrieden mit ihm, als dem echten Palast des alten Capulet, und äußerte mich entsprechend dankbar gegen eine außerordentlich unsentimentale Frau in mittleren Jahren, die Padrona des Gasthauses, die auf der Schwelle stand und den Gänsen zusah.

Von Julias Wohnung zu Julias Grab ist ein dem Besucher so natürlicher Übergang wie der schönen Julia selbst, der stolzesten Julia, welche jemals die Fackeln geheißen hat, hell zu brennen. So ging ich denn mit einem Führer zu einem alten, alten Garten, der einst zu einem alten, alten Kloster gehörte, glaube ich; und nachdem die munter blickende Frau, welche Kleider wusch, mich durch ein halbzertrümmertes Tor hereingelassen hatte, schritt ich durch ein paar Gänge, wo frische Pflanzen und junge Blumen lieblich um alte Mauertrümmer und mit Efeu bedeckte Steinhaufen herumwuchsen. Hier zeigte man mir einen kleinen Wassertrog, den die Frau mit den klaren Augen, die Arme an ihrem Tuch abtrocknend, »La tomba di Giulietta la sfortunata« nannte. Mit der allerbesten Absicht zu glauben, die es nur geben kann, konnte ich doch weiter nichts glauben, als dass die Frau mit den klaren Augen glaubte; so schenkte ich ihr denn diesen Glauben und den üblichen in barem Geld. Es war mehr eine Freude als eine Täuschung, dass Julias Ruhestätte vergessen war. So tröstlich es auch für Yoricks Geist gewesen sein mag, das Geräusch der Schritte auf dem Fußboden über ihm und zwanzigmal des Tages seinen Namen wiederholen zu hören, so ist es doch für Julia gewiss besser, fern ab von der gewöhnlichen Straße der Touristen zu ruhen und keine anderen Besucher zu haben als solche, die im Lenzregen, in lieblicher Luft und im Sonnenschein die Gräber heimsuchen.

Freundliches Verona mit seinen schönen, alten Palästen und der reizenden Landschaft in der Ferne, die man von Terrassengärten und prunkhaften Galerien herab erblickt! Mit seinen römischen Toren, immer noch die schöne Straße überwölbend und auf das Sonnenlicht von heute den Schatten von vor fünfzehnhundert Jahren werfend! Mit seinen marmornen Kirchen, hochragenden Türmen, seiner reichen Architektur und seinen wunderlich aussehenden alten, ruhigen Straßen, wo einst die Kampfesrufe der Montagues und Capulets erschallten, und

> »Veronas graue Bürger
> Den ernsten, wohlanständigen Schmuck ablegten
> Und alte Hellebarden schwangen.«

Mit seinem schnell dahinfließenden Flusse, seiner malerischen Brücke, seinem großen Schloss, seinen dunklen Zypressen und der so schönen, erquickenden Aussicht. Freundliches Verona!

In der Mitte auf der Piazza di Brá – ein Geist aus alter Zeit mitten unter den alltäglichen Wirklichkeiten des Jetzt – steht das große römische Amphitheater, so schön erhalten und sorgfältig gepflegt, dass jede Sitzreihe noch unversehrt ist. Über einigen Bogen erblickt man noch die alten römischen Nummern, und Korridore sind noch da, und Treppen und unterirdische Gänge für Tiere und über und unter der Erde viel gekrümmte Galerien, als ob die gierige Menge noch hinein- und hinausdrängte, um das blutige Schauspiel in der Arena zu sehen. In ein paar schattigen Winkeln und Nischen der Mauer befinden sich jetzt Schmiede mit ihren Werkstätten und Kleinhändler mit mancherlei Waren, und oben auf dem obersten Rand wachsen grüne Kräuter und Blätter und Gras. Aber sonst ist weniges bedeutend verändert.

Als ich alles mit großem Interesse durchwandert hatte und auf der höchsten Sitzreihe stand und mich von dem lieblichen Panorama mit den Alpen im Hintergrund abwendete und in das Gebäude hinabsah, da erschien es mir wie die innere Seite eines ungeheuren Strohhutes mit einer ungeheuer breiten Krempe und niedrigem Deckel; die einzelnen Flechten sind die vierundvierzig Sitzreihen. Der Vergleich ist nicht sehr poetisch und phantastisch, wenn man ihn nüchtern auf dem Papier ansieht, aber dennoch drängte er sich mir damals auf.

Kurze Zeit vorher hatte eine Kunstreitertruppe darin gespielt – wahrscheinlich dieselbe Truppe, welche der alten Dame in der Kirche von Modena erschienen war – und hatte sich einen kleinen Zirkus an dem einen Ende der Arena ausgewählt, wo man jetzt noch die Hufspuren der Pferde entdecken konnte. Mir drängte sich die Vorstellung der Handvoll Zuschauer in ein paar alten Steinsitzen und eines buntgeschmückten Kavaliers oder drolligen Polichinells auf, während die alten Mauern zuschauten. Vor allem dachte ich mir, wie seltsam diesen römischen stummen Zuschauern die Lieblingsszene des Lustspiels vorkommen musste, die von den reisenden Engländern, wo ein britischer Adliger (Lord John) mit einem sehr wackligen Bauch und gekleidet in einen blauen, den Staub kehrenden Rock, hellgelbe Hosen und einen weißen Hut auf einem sich bäumenden Pferde erscheint, und neben ihm eine englische Dame (Lady Betsey) im Strohhut und grünen Schleier und grünen Spenzer, und beständig mit einem riesenhaften Strickbeutel und einem nicht aufgespannten Sonnenschirm belastet.

Ich streifte den ganzen übrigen Tag durch die Stadt, und ich glaube, ich könnte jetzt noch darin herumstreifen. An einer Stelle bemerkte ich ein neues, sehr niedliches Theater, wo sie eben die in Verona immer beliebte Oper »Romeo und Julia« aufgeführt hatten. An einer andern, unter einer Kolonnade, befand sich eine Sammlung griechischer, römischer und etruskischer Altertümer, beaufsichtigt von einem alten Mann, der selbst eine etruskische Antiquität hätte sein können, denn er war nicht stark genug, das eiserne Tor zu öffnen, als er es aufgeschlossen hatte, und besaß weder Stimme genug, um sich vernehmbar zu machen, wenn er die Antiquitäten beschrieb, noch Gesicht genug, um sie zu sehen: so uralt war er. An einem andern Ort war eine Bildergalerie, so abscheulich schlecht, dass es eine rechte Freude war, sie vermodern zu sehen. Aber überall in den Kirchen, unter den Palästen, in den Straßen, auf der Brücke oder unten am Fluss war es das liebe Verona und wird es in meiner Erinnerung immer sein.

Ich las an diesem Abend in meinem Zimmer »Romeo und Julia« – natürlich hat es noch kein Engländer dort gelesen –, brach am nächsten Tag mit Sonnenaufgang nach Mantua auf, indem ich im Coupé eines Omnibus neben dem Kondukteur, der die »Geheimnisse von Paris« las, vor mich hin brummte:

»Oh, außerhalb Veronas Mauern gibt
Es keine Welt, nur Fegfeuer, Marter, Hölle.
Von hier verbannt, ist aus der Welt verbannt,

Und aus der Welt verbannt sein ist der Tod« –

was mich daran erinnerte, dass Romeo doch eigentlich nur auf fünfundzwanzig englische Meilen verbannt gewesen war, und mein Vertrauen auf seine Kraft und Kühnheit etwas störte. Ich möchte wissen, ob damals der Weg nach Mantua so schön war wie jetzt! ob er sich hinzog durch ebenso grünes Weideland, glänzend von denselben funkelnden Strömen und geschmückt mit schattenreichen Gruppen zierlicher Bäume! Jene purpurnen Berge ruhten auch damals in der Ferne, und die Tracht der Bauernmädchen, die eine große silberne Nadel mit rundem Knopf am Ende durch das Haar stecken, kann sich kaum sehr verändert haben. Das freudige Gefühl eines so klaren Morgens und eines so prächtigen Sonnenaufgangs kann selbst der Brust eines verbannten Liebenden nicht fremd gewesen sein, und Mantua selbst mit seinen Türmen und Mauern und Wassern muss ihm nicht viel anders als von einem prosaischen Omnibus aus erschienen sein. Vielleicht musste er dieselben scharfen Wendungen über zwei hohltönende Zugbrücken machen, ging über dieselbe lange, überdachte hölzerne Brücke und nahte, nachdem er an einem sumpfigen Wasser vorüber war, dem verrosteten Tore des stillen Mantua.

Wenn jemals ein Mann zu seinem Wohnort passte und sein Wohnort zu ihm, so war dies bei dem hagern Apotheker von Mantua der Fall. Vielleicht war damals die Stadt lebhafter. War dies der Fall, so war der Apotheker seiner Zeit voraus und wusste, was Mantua im Jahre 1844 sein würde. Er fastete viel, und das unterstützte seine Weissagungsgabe sehr.

Ich stieg im Gasthof zum Goldenen Löwen ab und entwarf eben mit dem wackeren Kurier den Reiseplan durch die Stadt, als sich ein bescheidenes Klopfen an der Tür vernehmen ließ, die auf eine den Hof umgebende äußere Galerie ging; darauf trat ein unendlich schäbig aussehendes Männchen herein, um zu fragen, ob der Herr eines Cicerone zur Besichtigung der Stadt bedürfe. Sein Gesicht sah so bekümmert und ängstlich gespannt aus, als er in der halbgeöffneten Tür stand, und sein abgeschabter Anzug und der kleine zerdrückte Hut und der abgetragene wollene Handschuh, mit dem er ihn hielt, sprachen so deutlich von Armut – deswegen nicht weniger deutlich, weil es offenbar die hastig übergeworfenen Staatskleider waren –, dass ich ihn eher mit Füßen getreten als wieder entlassen hätte. Ich nahm ihn im Augenblick an, und er trat herein.

Während ich das Gespräch, in welchem ich eben begriffen war, schloss, stand er allein in der Ecke mit strahlendem Gesicht und tat, als ob er meinen Hut mit dem Arm glättete. Wenn sein Lohn ebenso viele Napoleons betragen hätte, wie er Francs betrug, so hätte über die trübe Dämmerung seiner Schäbigkeit kein solcher Sonnenstrahl blitzen können, wie jetzt, da er gemietet war, den ganzen Mann überglänzte.

»Nun«, sagte ich, als ich fertig war, »wollen wir jetzt gehen?«

»Wenn es dem Herrn gefällig ist. Es ist ein schöner Tag heute. Ein wenig kühl, aber reizend, wirklich reizend. Der Herr wird mir erlauben, die Tür zu öffnen. Das ist der Wirtshaushof, der Hof des Goldenen Löwen. Der Herr wird so gefällig sein, sich auf der Treppe in acht zu nehmen.«

Wir waren jetzt auf der Straße.

»Das ist die Straße des Goldnen Löwen. Das ist die Außenseite des Goldnen Löwen. Das interessante Fenster dort oben im ersten Stock, wo die Scheibe zerbrochen ist, ist das Fenster des Herrn!«

Nachdem ich alle diese merkwürdigen Gegenstände betrachtet hatte, fragte ich, ob es viel in Mantua zu sehen gäbe.

»Oh, eigentlich nicht. Nicht viel! Soso«, sagte er, entschuldigend mit den Achseln zuckend.

»Viele Kirchen?«

»Nein. Fast alle von den Franzosen geschlossen.«

»Klöster?«

»Nein. Wieder die Franzosen! Fast alle von Napoleon aufgehoben.«

»Viel Verkehr?«

»Sehr wenig Verkehr.«

»Viel Fremde?«

»Ach du meine Güte!«

Ich glaubte, er wolle in Ohnmacht fallen.

»Was werden wir denn tun, wenn wir die beiden großen Kirchen gesehen haben?« fragte ich.

Er blickte die Straße hinauf und hinab und rieb sich schüchtern das Kinn; dann sagte er und sah mich an, als ob ihm plötzlich ein Licht aufgegangen sei, aber doch mit einer bescheidenen Bitte um Nachsicht, die ganz unwiderstehlich war: »Wir können einen kleinen Spaziergang um die Stadt machen, Signore (si può far un piccolo giro della città).«

Es war unmöglich, über diesen Vorschlag nicht erfreut zu sein, und so machten wir uns denn in vortrefflicher Laune auf den Weg. In seinem Glück schüttete er mir sein Herz aus und gab über Mantua so viel Auskunft, wie nur ein Cicerone konnte.

»Man muss sein Brot verdienen«, sagte er, »aber ein uninteressanter Ort ist es, das ist wahr.«

So viel, wie nur immer möglich war, machte er aus der Basilika von Santa Andrea, einer schönen Kirche, und aus einer umgitterten Stelle des Fußbodens, um welche Kerzen brannten und ein paar Leute knieten und unter der der heilige Gral aufbewahrt sein soll. Sobald wir mit dieser Kirche und einer zweiten (dem Dom von San Pietro) fertig waren, gingen wir zum Museum, welches verschlossen war.

»Es ist ganz einerlei«, sagte er; »es ist eben nicht viel darin!«

Dann gingen wir zur Piazza del Diavolo, vom Teufel (zu keinem besonderen Zweck) in einer einzigen Nacht gebaut; dann zu der Piazza Virgiliana, dann zur Bildsäule Virgils – unsern Dichter nannte ihn mein kleiner Freund, für einen Augenblick sich stolzer fühlend und den Hut ein klein wenig auf die Seite setzend. Alsdann gingen wir durch eine Art Bauernhof, durch den wir zu einer Gemäldegalerie kamen. Im Augenblick, da das Tor geöffnet wurde, kamen wohl fünfhundert Gänse herausgewatschelt, die mit vorgestreckten Hälsen auf die abscheulichste Weise schnatterten, als ob sie ausriefen: »Oh, hier kommt jemand, um die Bilder zu sehen! Geht nicht hinauf, geht nicht hinauf.«

Während wir hinaufgingen, warteten sie unten an der Tür in dichtgedrängter Schar und schnatterten nur zuweilen leise untereinander; aber kaum erschienen wir wieder, so schossen ihre Hälse heraus wie Teleskope, und sie fingen wieder den alten Lärm an, womit sie ohne Zweifel sagen wollten: »Was, ihr wollt gehen? Was meint ihr dazu? Wie gefällt es euch?« Und damit geleiteten sie uns zur äußeren Pforte und warfen uns mit Verhöhnung auf die Straße hinaus.

Die Gänse, welche das Capitol retteten, standen zu diesen Gänsen in demselben Verhältnis wie die wilden Flöhe zu den industriellen. Welch eine Galerie von Gänseköpfen! Ich hätte ihr Urteil über eine Kunstfrage jedenfalls den Abhandlungen von Sir Joshua Reynolds vorgezogen.

Jetzt, als wir wieder auf der Straße standen, nachdem man uns so schmachvoll dahin geleitet, war mein kleiner Freund wirklich auf den kleinen Spaziergang um die Stadt, den er früher vorgeschlagen, reduziert. Aber mein Vorschlag, den Palazzo Te zu besuchen – ich hatte ihn als einen wunderlich verödeten Ort nennen hören –, flößte ihm neues Leben ein, und wir machten uns auf den Weg.

Das Geheimnis von Midas' langen Ohren wäre viel bekannter geworden, wenn sein Diener, der es dem Schilf anvertraute, in Mantua gewohnt hätte, wo es Schilf und Binsen genug gibt, um es der ganzen Welt bekanntzumachen. Der Palazzo Te steht in einem Sumpf, umwuchert von solchen Pflanzen; und es ist in der Tat ein so wunderbarer Ort, wie ich nur je einen sah.

Nicht wegen seiner Wüstheit, obgleich er sehr wüst ist, nicht wegen der feuchten Grabesluft, die in ihm herrscht, nicht wegen seines verfallenen Zustandes, obgleich er so verfallen und verlassen ist, wie nur ein Haus sein kann, sondern hauptsächlich wegen der unerklärlichen Fiebertraum-Gestalten, mit denen (neben anderen, besseren Bildern) sein Inneres von Giulio Romano geschmückt worden ist. Über einem gewissen Kamin sieht man einen grinsenden Riesen und an den Wänden eines andern Zimmers Dutzende von Riesen (mit Zeus kämpfende Titanen), die so unbegreiflich hässlich und grotesk sind, dass man sich nur wundern kann, wie jemand solche Wesen erfinden konnte. In dem Zimmer, wo diese Ungeheuer mit geschwollenen Gesichtern und jeder denkbaren Verdrehung der Augen und der Glieder zu sehen sind, sind sie dargestellt, wie sie unter der Last fallender Gebäude wanken oder unter Trümmern zusammenstürzen, Felsenmassen in die Höhe heben und sich darunter begraben, vergebens bestrebt, Pfeiler schwerer Dächer, die auf ihre Häupter herabsinken, zu stützen; mit einem Worte, wie sie jeder Art wahnsinniger und dämonischer Zerstörung als Ziel oder Urheber dienen. Die Gestalten sind ungeheuer groß und übertrieben bis zum äußersten Grade der Ungeschlachtheit. Die Färbung ist hart und unangenehm, und die ganze Wirkung gleicht mehr, sollte ich meinen, einem heftigen Blutandrang nach dem Kopf des Beschauers als einem wirklichen Gemälde, das die Hand eines Künstlers geschaffen hat.

Diese apoplektische Schöpfung wurde uns von einer kränklich aussehenden Frau gezeigt, deren Blässe wohl der schlechten Sumpfluft zuzuschreiben war; aber man konnte sich kaum des Gedankens enthalten, die Riesen spukten ihr, die sie ganz allein war in diesem vertrockneten Brunnen von einem Palast, mitten unter Schilf und Binsen und ewigem Nebel draußen, allzu sehr vor dem Auge herum und peinigten sie mit ewigem Gespensterschreck.

Unser Spaziergang durch Mantua zeigte uns fast in jeder Straße eine geschlossene Kirche, jetzt entweder als Warenlager oder gar nicht benutzt, alle so entstellt und ruinenhaft, wie sie nur sein konnten, ohne ganz zusammenzustürzen. Die sumpfige Stadt war so trostlos still und öde, dass es sogar schien, als ob nicht einmal der Schmutz auf dem gewöhnlichen Wege hereingekommen wäre, sondern sich auf der Oberfläche, wie auf stehendem Wasser, gesammelt hätte. Und doch ging dort einiger Verkehr vor sich, denn man sah viele Juden unter den Arkaden, die vor ihrem Laden saßen, ihre Vorräte von Stoffen und Schmuck beschauten und in jeder Hinsicht so schlau und geschäftstüchtig aussahen wie ihre Brüder in Houndsditch in London.

Nachdem wir uns unter den Christen in der Nähe einen Vetturino ausgelesen hatten, der sich verpflichtete, uns in zwei und einem halben Tag nach Mailand zu bringen und nächsten Morgen abzufahren, sobald die Tore geöffnet waren, kehrte ich zum

Goldenen Löwen zurück und dinierte üppig auf meinem Zimmer in einem engen Gang zwischen zwei Bettstellen, vor mir ein rauchendes Feuer und hinter mir eine Kommode.

Um sechs Uhr am nächsten Morgen klapperten und klingelten wir im Dunkeln durch den feuchten und kalten Nebel, der die Stadt einhüllte, und vor Mittag noch fing der Kutscher (er war in Mantua geboren und etwa sechzig Jahr alt) schon an, sich nach dem Wege nach Mailand zu erkundigen.

Er führte durch Bozzolo, ehedem eine kleine Republik und jetzt eine der verlassensten und armseligsten Städte, wo der Wirt der elenden Schenke (Gott segne ihn, er tat es allwöchentlich] unaussprechbar kleines Geld unter eine laute Schar von Frauen und Kindern austeilte, deren Lumpen draußen vor seiner Tür, wo sie sich, um sein Almosen zu empfangen, gesammelt hatten, im Regen und Winde flatterten. Durch den Nebel, Schmutz und Regen und auf dem Boden kriechende Reben ging der Weg diesen und den nächsten Tag. Der erste Rastort für die Nacht war Cremona, merkwürdig wegen seiner dunklen Kirche aus Ziegelsteinen und des unermesslich hohen Turmes, des Torrazzo, ohne die Violinen zu erwähnen, die es in unsern entarteten Tagen gewiss gar nicht mehr hervorbringt; der zweite war Lodi. Dann ging es weiter durch noch mehr Schmutz, Nebel und Regen und morastigen Boden: durch einen Nebel, wie ihn Engländer im starken Glauben an ihre heimischen Übelstände nur im eigenen Lande zu finden erwarten, bis wir endlich in die gepflasterten Straßen von Mailand einfuhren. Der Nebel war hier so dicht, dass der Turm der weitberühmten Kathedrale ebenso gut hätte in Bombay sein können, so wenig war von ihm zu entdecken. Doch da wir damals einige Tage, um zu rasten, in Mailand blieben und im Sommer nochmals zurückkehrten, hatte ich Gelegenheit genug, den prächtigen Bau in seiner ganzen Schönheit und Erhabenheit zu sehen.

Die Verehrung aller Christen gilt dem Heiligen, der darin wohnt! Es gibt viele gute und echte Heilige im Kalender, aber meine ganze Liebe hat, um mit Mrs. Primrose zu reden, San Carlo Borromeo; den Kranken ein barmherziger Arzt, den Armen ein freigebiger Freund,

und dies alles nicht aus Bigotterie, sondern als kühner Widersacher der ungeheuren Missbräuche der Römischen Kirche, verdient sein Gedächtnis geehrt zu werden. Ich ehre ihn deshalb nicht weniger, weil er fast ermordet wurde von einem Priester, den Priester gedungen hatten, ihn zum Dank für seine Bemühungen, eine heuchlerische Brüderschaft von Mönchen zu reformieren, am Altar zu erschlagen. Der Himmel schütze alle Nachahmer des San Carlo Borromeo, wie er ihn schützte! Ein reformfreudiger Papst würde selbst jetzt ein wenig des Schutzes bedürfen.

Die unterirdische Kapelle, in welcher der Leichnam San Carlo Borromeos aufbewahrt wird, bietet einen so auffallenden und schauerlichen Kontrast dar, wie vielleicht nur ein Ort zeigen kann. Die Kerzen, welche hier unten ewig brennen, funkeln und leuchten auf erhabene Arbeiten von Gold und Silber, kunstreich ausgeführt von geschickten Händen und die hauptsächlichsten Ereignisse aus dem Leben des Heiligen darstellend. Juwelen und edle Metalle blitzen auf allen Seiten. Eine Vorrichtung öffnet langsam die Vorderseite des Altars; in ihm erblickt man in einem prächtigen Schrein von Gold und Silber durch Alabaster eine vertrocknete und zusammengeschrumpfte Leiche in Priesterkleidern, strahlend von Diamanten, Smaragden, Rubinen und andern kostbaren Edelsteinen. Dieses Häufchen Erde in der Mitte dieses großen Glanzes nimmt sich armseliger aus, als ob es auf einem Dunghaufen läge. Jeder Strahl eingeschlossenen Lichtes in der Pracht und Glut der Juwelen scheint der staubigen Höhlen, wo einst Augen waren, zu spotten. Jeder Seidenfaden der reichen Kleider scheint nur geschaffen zu sein von Würmern, die für Würmer, wie sie in Grabmälern hausen, spinnen.

In dem alten Refektorium Santa Maria della Grazia ist das vielleicht bekannteste Kunstwerk zu sehen; ich meine das Abendmahl von Leonardo da Vinci, durch welches die gescheiten Dominikaner eine Tür gebrochen haben, um besser in die Kirche gelangen zu können. Ich besitze keine praktische Kenntnis der Malkunst und kann nur über ein Gemälde urteilen, insoweit es die Natur nachahmt und sie veredelt und anmutige Kombinationen von Gestalten und Farben zeigt. Ich bin daher durchaus keine Autorität über den Pinsel dieses oder jenes Meisters, obgleich ich recht gut weiß (wie es jeder wissen kann, der über die Sache nachdenkt), dass wenige sehr große Meister im Verlauf ihrer Lebenszeit nur die Hälfte der Bilder haben malen können, die ihren Namen tragen und die von manchen, die sich Kenner nennen, als unbezweifelte Originale anerkannt werden. Doch dies nur nebenbei.

Von dem Abendmahl will ich nur bemerken, dass es in seiner schönen Anordnung und Komposition, wie es jetzt in Mailand ist, ein wunderbares Bild ist und dass es in seiner ursprünglichen Farbgebung oder in dem ursprünglichen Ausdruck jedes einzelnen Gesichtes nicht mehr existiert. Ungerechnet diesen Schaden, den es durch Feuchtigkeit, durch allmähliches Verderben und Vernachlässigung erlitten, ist es so vielfach und ungeschickt retuschiert und übermalt worden, dass viele Köpfe wahre Mißgeburten sind, auf denen Flecken von Farbe und Kalk wie Warzen hängen und den Ausdruck ganz und gar verzerren. Wo der ursprüngliche Künstler das Gepräge seines Genies, das ihn durch eine Linie oder einen Pinselstrich von gewöhnlichen Malern schied und ihn zu dem machte, was er war, auf ein Gesicht drückte, sind spätere Stümper, welche Risse und Spalten ausfüllten oder übermalten, seine Hand nachzuahmen ganz und gar unfähig gewesen und haben mit Fratzen und Falten eigener Erfindung das ganze Werk verdorben. Das ist als historisches Faktum so außer allen Zweifel gestellt, dass ich es aus Furcht, langweilig zu werden, gar nicht wiederholen würde, wenn ich nicht einen Engländer vor dem Bild bemerkt hätte, der sich alle mögliche Mühe gab, über die Einzelheiten des Ausdrucks, die nicht mehr vorhanden sind, in gelinde Konvulsionen zu fallen. Jedenfalls wäre es für Reisende und Kritiker sehr vernünftig, wenn sie zu dem allgemeinen Einverständnis kämen, dass es ein Werk von außerordentlichen Vorzügen gewesen sein müsse, da jetzt, wo so wenig von seiner ursprünglichen Schönheit übriggeblieben, die Großartigkeit der allgemeinen Anlage genügt, es zu einem Bilde voller Interesse und Wert zu machen.

Wir wurden in gehöriger Zeit mit den andern Sehenswürdigkeiten Mailands fertig, und es ist jedenfalls eine schöne Stadt, wenn auch nicht so unzweifelhaft italienisch, um die charakteristischen Eigenschaften vieler anderer, an sich viel unwichtigerer Städte zu besitzen.

Der Corso, wo die Mailänder Vornehmen auf und ab fahren und lieber halb verhungern würden, als dass sie es unterlassen sollten, ist eine sehr schöne öffentliche Promenade, beschattet von langen Baumreihen. In dem prächtigen Theater della Scala wurde nach der Oper ein pantomimisches Ballett, »Prometheus«, gegeben. Zu Anfang desselben stellten ein- oder zweihundert Männer und Frauen das Menschengeschlecht dar, wie es war, ehe die Verfeinerungen der Wissenschaften und Künste und der Liebe und Anmut auf Erden herabkamen. Ich sah nie etwas Effektvolleres. Im allgemeinen ist die Pantomime der Italiener mehr durch ihren raschen und ungestümen Charakter als durch ihren zarten Ausdruck bemerkenswert; aber hier wurde die einschläfernde Eintönigkeit, das armselige, interesselose, langweilige Leben, die kleinlichen Leidenschaften und Begierden von Menschen, denen alle jene erhebenden Einflüsse fremd waren, denen wir so viel verdanken und deren Urhebern wir so wenig von unserer Schuld zahlen, auf eine in der Tat wirkungsreiche und ergreifende Weise ausgedrückt. Ich hätte es fast für unmöglich gehalten, auf der Bühne einen solchen Gedanken ohne Hilfe der Worte so deutlich auszudrücken.

Um fünf Uhr morgens lag Mailand hinter uns; und ehe das goldene Standbild auf der Spitze des Doms sich im blauen Himmel verlor, türmten sich die Alpen, ein erhabenes Gewirr von Gipfeln und Graten, Wolken und Schnee, vor uns auf.

Bis zum Anbruch der Nacht näherten wir uns ihnen immerfort, und den ganzen Tag lang zeigten die Berggipfel wunderbar wechselnde Gestalten, wie der Weg sie uns aus verschiedenen Blickwinkeln zeigte. Der schöne Tag neigte sich eben seinem Ende zu, als wir den Lago Maggiore mit seinen lieblichen Inseln erreichten; denn so bizarr und phantastisch auch die Isola Bella sein mag, sie ist und bleibt schön. Mag aus diesen blauen Wogen und mit dieser

Umgebung ringsum hervorsteigen, was da wolle, schön muss es sein.

Es war zehn Uhr nachts, als wir nach Domo d'Ossola am Fuße des Simplonpasses kamen; aber da der Mond hell schien und keine Wolke am sternenglänzenden Himmel zu entdecken war, hatten wir weiter nichts zu tun, als weiterzureisen. So bekamen wir denn nach geringem Verzug einen kleinen Wagen und fingen an die Alpen hinaufzusteigen.

Es war tief im November, und da der Schnee vier oder fünf Fuß hoch auf der gebahnten Straße lag (an andern Stellen waren die frischen Schneewehen viel tiefer), war die Luft schneidend kalt. Aber die helle ruhige Nacht und die Großartigkeit der Straße mit ihrem undurchdringlichen Schatten und tiefen Düster und den plötzlichen Übergängen des Mondscheins und das unaufhörliche Getöse fallender Gewässer machten die Reise mit jedem Schritt erhabener. Bald verließ die Straße die unten in der Tiefe im Mondlicht schlummernden italienischen Dörfer, wand sich erst zwischen düsteren Bäumen hindurch und führte nach einiger Zeit in eine kahlere Region, wo der Weg sehr steil und mühsam war und der Mond hoch und hell am Himmel stand. Allmählich wurde das Tosen der Wasser lauter und lauter, und die Straße, nachdem sie den Gebirgsbach auf einer Brücke überschritten, lief zwischen zwei hohen senkrechten Felswänden hin, welche den Mondschein gar nicht hereingelangen und nur noch ein paar Sterne in dem schmalen Streifen des Himmels oben erblicken ließen. Dann verschwand selbst dies in der dichten Finsternis einer Felsenhöhle, durch welche die Straße gebrochen war; der Wasserfall brüllte und donnerte grauenerregend dicht darunter, und sein Schaum hing in einem Nebel um den Eingang. Als der Weg wieder aus dieser Höhle und in den Mondschein hinaustrat, ging er über eine schwindelnde Brücke und wand sich aufwärts durch die Schlucht von Gondo, die mit ihren glatten, zu beiden Seiten in die Höhe steigenden und oben fast zusammenstoßenden Wänden über alle Begriffe wild und erhaben ist. So stiegen wir die ganze Nacht hindurch unsern rauhen Weg höher und höher, ohne einen Augenblick Müdigkeit zu fühlen, verloren in der Anschauung der schwarzen Felsen, der schauerlichen Höhen und Abgründe, der glatten Schneefelder, die in den Klüften und Spalten lagen, und der wilden Bäche, die sich donnernd in den Abgrund stürzten.

Gegen Tagesanbruch gelangten wir an eine Stelle, wo ein scharfer Wind heftig wehte. Nachdem wir mit einiger Mühe die Bewohner eines hölzernen Hauses in dieser Einöde – um welches der Wind unheimlich heulte und den Schnee aufwühlte und vor sich her jagte – geweckt hatten, nahmen wir unser Frühstück in einem Zimmer ein, das aus unbehauenen Balken gebaut, aber von einem Ofen gut erwärmt und ganz geeignet war, vor dem kalten Wind zu schützen. Mittlerweile war ein Schlitten fertig gemacht und vier Pferde vorgespannt worden, und wir fuhren durch den tiefen Schnee weiter, immer höher hinauf, aber jetzt im kalten Licht des Morgens und die große weiße Wüste, auf der wir reisten, deutlich und klar vor uns ausgebreitet.

Wir befanden uns jetzt auf der Höhe des Berges und erblickten das kunstlose hölzerne Kreuz, das den höchsten Gipfel bezeichnet, als das Licht der aufgehenden Sonne plötzlich die Schneewüste traf und sie in ein dunkles Rot verwandelte. Die öde Erhabenheit der Szene erreichte ihren Höhepunkt.

Während wir weiterfuhren, kamen aus dem von Napoleon gegründeten Hospiz mehrere Bauern mit Reisestab und Bündel, die dort übernachtet hatten, begleitet von einem oder zwei Mönchen, ihren gastlichen Wirten, die der Gesellschaft wegen ein Stück mit ihnen gingen. Es war angenehm, ihnen einen guten Morgen zu wünschen, und hübsch, wie wir ihnen lange nachblickten, sie auch umschauen und zögernd stehenbleiben zu sehen, als eines unserer Pferde stolperte und fiel, ob sie nicht umkehren und uns helfen sollten. Aber es war mit dem Beistand eines Fuhrmannes, dessen Wagen ebenfalls steckengeblieben war, bald in die Höhe gebracht, und als wir auch ihm herausgeholfen hatten, ließen wir ihn langsam seines Weges jenen nachpflügen, während wir selbst am Rande eines steilen Abgrundes unter uralten Tannen schnell weiterglitten.

Bald darauf bedienten wir uns wieder der Räder und eilten noch schneller bergab durch gewölbte Galerien, die mit Bündeln tropfender Eiszacken behangen waren, unter ewigen Gletschern hinweg. Unter oder über schäumenden Wasserfällen, an Rettungsplätzen und Schutzgattern gegen plötzliche Gefahr vorbei, durch Höhlen, über deren gewölbte Dächer im Frühling die Lawinen gleiten und sich in dem undurchforschten Schlund darunter begraben. In die Tiefe hinab über hoch gespannte Brücken und durch fürchterliche Schluchten, ein kleiner wandelnder Punkt in der unermesslichen Einöde von Eis und Schnee und Granitfelsen, durch die tiefe Schlucht der Saltine, betäubt von dem Wasserfall, der durch die zerrissenen Felsblöcke in wilder Wut der Ebene tief unten entgegentost. Allmählich hinunter auf Zickzackwegen, über uns und unter uns einen Abgrund, wärmerem Wetter, ruhigerer Luft und sanfterer Umgebung entgegen, bis im Tau und Sonnenschein, wie Gold und Silber glänzend, die metallbedeckten roten, grünen und gelben Dächer und Kirchturmspitzen einer Schweizer Stadt vor uns lagen.

Da diese Erinnerungen es mit Italien zu tun haben und es daher mein Beruf ist, so schnell wie möglich wieder dorthin zurückzukehren, so will ich nicht erzählen (obgleich es mich hart ankommt), wie die Schweizer Dörfer, um den Fuß der Riesenberge gruppiert, wie Spielzeug aussahen oder wie verwirrt die Häuser übereinander gehäuft waren oder wie wir dort sehr enge Straßen fanden, um den heulenden Wind abzuhalten, und zertrümmerte Brücken, welche die ungestümen Gebirgsbäche, die der Frühling plötzlich entfesselt, weggerissen hatten. Auch will ich nicht erzählen von den Bauernweibern mit großen runden Pelzmützen, die, wenn sie aus den Fenstern schauten, dass man nur ihre Köpfe sehen konnte, sich wie eine Einwohnerschaft von Schwertträgern des Lord Mayor von London ausnahmen oder wie schön die Stadt Vevey am glatten Genfer See war, oder wie das Standbild des heiligen Petrus in der Straße von Freiburg den größten Schlüssel, den man jemals gesehen, in der Hand hält oder wie Freiburg berühmt ist wegen seiner zwei Hängebrücken und der großen Orgel seines Domes.

Oder wie zwischen dieser Stadt und Basel die Straße sich durch blühende Dörfer mit hölzernen Bauernhäusern windet, alle mit weit überhängenden Schindeldächern und kleinen hervorspringenden Fenstern mit kleinen runden Glasscheiben, wie Kronenstücke, oder wie jede kleine Schweizerhütte mit dem daneben aufgefahrenen Wagen oder Karren, dem kleinen Garten, dem Federvieh und den Gruppen rotwangiger Kinder, einen Charakter der Behäbigkeit aufwies, der nach Italien sehr neu und angenehm war, oder wie die Trachten der Frauen sich wieder veränderten und keine Schwertträger mehr zu sehen waren und dafür schöne weiße Schürzen und große, schwarze, fächerförmige Mützen mit Spitzengrund vorherrschten.

Oder wie schön die Gegend an den Juragebirgen war, hier und da mit Schnee bedeckt und vom Mond erhellt und tönend von rauschendem Wasser; oder wie unter dem Fenster des großen Hotels zu den drei Königen in Basel der angeschwollene Rhein schnell und grün dahinschoß, oder wie er in Straßburg ebenso schnell, aber nicht so grün war; und wie er weiter abwärts sehr nebelig sein sollte und wie er zu so später Jahreszeit eine viel unsicherere Reisestraße war als die Poststraße nach Paris.

Oder wie uns Straßburg selbst mit seinem prächtigen gotischen Dom und seinen alten Häusern mit ihren spitzen Dächern und Giebeln eine kleine Galerie von wunderlichen und interessanten Ansichten lieferte; oder wie sich mittags ein Gedränge im Dom versammelt hatte, um die berühmte mechanische Uhr zwölf schlagen zu sehen; wie mit dem Schlag zwölf ein ganzes Heer von Puppen viele wunderbare Bewegungen vollführte und unter ihnen ein großer Hahn oben auf der Spitze laut und vernehmlich zwölfmal krähte. Oder wie wunderbar es anzusehen war, als der Hahn sich große Mühe gab, mit den Flügeln zu schlagen und die Kehle anzustrengen, aber offenbar ganz und gar nichts zu tun hatte mit seiner Stimme, die tief, tief unten in der Uhr steckte.

Oder wie der Weg nach Paris ein Meer von Schlamm war, aber von da an nach der Küste etwas besser wurde durch einen harten Frost. Oder wie anmutig die Klippen von Dover aussahen und wie wunderbar adrett England war – obgleich düster und farblos an jenem Wintertag, das muss man zugeben.

Oder wie es ein paar Tage später, als wir wieder über den Kanal zurückfuhren, kalt war und wir Eis auf dem Deck hatten und ziemlich tiefen Schnee in Frankreich.

Oder wie die Mallepost durch den Schnee stolperte, in hügeligen Gegenden von einer Unzahl starker Pferde im Galopp gezogen, oder wie vor dem Posthof in Paris vor Tagesanbruch seltsame Leute in Lumpen mit kleinen Rechen den tiefen Schnee in den Straßen durchstöberten.

Oder wie zwischen Paris und Marseille, wo der Schnee sehr tief lag, Tauwetter eintrat und der Postwagen die nächsten sechzig Meilen mehr schwamm als fuhr; wie eines Sonntags nachts Federn brachen und die zwei Passagiere, um sich zu wärmen und zu erfrischen und die Reparatur abzuwarten, in elenden Billardzimmern ausgesetzt wurden, wo eine reichbehaarte Gesellschaft, um den Ofen versammelt, Karten spielte; und wie ähnlich die Karten den Spielern sahen – ausnehmend schmutzig und schmierig.

Oder wie wir in Marseille wegen schlechten Wetters liegenbleiben mussten; und wie Dampfschiffe abreisen sollten, die nie abreisten; und wie endlich das gute Dampfschiff »Charlemagne« den Hafen verließ und draußen solches Wetter fand, dass es jetzt drohte, in Toulon anzulegen und dann in Nizza, aber, da der Wind sich legte, keines von beiden tat, sondern in den Hafen von Genua einlief, wo die wohlbekannten Glocken freundlich in mein Ohr klangen.

Oder wie eine Reisegesellschaft an Bord war, von der einer in der Kajüte neben mir krank lag, üble Laune hatte und deshalb das Wörterbuch nicht hergeben wollte, welches er unter dem Kopfkissen hatte; wodurch er seine Gefährten nötigte, ständig zu ihm hinabzukommen und zu fragen, was auf Italienisch »ein Stückchen Zucker«, »ein Glas Grog«, »wieviel Uhr ist es?« usw. heiße. Und immer bestand er darauf, dies selbst mit seinen seekranken Augen aufzusuchen, und wollte das Buch keinem andern Menschen anvertrauen.

Wie Grumio hätte ich euch alles dies und noch einiges andere ausführlich erzählen können – aber ebenso sehr am unrechten Orte –, hätte mich nicht der Gedanke abgehalten, dass ich es mit Italien zu tun habe. Daher soll es, wie Grumios Geschichte, »in Vergessenheit sterben«.

Nach Rom über Pisa und Siena

In ganz Italien gibt es für mich nichts Schöneres als den Weg zwischen Genua und Spezia an der Küste entlang. Auf der einen Seite, zuweilen tief unten, zuweilen fast auf gleicher Höhe mit dem Weg und oft von vielgestaltigen Felsentrümmern eingefasst, erstreckt sich weithin das blaue Meer, auf dem hier und da eine malerische Felucca langsam dahingleitet; aber auf der andern Seite sind steile Hügel, Schluchten mit weißen Hütten, dunkle Olivenhaine, Dorfkirchen mit ihren lustigen offenen Türmen und heiter bemalte Landhäuser. An jedem Abhang und Erdhaufen neben der Straße wuchern der wilde Kaktus und die Aloë in üppiger Fülle; und die Gärten der freundlichen Dörfer längs der Straße erglühen in der Sommerzeit von den Trauben der Belladonna und duften im Herbst und Winter von der Fülle goldener Orangen und Limonen.

Einige Dörfer sind fast ausschließlich von Fischern bewohnt, und gar hübsch sieht es sich an, wenn ihre großen Boote auf den Strand gezogen sind und kleine schattige Flecken bilden, wo sie schlafend liegen oder wo die Weiber und Kinder spielen und auf die See hinaussehen, während sie am Ufer die Netze flicken. Die Stadt Camoglia liegt mit ihrem kleinen Hafen mehrere hundert Fuß unter der Straße. Dort wohnen Familien von Seeleuten, die seit unvordenklichen Zeiten hier Küstenfahrzeuge besessen haben und damit nach Spanien und andern Orten gefahren sind. Oben von der Straße aus gesehen, nimmt es sich aus wie ein niedliches Modell am Rande des funkelnden Meeres. Steigt man auf gekrümmten Maultierpfaden hinab, so ist sie ein wahres Miniaturbild einer Seestadt aus der Kindheit der Zivilisation, so recht der Ort für waghalsige Schiffer und Seeräuber. Große verrostete Eisenringe und Ankerketten, Schiffswinden und Stücke alter Masten und Spieren versperren den Weg; sturmgewohnte Boote stehen auf den sonnigen Steinen, und Matrosenkleider flattern im kleinen Hafen, um zu trocknen; auf der Mauer des kunstlosen Hafendamms haben sich ein paar amphibien-artig aussehende Kerle zum Schlafen ausgestreckt, während ihre Beine an der Wand hinabhängen, als wäre ihnen Erde und Wasser ganz einerlei und als ob sie, wenn sie hineinrutschten, fort-schwimmen und unter den Fischen ruhig weiterträumen würden. Die Kirche ist geschmückt mit Seetrophäen und Votivtafeln zum Gedenken an Rettungen aus Sturm und Schiffbruch. Zu den unmittelbar an den Hafen stoßenden Wohnungen gelangt man durch dunkle niedrige Torwege und winklige Treppen, als sollten sie an Dunkelheit und Schwierigkeit des Zugangs dem Schiffsraum oder den unbequemen Kajüten unter dem Wasser ähnlich sein; und überall herrscht ein Geruch von Fischen, Seetang und altem Tauwerk.

Die Straße, von der aus man Camoglia so tief unten erblickt, ist in der warmen Jahreszeit, vorzüglich in einigen Gegenden bei Genua, reich an Leuchtkäfern. Zuweilen sah ich die ganze dunkle Nacht von diesen schönen Insekten zu einem leuchtenden Firmament umgeschaffen, so dass die fernen Sterne gegen die tausend Funken, die in jedem Olivenhain und an jedem Abhang glänzten und die Luft erfüllten, erbleichten.

In solcher Jahreszeit fuhren wir jedoch diese Straße damals nicht. Wir waren kaum über die Mitte Januar hinaus, und es war sehr trübes und hässliches Wetter; außerdem sehr nass. Als wir den schönen Pass von Bracco überschritten, traf uns ein solches Unwetter von Nebel und Regen, dass wir den ganzen Weg in einer Wolke reisten. Nach dem, was wir vom Mittelmeer sahen, außer wenn ein plötzlicher Windstoß für einen Augenblick den Nebel zerriss und uns tief unten die aufgeregte Flut zeigte, wie sie gegen die Felsen in der Ferne anstürmte und wütend den Schaum in die

Höhe spritzte, hätte es gar nicht vorhanden zu sein brauchen. Der Regen dauerte ohne Unterbrechung fort; jeder Bach und jedes Rinnsal war zum Überfluten angeschwollen, und ein so betäubendes Wogen und Brüllen und Donnern der Fluten herrschte ringsum, wie ich es in meinem Leben nie gehört habe.

Daher fanden wir, als wir nach Spezia kamen, dass die Magra, ein Fluss ohne Brücke auf der Straße nach Pisa, zu sehr angeschwollen war, um sicher mit der Fähre darüber zu kommen, und wir mussten daher bis zum Nachmittag des nächsten Tages warten, wo sie wieder etwas gefallen war. Spezia ist jedoch ein ganz guter Ort zum Rasten: erstens wegen seiner schönen Bucht; zweitens wegen seiner spukhaft aussehenden Schenke; drittens wegen des Kopfputzes der Frauen, die auf der einen Seite des Kopfes einen kleinen Puppenstrohhut tragen, gewiss der wunderlichste und schelmischste Kopfputz, der je erfunden wurde.

Nachdem wir mit der Fähre glücklich über die Magra gelangt waren – die Überfahrt ist keineswegs angenehm, wenn der Strom angeschwollen und reißend ist –, kamen wir in wenigen Stunden in Carrara an. Am nächsten Morgen in der Frühe mieteten wir einige Ponys und machten uns auf den Weg, um die Marmorbrüche in Augenschein zu nehmen.

Vier oder fünf große Schluchten laufen eine hohe Hügelkette hinauf, bis sie nicht weiterkommen können und die Natur ihrem Lauf durch plötzliches Erwürgen ein Ende macht. Die Steinbrüche sind Öffnungen auf beiden Seiten dieser Schluchten, wo sie den Marmor brechen, der gut oder schlecht ausfallen, einen Mann schnell reich machen oder ihn durch die großen Kosten eines Bruchs, der nichts wert ist, zugrunde richten kann. Einige dieser Brüche sind schon von den alten Römern angelegt worden und sind noch so, wie diese sie verlassen haben. Viele andere werden jetzt ausgebeutet; andere sollen morgen, nächste Woche, nächsten Monat erschlossen werden. Andere sind noch unverkauft und unberücksichtigt; und überall liegt noch Marmor genug für mehr Jahrhunderte, als seit der Entdeckung der Brüche verflossen sind, versteckt und harrt geduldig der Zeit seiner Entdeckung.

Wenn man langsam eine dieser steilen Schluchten hinaufklimmt, hört man dann und wann in den Hügeln den tiefen Ton eines melancholisch hallenden Hornes, ein Signal für die Steinbrecher, sich zu entfernen. Dann kracht ein Donner und hallt von Hügel zu Hügel wider, und vielleicht fliegen auch große Felsentrümmer durch die Luft; und wieder klimmt man weiter, bis neue Hornklänge aus einer anderen Richtung erschallen und man sogleich stehenbleibt, um nicht in den Bereich der neuen Explosion zu kommen.

Hoch oben in diesen Schluchten sah man viele Leute damit beschäftigt, die zertrümmerten Steine und Erdmassen wegzuräumen und hinabzurollen, um den Marmorblöcken, die man entdeckt hatte, Platz zu machen.

Bei der Art, wie diese in das enge Tal von unsichtbaren Händen hinabgerollt werden, musste ich an die tiefe Schlucht denken, wo der Vogel Rock den Schiffer Sindbad zurückließ und wo die Kaufleute von den Höhen darüber große Stücke Fleisch hinabwarfen, damit die Diamanten daran hängenblieben. Hier waren keine Adler, welche die Sonne mit ihrem Flug hätten verdunkeln und über sie herfallen können; aber es war so wild und unwirtlich hier, als ob Hunderte dagewesen wären.

Aber der Weg – der Weg, auf dem man den Marmor herunterschafft, wie groß auch immer die Blöcke sein mögen! Der Genius des Landes und der Geist seiner Institutionen haben diesen Weg geschaffen, bessern ihn aus, überwachen ihn, erhalten ihn gangbar! Man denke sich ein felsiges Flussbett, bedeckt mit großen Haufen von Steinen von jeder Form und jeder Größe, das sich in der Mitte dieses Tales hinabwindet; das ist der Weg – weil er es vor fünfhundert Jahren war! Man denke sich, die plumpen Karren – von vor fünfhundert Jahren – würden noch zu dieser Stunde gebraucht und wie vor fünfhundert Jahren von Ochsen gezogen, deren Vorfahren vor fünfhundert Jahren, wie ihre unglücklichen Nach-kommen jetzt noch, von der Anstrengung und Qual dieser schweren Arbeit in einem Jahre sich zu Tode mühten! Zwei Paare, vier Paare, zehn Paare, zwanzig Paare an einem Block, je nach seiner Größe, müssen diesen Weg hinab. Während sie sich mit ihren ungeheuren Lasten hinter sich von Stein zu Stein schleppen, sterben sie oft auf der Stelle, und nicht sie allein, denn ihre leidenschaftlichen Treiber, die in ihrer Wut zuweilen unter den Wagen geraten, werden zu Tode gerädert. Aber es war gut vor fünfhundert Jahren und muss jetzt noch gut sein, und eine Eisenbahn von den Höhen herab (die leichteste Sache von der Welt) wäre offenbar Blasphemie.

Als wir zur Seite traten, um einen dieser Karren, mit nur einem Paar Ochsen bespannt (denn es lag nur ein sehr kleiner Marmorblock darauf), vorüberzulassen, da begrüßte ich in meinem Herzen den Mann, der auf dem schweren Joch saß, um es auf dem Hals der armen Tiere festzuhalten, und der rückwärts blickte, nicht vorwärts, als den leibhaftigen Teufel des echten Despotismus. Er hatte einen langen Stock mit einer eisernen Spitze in der Hand, und wenn die Tiere sich durch das felsige Flussbett nicht länger einen Weg bahnen konnten und stehenblieben, stieß er ihn ihnen in den Leib, schlug ihn ihnen um den Kopf, bohrte ihn in ihre Nasenlöcher und trieb sie so im Wahnsinn ausgesuchtester Qual ein paar Ellen weiter. Diese Überredungskünste wiederholte er noch eindringlicher, wenn sie wieder stillhielten, bewegte sie wieder zum Weitergehen, zwang und stachelte sie bis zu einem steileren Punkt des Weges, und wenn ihr Schmerz und die Last hinter ihnen sie in einer Wolke von Wasserstaub den Abgrund hinab zog, schwang er den Stab über den Kopf und ließ ein lautes Hallo erschallen, als ob er etwas Großes geleistet hätte und gar nicht daran dächte, dass sie auf dem Höhepunkt seines Triumphes ihn abwerfen und zerschmettern könnten.

In einer der vielen Bildhauerwerkstätten von Carrara – denn der Ort ist eine einzige große Werkstatt voll schön gearbeiteter marmorner Kopien von fast allen bekannten Statuen und Büsten – kam es mir sehr seltsam vor, dass diese auserlesenen Gestalten voller Anmut und herrlicher Ruhe aus diesen Mühen, diesem Schweiß und dieser Qual entstehen sollten. Aber ich fand bald ein Seitenstück und eine Erklärung dazu in jeder Tugend, die auf kärglichem Boden ent-sprießt, und in jedem Guten, das in Kummer und Elend geboren wird. Und wie ich aus dem großen Fenster des Bildhauers hinaus auf die Marmorberge sah, die so rot und glühend im Sonnenuntergang, aber bis zuletzt feierlich und ernst dalagen, da dachte ich: Mein Gott! wie viele Steinbrüche menschlicher Herzen und Seelen, viel schönerer Früchte fähig, bleiben verschlossen und vermodern, während vergnüglich durchs Leben Reisende beim Vorübergehen das Gesicht abwenden und über die Rauheit und das Dunkel darin zusammenschaudern.

Der damals regierende Herzog von Modena, dem diese Gegend zum Teil gehörte, beanspruchte die große Auszeichnung, der einzige von allen Herrschern in Europa zu sein, der Louis Philippe nicht als König der Franzosen anerkannt hatte! Er war kein Spaßvogel, sondern ein ernster Mensch. Er war auch ein großer Feind der Eisenbahnen; und wenn verschiedene von anderen Fürsten projektierte Linien in seiner unmittelbaren Nachbarschaft ausgeführt worden wären, so hätte er gewiss die Freude gehabt, über sein ganzes nicht allzu großes Gebiet einen Omnibus fahren zu sehen, um Reisende von einer Grenze zur andern zu bringen.

Carrara liegt in seiner Umgebung von hohen Bergen sehr malerisch und wild. Wenige Touristen verweilen dort; und die Einwohner haben fast alle auf die eine oder die andere Weise mit dem Marmor zu tun. Auch Dörfer gibt es in den Brüchen, wo die Arbeiter wohnen. Die Stadt besitzt ein hübsches, kleines, vor kurzem erbautes Theater; den Chor bilden Arbeiter aus den Marmorbrüchen, die sich selbst unterrichten und nach dem Gehör singen. Ich hörte sie in einer komischen Oper und in einem Akt der Oper »Norma«, und sie machten ihre Sache sehr gut, ganz und gar nicht wie sonst das gewöhnliche Volk in Italien, das mit einigen Ausnahmen unter den Neapolitanern ganz abscheulich falsch singt und sehr unangenehme Stimmen hat.

Vom Gipfel eines hohen Hügels jenseits Carraras ist der erste Anblick der fruchtbaren Ebene in welcher die Stadt Pisa liegt und Livorno, ein purpurner Fleck in der flachen Ferne –, wirklich bezaubernd. Auch macht nicht nur die Entfernung den Anblick schön; denn das fruchtbare Land und die dichten Wälder von

Olivenbäumen, durch welche sich die Straße hernach windet, sind reizend.

Der Mond schien, als wir uns Pisa näherten, und sehr lange konnten wir hinter seinen Mauern den schiefen Turm im Mondlicht sehen, das schattenhafte Original der Bilder in den Schulbüchern, welche die Weltwunder darstellen. Wie die meisten mit den ersten Erinnerungen in Schulbücher und Schulzeit verknüpften Dinge war er zu klein. Ich fühlte es lebhaft; er ragte gar nicht so hoch über die Mauer hinaus, wie ich gehofft hatte. Es war nur eine von den Täuschungen mehr, die Mr. Harris, Buchhändler an der Ecke des St.-Pauls-Kirchhofes in London, verübt hat. Sein Turm war eine Phantasie, dieser aber eine Wirklichkeit, – und vergleichsweise eine sehr weit zurückbleibende Wirklichkeit. Dennoch nahm er sich sehr gut aus und entfernte sich genausoweit von der senkrechten Linie, wie ihn Mr. Harris dargestellt hatte. Auch das stille Aussehen von Pisa, das große Wachthaus am Tore, in dem nur zwei kleine Soldaten waren, die Straßen fast ganz menschenleer, und der Arno, der mitten durch die Stadt floss, waren vortrefflich. So hegte ich denn keinen Groll gegen Mr. Harris (ich nahm Rücksicht auf seine guten Absichten), sondern vergab ihm vor dem Mittagessen und machte mich am nächsten Morgen vertrauensvoll auf den Weg, um mir den Turm anzusehen.

Ich hätte es besser wissen können; aber – wie es kam, weiß ich nicht – ich hatte erwartet, er werde seinen langen Schatten über eine Straße werfen, wo den ganzen Tag über Leute kamen und gingen. Es war mir eine Überraschung, ihn an einem stillen, abgelegenen Ort zu finden, entfernt vom allgemeinen Verkehr und überzogen von weichem grünem Rasen. Aber die Häusergruppe auf diesem grünen Teppich – nämlich der Turm, das Baptisterium, der Dom und die Kirche des Campo Santo – ist vielleicht die merkwürdigste und schönste auf der ganzen Welt und erhält dadurch, dass sie entfernt ist vom alltäglichen Verkehr der Stadt, einen ganz eigentümlichen, ehrwürdigen Charakter. Es ist die architektonische Essenz einer alten reichen Stadt, aus der die gewöhnlichen Wohnungen und das Alltagsleben herausgepresst und verdunstet sind.

Sismondi vergleicht den Turm mit der gewöhnlichen Darstellung des babylonischen Turmes in Kinderbüchern. Das ist ein glückliches Bild und gibt einen bessern Begriff von dem Gebäude als ganze Kapitel ausführlichster Beschreibung. Nichts kann die Anmut und Leichtigkeit des Baues übertreffen; nichts kann merkwürdiger sein als seine allgemeine Erscheinung. Während man hinaufsteigt, fällt die Neigung nicht sehr auf; aber oben erfasst einen das Gefühl, als befände man sich auf einem Schiff, das sich durch die Wirkung der Ebbe auf die Seite gelegt hat. Die Wirkung auf der geneigten Seite, wenn man von der Galerie hinabblickt und den Fuß des Turmes zurückweichen sieht, ist sehr auffallend, und ich sah, wie ein Reisender unwillkürlich sich gegen den Turm stemmte, als wollte er ihn stützen. Und innen vom Boden aus die schiefe Wand hinauf ist der Anblick sehr merkwürdig. Der Turm hängt jedenfalls so sehr, wie es sich der anspruchsvollste Tourist nur wünschen kann. Der natürliche Trieb von neunundneunzig Leuten unter hundert, die sich auf dem Grase darunter zum Ruhen ausstreckten, wäre wahrscheinlich der, sich nicht unter die hängende Seite zu legen; denn er ist gar zu schief.

Die mannigfaltigen Schönheiten des Domes und des Baptisteriums brauche ich nicht zu wiederholen, obgleich es mir in diesem Falle, wie in hundert anderen, schwer wird, meinen eigenen Genuss bei ihrer Wiedergabe von der Langeweile zu trennen, die diese Wiedergabe bei euch erzeugen würde. Im ersteren ist ein Gemälde der heiligen Agnes von Andrea dei Sarto und im letzteren eine Fülle schöner Säulen, die mich sehr in Versuchung bringen.

Ich hoffe, es ist keine Verletzung meines Versprechens, mich nicht in ausführliche Beschreibungen einzulassen, wenn ich des Campo Santo gedenke, wo grasbewachsene Gräber in Erde, die vor mehr als sechs Jahrhunderten aus dem Heiligen Lande gebracht wurde, angelegt sind und wo rundum Klöster mit spielenden Lichtern und Schatten, die durch das zierliche Gitterwerk auf den steinernen Fußboden fallen, sich erheben, wie sie gewiss auch das schlechteste Gedächtnis nicht vergessen könnte. An den Wänden dieses feierlichen und lieblichen Ortes sind alte Fresken, sehr verwischt und verblichen, aber sehr eindrucksvoll. Wie gewöhnlich in jeder italienischen Gemäldesammlung, die viele Porträts enthält, ist eines davon Napoleon auffallend ähnlich. Früher ergötzte sich meine Phantasie an dem Gedanken, ob wohl die alten Maler bei ihrer Arbeit eine prophetische Ahnung von dem Manne gehabt hätten, der eines Tages aufstehen würde, um solche Zerstörung unter Kunstwerken anzurichten, dessen Soldaten Schießscheiben aus großen Gemälden machten und für ihre Pferde Prachtwerke der Baukunst in Ställe verwandelten. Aber dasselbe korsische Gesicht ist noch heute in einigen italienischen Gegenden so häufig, dass eine weniger poetische Lösung des Rätsels viel mehr Wahrscheinlichkeit hat.

Wenn Pisa das siebente Weltwunder wegen seines Turmes ist, so kann es wenigstens den zweiten oder dritten Rang wegen seiner Bettler beanspruchen. Sie harren auf den unglücklichen Reisenden an jeder Ecke, geleiten ihn zu jeder Tür, in die er geht, und lauern mit beträchtlicher Verstärkung auf ihn vor jeder Tür, durch die er herauskommen muss. Das Knarren der Pforte in ihren Angeln gibt das Zeichen zu einem allgemeinen Schrei, und so wie er erscheint, überfallen und umdrängen ihn Haufen von Lumpen und Gebrechen. Die Bettler scheinen den ganzen Verkehr von Pisa darzustellen. Nichts regt sich außer der warmen Luft. Geht man durch die Straßen, so sehen die Vorderseiten der schläfrigen Häuser wie Rückseiten aus; sie sind so ruhig und still und bewohnten Häuser so unähnlich, dass der größere Teil der Stadt aussieht wie eine Stadt bei Tagesanbruch oder während der allgemeinen Siesta der Bevölkerung.

Anders Livorno (berühmt durch Smollets Grab), eine aufblühende, geschäftige, prosaische Stadt, wo die Faulheit durch den Handel zum Tore hinausgedrängt wird. Die Maßregeln der Regierung in bezug auf den Handel und die Kaufleute sind sehr liberal, und die Stadt gewinnt natürlich dadurch. Livorno steht in schlechtem Ruf wegen seiner Banditen, und man muss gestehen, nicht ganz zu Unrecht; denn vor einigen Jahren war hier ein Meuchelmörderklub, dessen Mitglieder gegen keinen Menschen besondern Hass spürten, aber Leute (welche ihnen ganz und gar fremd waren) nachts auf der Straße erstachen, bloß der Lust und der Aufregung dieser Unterhaltung wegen. Ich glaube, der Präsident dieser liebens-würdigen Gesellschaft war ein Schuhmacher. Er wurde jedoch eingesperrt und der Klub löste sich auf. Er wäre wahrscheinlich auch im natürlichen Lauf der Ereignisse vor der Eisenbahn von Livorno nach Pisa verschwunden; eine gute Bahn, die bereits begonnen hat, Italien mit einem Beispiel der Pünktlichkeit, der Ordnung, der Ehrlichkeit und des Fortschritts in Erstaunen zu setzen – das gefährlichste und ketzerischste Wunder, das es gibt. Gewiss muss man im Vatikan eine leise Erschütterung, wie bei einem Erdbeben gespürt haben, als die erste italienische Eisenbahn eröffnet wurde.

Nachdem wir nach Pisa zurückgekehrt waren und einen freundlichen Vetturino und vier Pferde gemietet hatten, um uns nach Rom zu bringen, reisten wir den ganzen Tag durch hübsche toskanische Dörfer und heitere Umgebungen. Die Kreuze an den Straßen in diesem Teil von Italien sind merkwürdig; selten hängt eine Gestalt am Kreuz, obgleich man zuweilen ein Gesicht erblickt; aber bemerkenswert sind sie durch kleine hölzerne Nachbildungen jedes Gegenstandes, der nur in entfernter Beziehung zum Tode des Heilandes steht. Der Hahn, welcher krähte, als Petrus seinen Herrn dreimal verleugnet hatte, sitzt gewöhnlich ganz oben auf der Spitze und ist in der Regel ein ornithologisches Phänomen. Unter ihm ist die Inschrift. Am Querholz hängt dann der Speer, das Rohr mit dem Schwamm, der angenähte Rock, um den die Soldaten würfelten, der Würfelbecher, der Hammer, der die Nägel einschlug, die Zange, die sie wieder herauszog, die Leiter, die am Kreuze lehnte, die Dornenkrone, die Geißel, die Laterne, mit welcher (vermutlich) Maria zum Grabe ging, und das Schwert, mit dem Petrus den Knecht des Hohenpriesters schlug – ein vollständiger Kramladen kleiner Sächelchen, der sich alle fünf Meilen, die ganze Straße entlang, wiederholt.

Am Abend des zweiten Tages nach unserer Abreise von Pisa kamen wir in die schöne alte Stadt Siena. Hier war ein sogenannter

Karneval im Entstehen; aber da sein Geheimnis in ein paar Dutzend trübselig aussehender Leute bestand, die in der Hauptstraße in ganz gewöhnlichen Masken auf und ab gingen und noch trübseliger waren als dieselbe Art Leute in England, wenn dies möglich ist, so erzähle ich weiter nichts davon.

Wir gingen am nächsten Morgen beizeiten zum Dom, der innen und außen wunderbar malerisch ist, dann zum Markt, einem großen viereckigen Platz mit einem halbverfallenen Springbrunnen, ein paar originellen gotischen Häusern und einem hohen viereckigen Turm, an dessen Außenseite hoch oben – ein seltsamer Zug in der Physiognomie italienischer Städte – eine ungeheure Glocke hängt. Es ist ein Stück Venedig, ohne das Wasser. In der Stadt, die sehr altertümlich ist, sind noch einige sehr merkwürdige Paläste, und obgleich sie für mich nicht so viel Anziehendes hat wie Verona oder Genua, so ist sie doch sehr malerisch und höchst interessant.

Sobald wir diese Dinge gesehen hatten, fuhren wir weiter durch eine etwas öde Gegend (wir hatten bis jetzt nur Rebenstöcke gesehen: bloße Spazierstöcke in der jetzigen Jahreszeit) und hielten wie gewöhnlich zwischen ein und zwei Uhr mittags an, um die Pferde ausruhen zu lassen; denn diese Bedingung macht jeder Vetturino. Dann reisten wir weiter durch eine immer öder und wilder werdende Gegend, bis sie so kahl und wüst wurde wie die wüsteste schottische Moorlandschaft. Bald nach Dunkelwerden machten wir in der Osteria La Scala halt, einem ganz einsam stehenden Hause, wo die ganze Familie in der Küche um ein Feuer versammelt saß, welches auf einem drei oder vier Fuß hohen steinernen Herd brannte und groß genug war, um einen Ochsen daran zu braten. In dem oberen einzigen Stockwerk des Hauses befand sich ein großer runder Saal mit einem einzigen sehr kleinen Fenster in einer versteckten Ecke und vier schwarzen Türen, die in vier verschiedene schwarze Schlafzimmer führten. Ich schweige noch von einer fünften großen schwarzen Tür, durch die man in einen zweiten dunklen großen Saal gelangte, wo die Treppe ganz unvermutet durch eine Art Falltür in den Boden kam und oben die Dachbalken herabdämmerten, von einem verdächtigen kleinen

Schrank in einer finstern Ecke und von allen Messern des Hauses, die allenthalben umherlagen. Der Kamin war von der reinsten italienischen Bauart, so dass es ganz unmöglich war, ihn vor lauter Rauch zu sehen. Die Aufwärterin sah aus wie eine Theaterräuberbraut und trug ganz denselben Kopfputz. Die Hunde bellten wie toll, der Widerhall erwiderte die ihm gespendeten Komplimente; zwei, drei Meilen weit im Umkreise war kein zweites Haus, und alles hatte ein unheimliches und banditenmäßiges Aussehen.

Das gewann eben nicht durch Gerüchte von Räubern, welche sich vor wenig Abenden gezeigt und nicht weit von hier die Post angehalten hatten. Nicht lange vorher hatten sie ein paar Reisende auf dem Vesuv angefallen und waren der Gegenstand des Gesprächs in allen Schenken an der Straße. Da wir uns jedoch nicht um sie zu kümmern hatten, denn wir hatten sehr wenig zu verlieren bei uns, machten wir uns darüber lustig und befanden uns bald so gemütlich, wie man nur wünschen konnte. Wir nahmen in diesem einsamen Haus das gewöhnliche Mittagessen ein, und es ist ein sehr gutes Mahl, wenn man einmal daran gewöhnt ist. Zuerst kommt etwas mit Gemüse oder Reis darin, eine Art abgekürztes oder willkürliches Zeichen für Suppe, was gut schmeckt, wenn man es reichlich mit geriebenem Käse, viel Salz und Pfeffer gewürzt hat. Dann kommt das halbe Huhn, aus dem die Suppe gemacht ist; dann eine gedämpfte Taube mit dem eigenen Magen und der eigenen Leber und denen anderer Vögel belegt. Dann ein Stück Rinderbraten, so groß wie ein Brötchen; dann ein Stückchen Parmesankäse und fünf kleine welke Äpfel, alle auf einen kleinen Teller zusammengehäuft und sich drängend, als wollte jeder sich vor der Möglichkeit, gegessen zu werden, retten. Dann kommt der Kaffee und dann das Bett. Ihr kümmert euch nicht um den mit Ziegelsteinen gepflasterten Fußboden, nicht um klaffende Türen oder um zufliegende Fenster; ihr kümmert euch nicht darum, dass die Pferde unter dem Bett ihren Stall haben, so dicht bei euch, dass ihr allemal aufwacht, wenn ein Pferd hustet oder niest. Wenn ihr freundlich gegen die Leute seid und mit ihnen sprecht und kein mürrisches Gesicht macht, so gebe ich euch mein Wort, dass ihr in der allerschlechtesten italienischen Schenke gut und stets auf die höflichste Weise bewirtet werdet und von einem Ende des Landes bis zum andern reisen könnt (trotz aller Geschichten, die das Gegenteil behaupten), vor allem wenn ihr solchen Wein bekommt wie den Orvieto und den Monte Pulciano.

Das Wetter war schlecht, als wir das Haus am Morgen verließen, und wir fuhren zwölf Meilen durch eine so kahle, steinige und wilde Gegend wie Cornwall in England, bis wir nach Radicofani kamen, wo eine gespenstische spukhafte Schenke ist – einst ein Jagdschloss der Herzöge von Toskana. Sie ist so reich an labyrinthischen Korridoren und unheimlichen Zimmern, dass alle Mord- und Gespenster-geschichten, die jemals geschrieben wurden, hier in diesem Hause hätten geschehen sein können. Es gibt ein paar schauerliche alte Palazzi in Genua, einen vorzüglich, der von außen diesem Hause nicht unähnlich sieht, aber dieses Radicofani-Hotel hat etwas so Zugiges, Knarrendes, Wurmzerfressenes, Raschelndes, Türauf-springendes, Halsbrecherisches an sich, wie es mir nie und nirgend sonst vorgekommen ist. Die Stadt klebt über und vor dem Hause an einem Hang; die Einwohner sind alle Bettler, und sobald sie einen Wagen kommen sehen, stürzen sie auf ihn wie Raubvögel.

Als wir den Gebirgspass jenseits dieses Ortes erreichten, war der Sturm (sie hatten es uns im Wirtshaus vorausgesagt) so heftig, dass ich meine eine Hälfte aus dem Wagen hängen lassen musste, damit sie nicht samt dem Wagen umgeblasen werde, und dass wir selbst (so gut wir es konnten) uns an der Sturmseite daran klammern mussten, damit er nicht der Himmel weiß wohin entführt werde. An Kraft konnte dieser Landorkan mit einem Seesturm auf dem Atlantischen Ozean wetteifern und hatte alle Aussicht, Sieger zu bleiben. Er kam durch große Schluchten einer Gebirgswand zu unserer Rechten herniedergefahren, so dass wir mit wirklichem Schauer einen großen Morast links ansahen, wo auch nicht ein einziger Busch oder Zweig war, an dem man sich hätte festhalten können. Es war, als müssten wir, wenn die Füße einmal den Halt verloren, hinab in das Meer oder hinaus in den leeren Raum. Es gab Schnee und Hagel und Regen und Blitz und Donner und dazu Nebelwolken, die mit unglaublicher Schnelligkeit vor uns vorüberwallten. Es war dunkel, schauerlich und im höchsten Grade öde, Berge über Berge, verhüllt von zürnenden Wolken, und ein so wildes, stürmisches, verwirrtes Eilen überall, dass das ganze Schauspiel unaussprechlich erschütternd und großartig wurde.

Dennoch war es eine Erleichterung, es hinter sich zu lassen und selbst die hässliche, schmutzige päpstliche Grenze zu erreichen. Nachdem wir durch zwei kleine Städte gefahren waren – in einer derselben, in Acquapendente, war auch ein Karneval im Gange, bestehend aus einem als Frau verkleideten maskierten Mann und aus einer als Mann verkleideten Frau, die beide still und trübselig durch den tiefen Schmutz der Straßen wateten –, bekamen wir bei einbrechender Dämmerung den See von Bolzena zu Gesicht, an dessen Ufer eine kleine Stadt desselben Namens, berühmt wegen der Malaria, liegt. Mit Ausnahme dieses armseligen Ortes steht keine einzige Hütte am Ufer des Sees oder in seiner Nähe (denn niemand wagt hier zu schlafen); kein Boot schwimmt auf seiner Fläche; nicht einmal ein Pfahl ist zu erblicken, und nichts unterbricht die öde Eintönigkeit der Gegend. Wir langten erst spät an, da der Weg vom Regen sehr schlecht geworden war; und nach Dunkelwerden wurde die kahle Einförmigkeit fast unerträglich.

Am nächsten Abend, bei Sonnenuntergang, erreichten wir ein ganz anderes und schöneres Schauspiel der Verödung. Wir waren durch Montefiascone (berühmt wegen seines Weines) und Viterbo (berühmt wegen seiner Brunnen) gefahren und hatten eben einen langen Hang erklommen, als sich unsern Augen plötzlich ein einsamer See zeigte, an der einen Seite sehr schön, mit üppigem Wald, an der andern sehr öde und von kahlen vulkanischen Hügeln eingeschlossen. Wo jetzt der See ist, da stand ehemals eine Stadt; sie wurde eines Tages verschlungen, und an ihrer Stelle stieg dieses Wasser empor. Alte Sagen (vielen Teilen der Welt gemeinsam) erzählen, wie die Trümmer der Stadt bei klarem Wasser unten gesehen worden seien; aber wie dem immer sein mag, von diesem

Fleck der Erde ist sie verschwunden. Der Boden stürzte über ihr zusammen und das Wasser auch; und hier stehen die Berge wie Geister, denen sich die andere Welt plötzlich verschlossen und die kein Mittel haben, wieder zurückzugelangen. Sie scheinen durch den Verlauf von Jahrhunderten auf das nächste Erdbeben auf diesem Platze zu warten, und dann werden sie beim ersten Auftun der Erde sich hinabstürzen und nicht mehr gesehen werden. Die unglückliche Stadt unten ist nicht verlorener und öder, als die verbrannten Felsen und das stille Wasser oben aussehen. Die rote Sonne sah sie seltsam an, als wüsste sie, dass ihre wahre Heimat unterirdische Höhlen und Finsternis sei, und das melancholische Wasser schlich sich still durch das Sumpfgras und das Schilf, als läge der Untergang der alten Türme und Giebel und der Tod der Leute, die dort geboren und erzogen worden, noch schwer auf seinem Gewissen.

Eine kurze Reise auf diesem See brachte uns nach Ronciglione, einer kleinen Stadt, gleich einem großen Schweinestall, wo wir über Nacht blieben. Am nächsten Morgen um sieben Uhr machten wir uns auf den Weg nach Rom.

So wie wir aus dem Schweinestall heraus waren, kamen wir in die Campagna Romana, eine wellenförmige Ebene, wo nur wenige Menschen wohnen können und wo meilenweit nichts zu erblicken ist, was die schreckliche düstere Öde unterbricht. Von allen Gegenden, die möglicherweise vor den Toren Roms liegen könnten, ist diese die beste und geeignetste Begräbnisstätte für die tote Stadt. So trauervoll, so still, so trübe, so geheimnisvoll als Gruft unendlicher Trümmermassen; so ähnlich den Wüsten, wo in den alten Tagen von Jerusalem die Besessenen hingingen und heulten und sich zerrissen. Wir mussten dreißig Meilen durch diese Campagna fahren; und auf den ersten zweiundzwanzig sahen wir nichts als dann und wann ein einzelnes Haus oder einen räubermäßig aussehenden Hirten, dem das wirre Haar über das ganze Gesicht hing und der sich bis an das Kinn in einen langhaarigen braunen Mantel gehüllt hatte.

Nachdem wir diese Strecke zurückgelegt hatten, hielten wir, um die Pferde ausruhen zu lassen und ein Nachfrühstück einzunehmen, an einem elenden, von der Malaria geschüttelten hinfälligen Wirtshaus, wo inwendig jeder Zoll Mauer und Balken so jämmerlich bemalt war, dass jedes Zimmer aussah wie die verkehrte Seite eines andern Zimmers, und seine erbärmlich gemalten Draperien und windschiefen Leiern schienen hinter den Kulissen einer reisenden Kunstreitertruppe weggestohlen zu sein.

Als wir wieder auf dem Wege waren, fingen wir an, uns in fieberhafter Erwartung nach Rom umzuschauen; und als endlich nach ein paar Meilen die Ewige Stadt in der Ferne erschien, sah sie aus – ich fürchte mich fast, das Wort niederzuschreiben – wie London!!!

Dort lag sie, unter einer dicken Wolke mit zahllosen Spitzen und Türmen und Dächern in den Himmel getürmt, und hoch über allem schwebte eine Kuppel. Ja, ich schwöre, so tief ich auch die scheinbare Absurdität des Vergleichs fühle, sie sah in dieser Entfernung London so ähnlich, dass ich, wenn ich es in einem Spiegel hätte sehen können, es für nichts anderes gehalten hätte.

Rom

Wir betraten die Ewige Stadt gegen vier Uhr nachmittags am 30. Januar, durch die Porta del Popolo, und stießen sogleich – es war ein dunkler, schmutziger Tag, und es hatte sehr geregnet – auf den Karneval. Wir wussten damals noch nicht, dass wir nur das letzte Ende des Maskenzuges sahen, der langsam um die Piazza fuhr, bis er eine geeignete Gelegenheit fand, in den großen Strom der Wagen einzurücken und mit der Zeit mitten in das festliche Gewühl zu gelangen, und waren, ganz reisemüde und staubig, nicht besonders zum Genusse des Schauspieles gestimmt, als wir so unerwartet darauf stießen.

Wir hatten den Tiber bei Ponte Molle überschritten. Er war so gelb, wie er sein sollte, und hatte, wie er zwischen seinen zerrissenen und schmutzigen Ufern dahineilte, ein vielversprechendes Aussehen von Öde und Verwüstung. Die versprengten Karnevalsmasken standen mit diesem Versprechen ganz und gar nicht im Einklang. Man sah keine großen Ruinen, keine feierlichen Denkmäler des Altertums – sie liegen alle auf der andern Seite der Stadt. Man erblickte nur lange Straßen mit ganz gewöhnlichen Läden und Häusern, wie sie in jeder europäischen Stadt zu finden sind; geschäftige Leute, Equipagen, Spaziergänger, eine Unmasse schnatternder Fremder. Es war so wenig mein Rom, das Rom, wie es sich jeder Mann oder Knabe denkt, beraubt seines Glanzes und verfallen und in der Sonne schlummernd auf einem Haufen Ruinen, wie es die Place de la Concorde in Paris ist. Auf einen bewölkten Himmel, einen gemütlichen Regen und schmutzige Straßen war ich gefasst, aber nicht darauf; und ich gestehe, ich ging diesen Abend sehr ernüchtert und mit beträchtlich gedämpfter Begeisterung zu Bett.

Unser erster Gang am nächsten Morgen führte uns zur Peterskirche. Sie sah in der Ferne unermesslich groß aus, aber, als man näher kam, vergleichsweise klein. Die Schönheit des Platzes, auf dem sie steht, mit den herrlichen Säulen und den plätschernden Springbrunnen, kann niemand übertreiben. Der erste Anblick des Innern in seiner ganzen Majestät und Pracht und vor allem der Blick hinauf in die Kuppel bringt eine nie zu vergessende Empfindung hervor. Aber man traf gerade Vorbereitungen zu einem Fest. Die hohen Marmorsäulen wurden mit plunderhaftem Zeug von roter und gelber Farbe umhüllt. Der Altar und der Eingang zur unter-irdischen Kapelle, welche sich vor demselben in der Mitte der Kirche befindet, sah aus wie ein Goldschmiedeladen oder wie die Eröff-nungsszene eines sehr prunkvollen Balletts. Und obgleich ich eine so lebhafte Empfindung von der Schönheit des Gebäudes hatte, wie man nur besitzen kann, fühlte ich doch keine sehr lebhafte Bewegung. Ich bin viel gerührter gewesen in englischen Kirchen und in englischen Domen, wenn die Orgel spielte, und in englischen Dorfkirchen, wenn die Gemeinde sang. Ich hatte eine viel stärkere Empfindung des Geheimnisvollen und des Staunens in der St.-Markus-Kirche zu Venedig.

Als wir wieder aus der Kirche traten (wir standen fast eine Stunde unter der Kuppel und sahen hinauf und hätten uns um keinen Preis jetzt die Kirche zeigen lassen mögen), sagten wir zu dem Kutscher: »Zum Kolosseum.« In einer Viertelstunde etwa hielt er vor dem Tore, und wir traten ein.

Es ist keine Einbildung, sondern einfache, nüchterne, ehrliche Wahrheit, wenn ich sage, dass, wer Lust dazu hat, einen Augenblick lang, während er hineintritt, das ganze große Gebäude vor sich sehen kann, wie es ehedem war, mit Tausenden von gierigen Gesichtern, die in die Arena hinabstarrten, und einem solchen Wirrwarr von Kampf und Blut und Staub, wie ihn Worte nicht beschreiben können. Seine Einsamkeit, seine schauerliche Schönheit und seine gänzliche Verödung machen auf den Beschauer im nächsten Augenblick den Eindruck einer milden Trauer; und vielleicht nie in seinem ganzen Leben wird er von einem Anblick, der nicht unmittelbar mit den Empfindungen seines Herzens verbunden ist, so bewegt werden.

Es langsam verfallen zu sehen, jedes Jahr einen Zoll; seine mit Grün überwucherten Mauern und Bogen, seine dem Tageslicht offenen Gänge; das hohe Gras in den Pforten, junge Bäume von gestern, die aus den halb zertrümmerten Simsen sprießen und Früchte tragen; zufällige Sprösslinge von Samen, welchen die Vögel, die in seinen Spalten und Klüften Nester bauen, fallen gelassen haben; seine Arena mit Erde angefüllt und das friedenbringende Kreuz in seiner Mitte angepflanzt zu sehen; zu den oberen Hallen hinaufzuklimmen und hinabzublicken auf Trümmer und Verfall ringsum; die Triumphbogen Konstantins, des Septimius Severus und des Titus, das römische Forum, der Palast der Cäsaren, die Tempel der alten Religion in Trümmer sinkend oder verschwunden; das heißt das Gespenst des alten Rom, der bösen, alten, wunderbaren Stadt, auf derselben Stelle umgehen sehen, wo es einst lebte. Es ist der erschütterndste, großartigste, feierlichste und betrübendste Anblick, den man sich denken kann. Nie in seinem blutigsten Glanze kann der Anblick des riesenhaften Kolosseums, überströmend vom lebendigsten Leben, ein Herz so bewegt haben, wie es jetzt alle bewegen muss, die es als Ruine sehen. Gott sei gepriesen: eine Ruine!

Wie sie sich hoch über die andern Ruinen erhebt und als ein Berg mitten unter Gräbern dasteht, so überdauern seine alten Einflüsse alle andern Überreste der Mythologie und der alten blutigen Rohheit Roms in dem Charakter des wilden und grausamen römischen Volkes.

Das Gesicht Italiens wird anders, je mehr sich der Fremde der Stadt nähert; seine Schönheit wird teuflisch, und es gibt kaum einen unter Hunderten aus dem gemeinen Volk in den Straßen, der nicht morgen in einem erneuerten Kolosseum zu Hause und zufrieden sein würde.

Hier war endlich wirklich Rom, und ein Rom, wie es sich niemand in seiner vollen und schauerlichen Größe denken kann! Wir gingen auf der Appischen Straße hinaus und schritten weiter, immer an verfallenen Gräbern und Mauertrümmern vorbei, und nur hier und da stand ein einzelnes unbewohntes Haus; vorüber an dem Zirkus des Romulus, wo man die Bahn der Wagen, die Plätze der Richter, der Wettfahrenden und der Zuschauer noch so deutlich sieht wie ehedem; vorüber an dem Grab der Caecilia Metella; vorüber an Hecken, Umhegungen, Mauern und Gräbern, bis wir hinauskamen in die offne Campagna, wo man auf dieser Seite von Rom nichts sieht als Trümmer. Außer wo links die fernen Apenninen die Aussicht abschließen, ist der ganze weite Raum ein Trümmerfeld. Verfallene Aquädukte, jetzt höchst malerische und schöne Bogenreihen; verfallene Tempel; verfallene Gräber. Eine Trümmerwüste, über alle Beschreibung düster und öde, in der jeder Stein, der auf dem Boden liegt, eine Geschichte hat.

*

Am Sonntag assistierte der Papst bei dem Hochamt in der Peterskirche. Der Eindruck, den sie bei diesem zweiten Besuche auf mich machte, war genau wie der erste und blieb so nach vielen Besuchen. Die Kirche erzeugt keine religiös-erhebende Wirkung. Es ist ein ungeheures Gebäude ohne einen einzigen Punkt, auf dem der Geist verweilen könnte, und er wird müde durch das ewige

Herumschweifen. Selbst die Bestimmung des Gebäudes spricht sich nirgends aus, wenn man nicht die Einzelheiten untersucht – und jede Besichtigung von Einzelheiten verträgt sich mit dem Orte ganz und gar nicht; es könnte ebenso gut ein Pantheon, ein Senatshaus oder eine große architektonische Trophäe mit keinem andern Zweck als seinem architektonischen Triumph sein. Allerdings steht unter einem roten Baldachin eine schwarze Statue des heiligen Petrus; sie ist überlebensgroß, und ihre große Zehe wird von guten Katholiken ständig geküsst. Man kann dieses Standbild nicht übersehen, so hervorstechend und populär ist es. Aber es erhöht die Wirkung des Tempels als Kunstwerk nicht, und es drückt – wenigstens für mich – seine hohe Bestimmung nicht aus. Ein großer Raum hinter dem Altar war mit Sperrsitzen gleich denen des italienischen Opernhauses in London, aber viel bunter verziert, ausgefüllt. In der Mitte dieses Theaters war eine Erhöhung, auf der unter einem Baldachin des Papstes Sessel stand. Der Fußboden war mit einem Teppich vom glänzendsten Grün bedeckt, und durch dies Grün und das unleidliche Rot und Carmoisin und die goldenen Fransen der Behänge sah das ganze aus wie ein riesiges Bonbon. Auf jeder Seite des Altares war eine große Loge für fremde Damen; sie war voll von Damen in schwarzen Kleidern und schwarzen Schleiern. Die Nobelgarde des Papstes in roten Röcken, Lederhosen und Kanonenstiefeln bewachte diesen abgesperrten Platz mit gezogenem Schwert, und vom Altar an durch das ganze Schiff wurde ein breiter Gang von der Schweizergarde frei gehalten, deren Soldaten ein wunderlich gestreiftes Wams und gestreifte enge Hosen und Hellebarden tragen, wie man sie gewöhnlich auf den Schultern jener Statisten sieht, die niemals schnell genug die Bühne räumen können und die gewöhnlich noch im feindlichen Lager verweilen, nachdem das offene Land vom Gegner besetzt und durch eine Naturerschütterung in der Mitte zerrissen worden ist.

Ich gelangte bis auf den Rand des grünen Teppichs in Gesellschaft vieler anderer Herren in schwarzer Tracht (ein anderer Pass ist nicht nötig) und stand dort während der ganzen Messe ganz bequem.

Die Sänger steckten in einer Ecke hinter einem Drahtgitter, einem großen Fleischschrank oder Vogelbauer ähnlich, und sangen ganz fürchterlich. Um den ganzen grünen Teppich herum bewegte sich langsam ein Gewühl von Menschen, die miteinander plauderten, den Papst durch Augengläser anstarrten, sich in Augenblicken einseitiger Neugier unsichere Sitze an den Sockeln der Pfeiler abschwindelten und die Damen hässlich angrinsten. Hier und da sah man kleine Gruppen Mönche (Franziskaner und Kapuziner in ihren groben braunen Kutten und spitzen Kapuzen), seltsam abstechend von den prunkhaft gekleideten Geistlichen höheren Grades und zur höchsten Steigerung ihrer Demut von allen Seiten gestoßen und geschoben. Einige hatten schmutzige Sandalen und Regenschirme und befleckte Kleider, denn sie waren vom Lande hereingekommen. Die Gesichter der meisten waren so grob und gemein wie ihre Tracht; und der stumpfe geistlose Blick, mit dem sie alle die Pracht und den Glanz rundum anstarrten, hatte etwas halb Jämmerliches, halb Lächerliches an sich.

Auf dem grünen Teppich und um den Altar stand eine ganze Armee von Kardinälen und Priestern, in Rot, Gold, Purpur, Violett, Weiß und feinem Leinen. Einzelne von ihnen gingen unter dem Gedränge umher und sprachen mit anderen oder erteilten und empfingen Vorstellungen oder tauschten Grüße aus. Andere Beamte in schwarzer Tracht und andere in Hofkleidern waren auf ähnliche Weise geschäftig. Mitten unter allen diesen und unter vorsichtigen Jesuiten, die umherschlichen, und der wunderbaren Unruhe der Jugend von England, die beständig hin und her wanderte, wurden ein paar gesetzte Personen in schwarzen Priesterröcken, die, das Gesicht gegen die Wand gekehrt, niedergekniet waren und sich in ihre Messbücher vertieft hatten, unabsichtlich zu einer Art menschlicher Fallstricke und brachten durch ihre frommen Beine andere Leute zu Dutzenden zu Fall.

Nicht weit von mir lag auf dem Boden ein großer Haufen Kerzen, welche ein sehr alter Mann in einem verschossenen schwarzen weiten Rock, mit einer durchbrochenen Mütze, sehr eifrig stückweise unter die Geistlichen verteilte.

Eine Zeitlang hielten sie dieselben unter dem Arm, wie Spazierstöcke, oder in der Hand, wie Kommandostäbe. Bei einem gewissen Teile der Zeremonie aber tritt jeder mit seiner Kerze vor den Papst, legt sie auf ein Knie desselben, damit sie gesegnet werde, nimmt sie wieder zu sich und entfernt sich. Das Erscheinen einer sehr langen Prozession nahm, wie man sich leicht denken kann, viel Zeit in Anspruch. Nicht weil viel Zeit dazu gehört, eine Kerze durch und durch zu segnen, sondern weil so viele Kerzen zu segnen sind. Endlich waren sie alle gesegnet, und dann wurden sie angebrannt; und dann wurde der Papst mit seinem Stuhl in die Höhe gehoben und rund um die Kirche getragen.

Ich muss gestehen, dass ich niemals etwas sah, was dem volkstümlichen englischen Gedächtnisfest am 5. November ähnlicher gewesen wäre. Ein Bündel Lunten und eine Laterne hätten es vollkommen gemacht. Auch der Papst selbst verdarb die Ähnlichkeit ganz und gar nicht, obgleich er ein angenehmes und ehrwürdiges Gesicht hat; denn da dieser Teil der Zeremonie ihm Schwindel verursacht, schließt er während derselben die Augen, und mit seinen geschlossenen Augen und der hohen Tiara und dem Haupte, das mit den Schritten der Träger hin und her wankte, sah er aus, als wollte ihm seine Maske abfallen. Die zwei großen Fächer, die beständig neben ihm getragen werden, begleiten ihn natürlich auch bei dieser Gelegenheit. Wie sie ihn durch die Kirche trugen, segnete er das Volk mit dem mystischen Zeichen, und wo er vorüberkam, knieten alle nieder. Als er den Rundgang durch die Kirche vollendet hatte, wurde er wieder zurückgetragen, und wenn ich nicht irre, wurde diese Zeremonie im ganzen dreimal wiederholt. Jedenfalls war sie weder feierlich noch von Wirkung, und sehr vieles war komisch und gauklerisch. Diesen Charakter trägt die ganze Feierlichkeit, außer wenn die Hostie gezeigt wird, wo jeder Gardist augenblicklich auf ein Knie fällt und das nackte Schwert senkt, was eine sehr gute Wirkung macht.

Ich sah das nächste mal die Kirche zwei oder drei Wochen später; als ich hinauf in die Kuppel stieg; und da sahen die Reste der Ausschmückung, da alle Vorhänge und Teppiche abgenommen, aber die Gestelle geblieben waren, wie ein abgebranntes Feuerwerk aus.

*

Da der Freitag und Sonnabend große Festtage waren und der Sonntag für den Karneval gar nicht vorhanden ist, harrten wir mit einiger Ungeduld und Neugier auf den Beginn der neuen Woche; denn Montag und Dienstag sind die beiden letzten und besten Tage des Faschings.

Am Montagnachmittag um ein oder zwei Uhr begann ein großes Wagengerassel im Hofe des Hotels, ein Hin- und Herlaufen aller Diener; dann und wann sah man an einem Torweg oder Balkon einen einzelnen maskierten Fremden vorbeihuschen, der an die Maskentracht noch nicht genügend gewöhnt war, um sie mit Selbstvertrauen zu tragen und der öffentlichen Meinung zu trotzen. Alle Wagen waren offen und inwendig mit weißem Kattun überzogen, damit sie nicht durch den unaufhörlichen Regen von Zuckerwerk verdorben würden; an jedem Wagen, während er auf seine Bürde wartete, standen Leute, die ungeheure Tüten und Körbe voll Konfetti und solche Haufen von Blumensträußen hineinstopften, dass einige Wagen nicht nur bis zum Rande voll waren, sondern im wörtlichen Sinne von Blumen überflossen und bei jedem Stoß ihren Überfluss zum Teil auf den Boden verstreuten. Um in diesen wesentlichen Erfordernissen nicht zurückzubleiben, ließen wir zwei ganz anständige Tüten Zuckerwerk (jede etwa drei Fuß hoch) und einen großen Waschkorb voll Blumen in unsern gemieteten Wagen tragen; und von unserem Observatorium auf einem der oberen Balkone des Hotels sahen wir diesen Anordnungen mit der lebhaftesten Zufriedenheit zu. Da die Wagen jetzt ihre Gesellschaft aufnahmen und sich entfernten, stiegen wir auch in den unsern und fuhren fort, das Gesicht mit kleinen Drahtmasken geschützt; denn das Zuckerwerk ist wie Falstaffs verfälschter, mit etwas Gips versetzter Sekt.

Der Corso ist eine etwa eine Meile lange Straße; eine Straße von Läden, Palästen und Privathäusern, die sich zuweilen zu einer geräumigen Piazza ausdehnt. Fast an jedem Hause sind Verandas und Balkone von jeder Größe und Gestalt – nicht bloß in einem Stock, sondern oft vor diesem oder jenem Zimmer in jedem Stock – im allgemeinen mit so wenig Ordnung und Regelmäßigkeit angebracht, dass, wenn es ganze Jahre hindurch Balkone geregnet, Balkone geschneit, Balkone gehagelt und Balkone gestürmt hätte, sie kaum auf verwirrtere Weise hätten entstehen können.

Dies ist der große Brennpunkt des Karnevals. Da aber alle Straßen, in denen der Karneval gehalten wird, von Dragonern wachsam gehütet werden, so müssen die Wagen zuerst in einer Reihe eine andere Straße hinabfahren und in den Corso an seinem äußersten Ende an der Piazza del Popolo gelangen. So schlossen wir denn auch uns an eine Kutschenreihe an und fuhren eine Weile ziemlich ruhig dahin; jetzt schlichen wir im Schneckengang, jetzt trabten wir zwanzig Schritt, jetzt wieder mussten wir fünfzig zurück oder hielten ganz still, wie es das Gedränge vor uns nötig machte. Wenn ein ungeduldiger Wagen in der abenteuerlichen Meinung, schneller vorwärts zu kommen, aus der Reihe fuhr und vorwärts rasselte, holte ihn schnell ein Soldat zu Pferde ein, der, so taub wie sein Schwert gegen alle Bitten, ihn sogleich wieder an das letzte Ende der Reihe geleitete, dass er in der fernsten Perspektive zu einem dunklen Fleck wurde. Dann und wann wechselten wir eine Salve Zuckerwerk mit dem Wagen vor uns oder mit dem hinter uns; aber bis jetzt war das Wegfangen der aus der Reihe ausbrechenden Kutschen das Hauptvergnügen.

Endlich gelangten wir in eine schmale Straße, wo neben einer hinfahrenden Wagenreihe eine zurückkehrende herfuhr. Hier war das Feuer von Zuckerwerk und Sträußen schon ziemlich lebhaft; und ich war glücklich genug, einen als griechischen Helden ver-kleideten Herrn zu bemerken, der einen blondbebarteten Räuber (er warf eben einer jungen Dame in einem Fenster im ersten Stock einen Blumenstrauß zu) mit einer Genauigkeit, die von den Zuschauern lebhaft beklatscht wurde, auf die Nase traf. Als dieser siegreiche Grieche mit einem dicken Herrn in einem Torweg – er war auf der einen Seite schwarz, auf der andern weiß, als ob er halb geschält wäre – ein Witzwort wechselte – der dicke Herr hatte ihm nämlich wegen seiner Heldentat gratuliert –, schlug eine Orange von einem Hause herab gerade an sein linkes Ohr, worüber er sehr erstaunt, um nicht zu sagen erschrocken war, zumal da er gerade stand; und da eben auch der Wagen sich plötzlich in Bewegung setzte, wankte er schmachvoll und fiel bis über die Ohren in die Blumen.

Nach einer viertelstündigen Fahrt kamen wir in den Corso; und ein so heiteres, glänzendes und lustiges Schauspiel, wie er gewährte, wird man sich kaum denken können. Von allen den zahlreichen Balkonen, von den fernsten und höchsten, wie von den nächsten und tiefsten, wehten bunte Teppiche, rot, grün, blau, weiß und golden, im glänzenden Sonnenschein. Aus Fenstern, von Dachrändern und Häusergiebeln flatterten Flaggen und Tücher in den grellsten und feurigsten Farben herab. Die Häuser schienen im wörtlichen Sinne umgewendet zu sein und all ihren Glanz der Straße zugekehrt zu haben. Die Vorderseiten von Läden waren herausgenommen und die Fenster mit Gesellschaft angefüllt wie Logen in einem glänzenden Theater; Türen waren aus den Angeln gehoben und ließen lange tapezierte Gänge, mit Blumengirlanden und immergrünen Pflanzen geschmückt, entdecken; Baugerüste waren zu prächtigen Tempeln geworden, die in Silber, Gold und Purpur strahlten; und in jedem Winkel und jeder Ecke, vom Erdboden bis zu den Feueressen, wo nur Frauenaugen glänzen konnten, da tanzten und lachten und funkelten sie wie Licht auf dem Wasser. Jede denkbare Art bezaubernder Tollheit der Kostümierung war da zu sehen. Kleine absonderliche scharlachrote Jacken; wunderliche Brustlätzchen, neckischer als die hübschesten Leibchen; polnische Pelze, knapp und drall wie reife Stachelbeeren; niedliche griechische Mützen, schief auf einem Ohre sitzend und der Himmel weiß wie an dem dunklen Haar haftend; jede abenteuerliche, wunderliche, kecke, schüchterne, mutwillige Laune fand ihre Darstellung in einer Tracht; und jede Laune war von ihrem Inhaber im Aufruhr der Freude so ganz und gar vergessen, als ob die drei alten Aquädukte, die noch vorhanden sind, diesen Morgen auf ihren massenhaften Bogen den Lethestrom nach Rom geleitet hätten.

Die Wagen fuhren jetzt zu dreien nebeneinander, an breiten Stellen zu vieren; oft mussten sie lange Zeit still halten; immer waren sie eine dichtgedrängte Masse buntester Pracht, so dass die ganze Straße durch den Blumenregen hindurch selbst wie ein großes Blumenbeet aussah. Manche Pferde waren reich mit prächtigen Schabracken herausgeputzt, andere vom Kopf bis zum Schweif mit flatternden Bändern bedeckt. Manche leiteten Kutscher mit großen doppelten Gesichtern: das eine starrte auf die Pferde, das andere schielte mit seinen wunderbaren Augen in den Wagen, und auf beide rasselte der Hagel des Zuckerwerks herab. Andere Kutscher waren als Weiber verkleidet und hatten lange Locken und keine Hüte auf und nahmen sich lächerlicher aus, als Zunge oder Feder beschreiben kann, wenn eine wirkliche Verwirrung unter den Pferden entstand, was bei diesem großen Gedränge natürlich nicht selten vorkam. Anstatt im Wagen auf den Sitzen nehmen die schönen Römerinnen in dieser Zeit allgemeiner Freiheit in der zurückgeschlagenen Kutschendecke Platz und setzen die Füße auf die Kissen, um besser zu sehen und gesehen zu werden – und ach, die wehenden Kleider und schmucken Taillen, die schönen Gestalten und lachenden Gesichter, die man da sah! Auch große lange Wagen gab es voll schöner Mädchen – wohl dreißig und mehr in einem –, und die Salven, die aus diesen Feenbrandschiffen kamen oder sie bestürmten, erfüllten die Luft immer zehn Minuten lang mit Blumen und Bonbons. Wagen, die lange halten mussten, begannen ein regelrechtes Gefecht mit anderen Wagen oder mit Leuten in einem tiefer gelegenen Fenster; und die Zuschauer in einem höheren Balkon oder Fenster mischten sich in den Streit und schütteten, beide Parteien angreifend, große Tüten voll Konfetti herab, das wie eine Wolke herabkam und sie in einem Augenblick weiß wie die Müller machte. Immer Wagen auf Wagen, Masken auf Masken, Farben auf Farben, Scharen auf Scharen ohne Ende. Männer und Knaben, die sich an die Ränder der Kutschen klammern oder sich hinten festhalten oder nachziehen oder unter die Pferde kriechen, um verstreute Blumen zum Wiederverkauf aufzulesen; Masken zu Fuß (gewöhnlich die drolligsten) in phantastischen Übertreibungen von Hoftrachten, das Gewühl mit ungeheuren Augengläsern betrachtend und immer in wahnsinniges Liebesentzücken verfallend, wenn sie eine besonders alte Dame in einem Fenster entdecken; lange Reihen von Polichinellen, die mit Schweinsblasen an ihren Stöcken um sich schlagen; ein Wagen voll Tollhäusler, die getreu nach der Natur schreien und heulen; eine Kutsche voll ernster Mamelucken, um den Rossschweif geschart; eine Gesellschaft Zigeunerinnen im schrecklichsten Kampfe mit einem Schiff voll Matrosen; ein Affe auf einer Stange, umringt von seltsamen Tieren mit Schweinsköpfen und Löwenschweifen, die sie zierlich unter dem Arm oder über die Achsel tragen; Wagen auf Wagen, Masken auf Masken, Farben auf Farben, Scharen auf Scharen ohne Ende. Es werden im Verhältnis zu der Menge der Masken eben nicht viel wirkliche Charaktere dargestellt; das Hauptvergnügen besteht mehr in der allgemeinen vollkommenen Heiterkeit, in der glänzenden und unendlichen Mannigfaltigkeit der Szenen, in der gänzlichen Hingabe an die tolle Lust – eine so vollkommene, ansteckende und unwiderstehliche Hingabe, dass selbst der ernsteste Fremde, bis an die Hüften in Blumen und Konfetti stehend, wie der mutwilligste Römer kämpft und an nichts anderes bis halb fünf Uhr denkt, wo er plötzlich zu seinem großen Bedauern, durch den Schall der Trompeten und die galoppierenden Dragoner, welche die Straße frei machen, erinnert wird, dass dies nicht der einzige Zweck seines Daseins ist.

Wie die Straße überhaupt für das um fünf stattfindende Rennen frei gemacht wird oder wie die Pferde das Rennen vollbringen, ohne die Menschen niederzurennen, ist mehr, als ich sagen kann. Aber die Wagen fahren in Nebenstraßen auf oder auf der Piazza del Popolo; einige Leute nehmen Platz auf zu diesem Zweck errichteten Galerien auf der Piazza, und Tausende und aber Tausende stehen zu beiden Seiten des Corso, wenn die Pferde auf die Piazza gebracht werden – an den Fuß derselben Säule, die jahrhundertelang auf die Spiele und Wagenrennen des Circus Maximus herabsah.

Auf ein gegebenes Zeichen beginnen sie den Lauf. Wie der Sturmwind fliegen sie in den lebendigen Schranken die ganze Länge des Corso hinab, reiterlos, wie die ganze Welt weiß, schimmernde Bänder auf dem Rücken und in die Mähnen geflochten, während kleine Kugeln mit vielen Spitzen an ihren Seiten hängen, um sie anzustacheln. Das Klingeln dieses Schmuckes und das Getöse ihrer Hufe auf dem Pflaster, ihr wilder Flug durch die widerhallende Straße, ja selbst die Kanonenschüsse, welche abgefeuert werden, sind nichts gegen das Brüllen der Menge, ihr Geschrei und ihr Händeklatschen; aber es ist bald vorüber, fast augenblicklich. Neue Kanonenschüsse erschüttern die Stadt. Die Pferde sind gegen die Teppiche gestürzt, die über die Straße gespannt sind, um sie aufzuhalten; das Ziel ist erreicht, die Preise sind gewonnen (sie sind zum Teil von den armen Juden ausgesetzt, damit sie nicht selbst zu rennen brauchen); und damit ist die Lust des Tages zu Ende.

Aber wenn die Szene heiter und fröhlich und menschengedrängt am vorletzten Tage ist, so erreicht sie am letzten Tag einen solchen Höhepunkt bunten Glanzes, lärmenden Lebens und mutwilligen Tobens, dass die bloße Erinnerung daran mich jetzt noch schwindeln macht. Dieselben Scherze, noch erhöht durch den größeren Eifer, mit dem man sie betreibt, werden bis zur selben Stunde fortge-setzt. Das Rennen wird wiederholt, die Kanonen abgefeuert, das Geschrei und Händeklatschen der Menge ertönt wieder; die Kanonen donnern von neuem, das Wettrennen ist vorüber, und die Preise sind gewonnen. Aber die Wagen – ganz bedeckt mit Zuckerwerk und außen so staubig und mehlweiß, dass man sie kaum noch als dieselben erkennt, die man vor drei Stunden gesehen hat – drängen sich, anstatt sich nach allen Richtungen zu verlieren, in den Corso, wo sie bald zu einer sich kaum bewegenden Masse zusammengeschoben sind. Denn das Spiel der Moccoletti, die letzte tolle Lust des Karnevals, naht jetzt, und Verkäufer von kleinen Kerzen schreien überall laut: »Moccoli, moccoli! ecco moccoli!« – ein neuer Ton im Tumult, der ganz und gar den andern »ecco fiori! ecco fior-r-r!« verwischt, der den ganzen Tag über vernommen wurde.

Sobald die bunten Decken und Teppiche in der Abenddämmerung in ein einförmiges Grau sich kleiden, fangen Lichter an zu funkeln, hier und da in den Fenstern, auf den Häusern, in den Balkonen, in den Wagen, in den Händen der zu Fuße Gehenden: zuerst sehr wenig, dann mehr und mehr, bis die ganze lange Straße ein feuriger Schimmer ist. Jetzt ist jeder Anwesende nur mit einem Streben beschäftigt, nämlich das Licht anderer Leute auszulöschen und sein eigenes brennend zu erhalten, und jedermann, Mann, Weib oder Kind, Herr oder Dame, Prinz oder Bauer, Eingeborner oder Fremder, jauchzt und schreit und brüllt unaufhörlich als ein Spottwort für den Unterliegenden: »Senza moccolo, senza moccolo!« (Ohne Licht, ohne Licht!), bis man nichts mehr vernimmt als einen riesenmäßigen Chor dieser zwei Worte, mit lautem Gelächter vermischt.

Das Schauspiel ist eines der außerordentlichsten, das man sich denken kann. Wagen fahren langsam vorüber, und alles steht auf den Sitzen oder auf dem Bock und hält die Lichter in Armeslänge ausgestreckt, der größeren Sicherheit wegen; einige in Papierschirmen, andere mit einem Bündel unbeschützter kleiner Kerzen, die alle brennen, einige mit winzigen Lichtern; Männer zu Fuße, die zwischen den Rädern herumkriechen und auf eine günstige Gelegenheit lauern, um über ein besonderes Licht herzufallen und es auszulöschen. Andere klettern in den Wagen, um sich ihrer mit Gewalt zu bemächtigen, andere jagen einen unglücklichen Wanderer im Kreis um seinen eigenen Wagen, um das Licht, welches er erbettelt oder gestohlen hat, auszulöschen, ehe er wieder zu seiner Gesellschaft gelangen und ihre Kerzen anzünden kann; andere wieder stehen mit abgenommenem Hut an einem Kutschenschlag und bitten demütig eine gutherzige Dame, ihnen Feuer für ihre Zigarre zu geben, und wenn die Dame noch überlegt, ob sie es tun soll oder nicht, blasen sie das Licht aus, welches sie vorsichtig mit der kleinen Hand schützt; andere an den Fenstern, die mit Angeln und Haken nach Kerzen fischen, oder lange Weidenruten mit Tüchern herablassen und geschickt das Licht auswehen, wenn der Träger auf der Höhe seines Triumphes zu sein glaubt; andere warten ihre Zeit in Winkeln ab, mit ungeheuren Lichtlöschern wie Hellebarden, und fallen plötzlich über flammende Fackeln her; andere schicken einen Regen von Orangen und Sträußen auf eine hartnäckige kleine Laterne oder entfachen einen regelrechten Sturm auf eine Pyramide von Menschen, die in ihrer Mitte einen Mann stützen, der über seinem Kopf ein einziges schwaches Lichtchen trägt, mit dem er allen trotzt. »Senza moccolo, senza moccolo!« Schöne Frauen, in Kutschen aufrecht stehend, spöttisch auf verlöschte Lichter zeigend und im Vorüberfahren in die Hände klatschend und rufend: »Senza moccolo, senza moccolo!« Niedrige Balkone voll anmutiger Gesichter und bunter Kleider, im Kampfe begriffen mit Leuten, die von der Straße herauf stürmen; einige drängen sie zurück, wie sie herauf klimmen, andere beugen sich über, wieder andere treten schüchtern zurück – liebliche Arme und Busen, anmutige Gestalten – glänzende Lichter, wehende, rauschende Kleider. »Senza moccolo! senza moccolo! senza moc-co-lo-o-o!« bis in der wildesten Wut des Geschreis und im tollsten Wahnsinn der Lust das Ave Maria von den Kirchtürmen läutet und der Karneval in einem Augenblick vorüber ist – ausgelöscht wie eine Kerze mit einem Hauch.

Abends war im Theater ein Maskenball, so langweilig und ledern, wie er nur in London sein kann, und bloß merkwürdig wegen der summarischen Art und Weise, mit der das Haus um elf Uhr geräumt wurde: es geschah dies durch eine Reihe Soldaten, die sich an der Wand im Hintergrund der Bühne aufstellten und die ganze Gesellschaft vor sich her kehrten, als wären sie ein breiter Besen.

Das Spiel der Moccoletti (das Wort im Singular, moccoletto, ist ein Diminutiv von moccolo und bedeutet ein kleines Licht) wird von einigen für eine burleske Trauerzeremonie um den Tod des Karnevals gehalten – denn Kerzen sind von katholischer Trauer unzertrennlich. Aber mag es nun an dem sein, oder mag es ein Überrest der alten Saturnalien oder ein Überrest von beidem sein, oder seinen Ursprung in etwas anderem haben, immer werde ich mich des Brauchs und des Spaßes als des entzückendsten Anblicks erinnern, nicht weniger merkwürdig wegen der unzerstörbaren gutmütigen Heiterkeit aller Mitwirkenden, bis zu den Niedrigsten (und unter denen, welche die Wagen erkletterten, waren viele, Männer und Knaben aus dem gemeinsten Volke), als wegen seiner unschuldigen tollen Lustigkeit, denn so seltsam es auch erscheinen mag bei einem Scherz, der so voll Mutwillen und Vertraulichkeit ist, er bleibt so frei von dem geringsten Makel der Unanständigkeit, wie nur ein ausgedehnter Verkehr zwischen beiden Geschlechtern sein kann, und während der ganzen Feier scheint ein Gefühl allgemeiner, fast kindlicher Einfalt und naiven Vertrauens zu herrschen, an das man, sobald das Ave Maria es verscheucht hat, mit einer schmerzlichen Empfindung das ganze Jahr hindurch zurückdenkt.

Wir benutzten einen Teil der Zwischenzeit zwischen dem Ende des Karnevals und dem Beginn der Karwoche, wo jedermann nach dem ersten abgereist und nur wenige wegen der andern schon zurückgekehrt waren, um Rom ordentlich zu besichtigen. Und durch frühzeitiges Ausgehen jeden Morgen und spätes Zurückkommen am Abend und hartes Mühen den ganzen Tag über gelang es uns endlich, mit jedem Pfeiler und jeder Säule in der Stadt und in der Umgebung Bekanntschaft zu machen und hauptsächlich so viele Kirchen zu besichtigen, dass ich es, ehe ich halb durch war, endlich aufgab, aus Furcht, nie wieder, solange ich lebe, freiwillig in eine Kirche zu treten. Aber ich richtete es fast jeden Tag so ein, dass ich zu der einen oder andern Zeit zum Kolosseum und in die Campagna bis zum Grab der Caecilia Metella hinauskam.

Auf diesen Expeditionen stießen wir auf eine Gesellschaft englischer Touristen, die näher kennenzulernen eine heiße, aber unbefriedigte Sehnsucht mich verzehrte; es waren ein Mr. Davis und ein kleiner Kreis von Freunden. Es war unmöglich, den Namen der Mrs. Davis nicht kennenzulernen, denn sie wurde von der Gesellschaft sehr viel verlangt, und ihre Gesellschaft war überall. Während der Karwoche waren sie in jedem Teil jeder Szene jeder Zeremonie zu erblicken. Vierzehn Tage oder drei Wochen lang fand man sie in jedem Grabe, in jeder Kirche, in jeder Ruine und in jeder Gemäldegalerie, und schwerlich habe ich Mrs. Davis einen Augenblick lang stumm gesehen. Tief unter der Erde, hoch oben auf dem Petersdom, draußen in der Campagna oder in den engen Winkeln des Judenviertels erschien Mrs. Davis, beständig die alte. Ich glaube nicht, dass sie etwas sah oder etwas betrachtete; sie hatte immer etwas aus einem Strohkorb verloren und suchte es mit allem Eifer unter einer Unmasse englischer Halfpence, welche wie Sand an der Seeküste auf dem Boden ihres Korbes lagen. Die Gesellschaft (die, fünfzehn bis zwanzig an der Zahl, durch Kontrakt von London herübergebracht worden war) hatte beständig einen Cicerone bei sich; und wenn dieser Mrs. Davis nur anblickte, unterbrach sie ihn mit den Worten: »Mein Gott, wie mich der Mann quält! Ich verstehe kein Wort von dem, was Ihr sagt, und würde nichts verstehen, wenn Ihr sprächet, bis Ihr schwarz würdet im Gesicht!« Mr. Davis hatte immer einen schnupftabakfarbigen Überzieher an und einen großen grünen Regenschirm in der Hand und war mit einer langsam ihn verzehrenden Neugier behaftet, die ihn antrieb, merkwürdige Dinge zu tun, zum Beispiel den Deckel von den Urnen in Gräbern zu nehmen und die Asche anzugucken, als ob sie Eingemachtes wäre – oder mit der Spitze seines Schirmes Inschriften zu entziffern und mit tiefster Nachdenklichkeit zu sagen: »Sehet, da ist ein B, und da ist ein R, und da haben wir's!« Seine antiquarischen Gelüste verursachten oft, dass er hinter den übrigen zurückblieb; und eines der Hauptleiden von Mrs. Davis und der ganzen Gesellschaft war die ewige Furcht, Mr. Davis könnte verlorengehen. Dadurch wurden sie bewogen, an den seltsamsten Orten und zu den ungeeignetsten Zeiten ihn laut zu rufen. Und wenn er dann langsam aus einem Grabmal hervorkam wie ein friedlicher Ghoul und ausrief: »Hier bin ich!« entgegnete Mrs. Davis todsicher: »Du wirst in einem fremden Lande lebendig begraben werden, Davis, und es ist ganz unnütz, wenn man dich davor bewahren will.«

Mr. und Mrs. Davis und ihre Reisegefährten waren wahrscheinlich binnen neun oder zehn Tagen von London hierhergekommen. Vor achtzehnhundert Jahren weigerten sich die römischen Legionen unter Claudius, in Mr. und Mrs. Davis' Vaterland zu gehen, weil es jenseits der Grenzen der Welt liege. Unter den kleineren »Löwen« Roms machte mir einer außerordentlichen Spaß. Er ist immer dort zu finden, und seine Höhle ist auf der großen Treppe, die von der Piazza di Spagna nach der Kirche Trinità del Monte hinaufführt. Mit einem Wort, diese Treppe ist der Hauptversammlungsplatz der Künstlermodelle, und sie stehen hier herum und warten auf Beschäftigung. Das erste Mal, als ich hierherkam, konnte ich nicht begreifen, warum mir die Gesichter so bekannt erschienen; warum sie mich seit Jahren in jeder möglichen Stellung und Tracht verfolgt zu haben schienen und wie es kam, dass sie mir jetzt plötzlich in Rom bei hellem lichtem Tage in Fleisch und Blut erschienen. Ich fand bald, dass wir schon seit mehreren Jahren an den Wänden verschiedener Ausstellungssäle Bekanntschaft gemacht hatten. Ein alter Herr ist darunter, mit langem weißem Haar und ungeheurem Bart, der, soviel ich weiß, in jedem Katalog der Königlichen Akademie zu finden ist. Er ist das ehrwürdige oder patriarchalische Modell. Er hat einen langen Stab in der Hand, und jeden Knoten des Stabes habe ich unzählige Male auf das getreueste abgebildet gesehen. Dann ist ein anderer Mann in einem blauen Mantel, der sich immer stellt, als schliefe er in der Sonne (wenn sie scheint), und der, das brauche ich nicht zu sagen, die Augen weit offen hat und sehr genau auf die Lage seiner Füße achtet. Das ist das Dolce-far-niente-Modell. Dann ein anderer in einem braunen Mantel, der gegen eine Mauer lehnt und mit verschränkten Armen aus den Winkeln seiner Augen blickt, die unter dem breitkrempigen Hute gerade noch sichtbar sind. Das ist das Banditenmodell. Dann ein anderer, der ständig über die Achsel blickt und ständig drauf und dran ist, zu gehen, aber nie geht; das ist das stolze Modell. Häusliches Glück und heilige Familien sollten eigentlich sehr billig sein, denn von einem Ende der Treppe bis zum andern sind sie in Überfluss da. Das köstlichste dabei ist aber, dass sie die heuchlerischsten Vagabunden von der Welt sind, die ganz besonders zu diesem Zweck aufgeputzt sind und ihresgleichen weder in Rom noch in einem andern Teile der Welt haben.

Die obige Erwähnung des Karnevals erinnert mich daran, dass man behaupten will, es sei in seiner Schlussszene ein spaßhaftes Trauern um die Lust und Heiterkeit vor dem Fasten, und das erinnert mich wieder an die wirklichen Leichenbegängnisse und Trauerzüge Roms, die wie in den meisten andern Städten Italiens dem Fremden vorzüglich durch die Gleichgültigkeit auffallen, mit der der bloße Staub betrachtet wird, nachdem das Leben entflohen ist. Und dies geschieht nicht, weil die Überlebenden Zeit gehabt hätten, die Erinnerung an die Toten von ihrer wohlbekannten Erscheinung und Gestalt auf Erden zu trennen, denn dazu folgt das Begräbnis zu schnell auf das Ableben, indem es fast immer nach vierundzwanzig und manchmal sogar nach zwölf Stunden stattfindet.

In Rom hat man dieselbe Einrichtung von Gruben auf einem großen kahlen offenen Platz, die ich schon bei Genua beschrieben habe. Als ich den Ort, es war gegen Mittag, besuchte, sah ich einen einfachen Sarg von einfachen Brettern, ohne Leichentuch oder Decke und so dünn, dass der Huf eines Maultieres ihn hätte zerschlagen können. Er war ohne Umstände neben einer der Gruben hingeworfen worden und lag auf der Seite – so stand er einsam in Wind und Sonnenschein. »Wie kommt es, dass man ihn hiergelassen hat?« fragte ich den Mann, der mir den Ort zeigte. »Er wurde vor einer halben Stunde hergebracht, Signore«, sagte er. Ich besann mich jetzt, dem Leichenzug bei seiner Rückkehr begegnet zu sein, wie er mit scharfem Schritt nach Hause eilte. »Wann wird er in die Grube kommen?« fragte ich weiter. »Sobald der Karren ankommt und die Grube heute Abend aufgemacht wird«, sagte er. »Wieviel kostet es, auf diese Weise hierher geschafft zu werden, anstatt im Karren?« fragte ich ihn. »Zehn Scudi«, erwiderte er. »Die anderen Leichen, für die nichts bezahlt wird, werden zur Kirche Santa Maria della Consolazione gebracht«, fuhr er fort, »und dann abends im Karren hierher.« Ich blieb einen Augenblick vor dem Sarg stehen, auf dem zwei Anfangsbuchstaben gekritzelt waren, und als ich mich abwandte, mochte mein Gesicht verraten, dass mir eine derartige

Ausstellung nicht eben gefalle, denn der Mann zuckte die Achseln mit großer Lebhaftigkeit und sagte mit einem freundlichen Lächeln: »Aber er ist tot, Signore; was macht's da schon aus?«

Unter den zahllosen Kirchen ist eine, die ich besonders erwähnen möchte. Das ist die Kirche Ara coeli, angeblich auf der Stelle des alten Tempels des Jupiter Feretrius erbaut; man gelangt zu ihr auf der einen Seite vermittelst einer hohen steilen Treppe, die ohne eine Gruppe bärtiger Wahrsager auf ihrer Höhe unvollständig zu sein scheint. Die Kirche ist merkwürdig durch den Besitz eines wunderwirkenden Bambinos, einer hölzernen, das Jesuskind darstellenden Puppe, und ich sah diesen wunderwirkenden Bambino zuerst bei folgender Gelegenheit.

Wir waren eines Nachmittags in die Kirche getreten und sahen die lange Flucht düsterer Pfeiler hinab (denn alle diese aus den Trümmern alter Tempel erbauten Kirchen sind finster und melancholisch), als der Wackere zu uns geeilt kam und uns bat, ihm ohne Verweilen zu folgen, da man eben einer ausgewählten Gesellschaft den Bambino zeigte. Wir eilten sogleich zu einer Art Kapelle oder Sakristei, dicht beim Hauptaltar, aber nicht in der Kirche selbst, wo die auserlesene Gesellschaft – zwei oder drei katholische Herren und Damen – bereits versammelt war und wo ein hohlwangiger junger Mensch verschiedene Kerzen anzündete, während ein anderer über seine grobe braune Kutte ein Priesterkleid warf. Die Kerzen standen auf einer Art Altar, und über ihm waren zwei absonderliche Gestalten zu sehen, wie man sie auf jedem englischen Jahrmarkt findet, die heilige Jungfrau und St. Joseph, andächtig über einen hölzernen Kasten, der verschlossen war, gebeugt.

Nachdem der hohlwangige Mönch Nummer eins die Kerzen angebrannt hatte, fiel er in einer Ecke auf die Knie nieder, und der Mönch Nummer zwei, nachdem er erst ein paar reichverzierte und von Gold strotzende Handschuhe angezogen hatte, nahm mit großer Ehrfurcht den Kasten herab und stellte ihn auf den Altar. Dann öffnete er ihn mit vielen Kniebeugungen, und nachdem er viele Gebete gemurmelt hatte, nahm er verschiedene Decken von

Atlas und Spitzen heraus. Die Damen hatten von Anfang an auf den Knien gelegen, und die Herren sanken auch ehrerbietig nieder, als er ihnen eine kleine hölzerne Puppe zeigte mit einem Gesicht wie das von General Tom Thumb, prunkhaft gekleidet in Atlas und goldene Spitzen und ganz funkelnd von reichen Juwelen. Kaum ein Fleckchen war auf der kleinen Brust, dem Hals oder dem Leib zu sehen, das nicht von kostbaren Spenden der Gläubigen gestrahlt hätte. Dann nahm er es aus dem Kasten, trug es im Kreis der Knienden herum, legte das Gesicht der Puppe an die Stirn jedes Einzelnen und reichte ihnen den plumpen Fuß zum Küssen – eine Zeremonie, die sie alle vornahmen bis auf einen schmutzigen zerlumpten kleinen Buben herab, der von der Straße hereingetreten war. Sobald dies geschehen war, legte er die Puppe wieder in den Kasten, und die Gesellschaft stand auf, trat näher und pries flüsternd die Juwelen. Bald darauf deckte er sie wieder zu, machte den Kasten zu, stellte ihn wieder an seinen Platz und verschloss die ganze Geschichte (die heilige Familie und alles) hinter ein paar Flügeltüren, legte das Priesterkleid ab und nahm die gewöhnliche »Kleinigkeit« in Empfang, während sein Gefährte mit einem Lichtdämpfer an einer langen Stange die Lichter auslöschte. Nachdem die Lichter alle ausgelöscht und das Geld eingesammelt worden, entfernten sie sich, und ihnen folgten die übrigen.

Ich traf kurze Zeit darauf denselben Bambino auf der Straße, als er mit großem Prunk zum Haus eines Kranken gebracht wurde. Er ist zu diesem Zweck fast ständig in Rom unterwegs; aber ich vernehme, dass auf seine Wunderkraft nicht immer so zu bauen ist, wie es wünschenswert wäre; denn wenn er in Begleitung eines zahlreichen Gefolges am Bett todkranker und sterbender Personen erscheint, so erschreckt er sie nicht selten zu Tode. Am beliebtesten ist er bei Geburten, wo er solche Wunder getan hat, dass, wenn eine Dame länger als gewöhnlich in den Wehen liegt, sofort ein Bote abgeschickt wird, um die schnelle Ankunft des Bambino zu erbitten. Er ist ein sehr wertvolles Besitztum und steht in großem Ansehen – vorzüglich bei der religiösen Bruderschaft, der er gehört.

Es freut mich, dass er von einigen guten Katholiken, die hinter die Kulissen blicken, nicht so ganz vertrauensvoll angesehen wird; so muss ich wenigstens nach dem schließen, was mir der nahe Verwandte eines Priesters, selbst ein Katholik und ein Mann von Wissenschaft und Bildung, erzählte. Dieser Priester ließ sich von dem obenerwähnten Mann versprechen, dass er auf keine Weise den Bambino in das Krankenzimmer einer Dame bringen lassen wollte, für welche sie sich beide interessierten, denn, sagte er, wenn sie (die Mönche) die Dame damit belästigen und sich in das Zimmer drängen, so muss sie daran sterben. Mein Bekannter sah daher aus dem Fenster, als er ankam, und weigerte sich mit vielen Danksagungen, die Tür zu öffnen. Bei einer andern Gelegenheit, der er nur als Vorübergehender beiwohnte, bemühte er sich zu verhüten, dass er in ein kleines ungesundes Zimmer, wo ein armes krankes Mädchen lag, getragen werde. Aber seine Bemühungen waren vergebens, und sie verschied, während sich die Menge um das Bett drängte.

Unter den Leuten, welche dann und wann in die Peterskirche hereintreten, um hinzuknien und ein stilles Gebet zu sprechen, sind gewisse Schulen und Seminarien, geistliche und andere, die zwanzig und dreißig Mann stark hereinkommen. Diese Knaben knien in einfacher Reihe, einer hinter dem andern, während ein großer ernsthafter Schulmeister im großen schwarzen Rock die Reihe beschließt; so gleichen sie einem Spiel Karten, so aufgestellt, dass es bei der geringsten Berührung umfällt, mit einem unverhältnismäßig großen Treffbuben am Ende. Wenn sie etwa eine Minute vor dem Hauptaltar gelegen haben, stehen sie wieder auf, ziehen in die Kapelle der Madonna oder des Sakramentes und knien wieder in derselben Ordnung nieder; so dass, wenn jemand über den Schulmeister stolperte, ein allgemeines und plötzliches Zusammen-stürzen unvermeidlich wäre.

Der Eindruck in allen diesen Kirchen ist der seltsamste, der nur möglich ist. In einem fort dasselbe eintönige, empfindungslose, schläfrige Singen; dasselbe dunkle Gebäude, noch dunkler erscheinend durch die Helligkeit der Straße draußen; dieselben düster brennenden Lampen; dieselben Leute hier und da auf dem Boden kniend; vor dem einen oder anderen Altar derselbe Priester, der euch mit demselben großen Kreuz den Rücken zukehrt. Wie verschieden auch in der Größe, in der Form, im Reichtum, in der Bauart diese Kirche von einer andern sein mag, immer ist es ganz dasselbe. Dieselben schmutzigen Bettler halten in ihren leisen Gebeten inne, um zu betteln; dieselben elenden Krüppel stellen ihre Missgestalt an den Pforten zur Schau; dieselben Blinden klappern mit kleinen Töpfen gleich Pfefferbüchsen, in denen sie ihre Almosen sammeln; dieselben wunderlichen Kronen von Silber erscheinen über dem Kopf einzelner Heiligen und Madonnen auf gestalten-reichen Gemälden, so dass eine kleine Figur auf einem Berg einen Kopfputz hat, der größer ist als der Tempel im Vordergrund oder ganze Meilen der Ferne; derselbe allbeliebte Schrein oder Heilige, erstickt mit kleinen silbernen Herzen oder Kreuzen oder Engelchen; dasselbe seltsame Gemisch von Ehrfurcht und Unehrerbietigkeit, Glaube und Phlegma, niederkniend auf dem Steinboden und darauf ausspuckend, aufstehend vom Gebet, um ein wenig zu betteln oder eine andere weltliche Angelegenheit zu verrichten und dann wieder niederzuknien, um die zerknirschte Bitte da, wo sie abgebrochen, wieder anzufangen. In einer Kirche stand eine kniende Dame ein paar Augenblicke vom Gebet auf, um uns ihre Karte als Musik-lehrerin anzubieten, und in einer anderen unterbrach ein gesetzter Herr mit einem sehr dicken Spazierstock seine Andacht, um seinen Hund durchzuprügeln, der einen andern Hund anknurrte und dessen Gewinsel und Geheul durch die ganze Kirche hallte, als der Herr ruhig seine Andacht wieder fortsetzte, aber doch dabei den Hund nicht aus dem Auge verlor.

Vor allem findet sich überall etwas zur Aufnahme der Beiträge der Gläubigen. Zuweilen eine Geldbüchse, die zwischen den Betenden und dem lebensgroßen Bilde des Erlösers steht; zuweilen eine kleine Kasse zum Instandhalten der Jungfrau; zuweilen eine Bitte im Namen eines beliebten Bambino; oder auch ein Beutel am Ende eines langen Stabes, der plötzlich unter dem Volke erscheint und von einem rührigen Sakristan eifrig geschüttelt wird; aber da ist es immer, sehr oft in einer und derselben Kirche in vielen Gestalten, und scheint ganz gut zu gedeihen. Auch fehlt es nicht in der freien Luft, auf Straßen und Wegen, denn oft, wenn man ruhig dahinschreitet und an nichts weniger als eine Blechbüchse denkt, da erscheint sie plötzlich aus ihrem Hinterhalt in einem kleinen Hause an der Straße, und oben darauf steht:»Für die Seelen im Fegefeuer«, eine Bitte, welche der Träger viele Male wiederholt, während er vor einem klappert, etwa wie Punch mit der zersprungenen Glocke klappert, die sein hoffnungsreiches Temperament für eine Orgel ansieht.

Das erinnert mich, dass einige römische Altäre von besonderer Heiligkeit die Inschrift tragen:»Jede an diesem Altar gelesene Messe befreit eine Seele aus dem Fegefeuer.« Ich habe nie herausfinden können, wieviel ein solcher Dienst kostet, aber teuer muss er sein. Auch verschiedene Kreuze gibt es in Rom, durch die man, wenn man sie küsst, Ablass für verschieden lange Zeiten erlangt. Das in der Mitte des Kolosseums stehende gibt hundert Tage; und vom Morgen bis zum Abend kann man Leute sehen, die es küssen. Einige dieser Kreuze erfreuen sich einer Popularität, die man sich nicht erklären kann; von dieser Art ist das letzterwähnte. In einem andern Teile des Kolosseums steht ein Kreuz auf einer Marmortafel mit der Inschrift:»Wer dieses Kreuz küsst, kann auf zweihundertundvierzig Tage Ablass Anspruch erheben.« Aber sooft ich in der Arena saß, sah ich niemand dies Kreuz küssen, sah aber beständig ganze Scharen von Bauern vorübergehen, um das andere zu küssen.

Einzelheiten aus dem großen Traum der römischen Kirchen herauszunehmen wäre die abenteuerlichste Beschäftigung von der Welt. Aber San Stefano Rotondo, ein dumpfes, modriges Gewölbe einer alten Kirche, an einem der Enden Roms gelegen, wird sich durch die abscheulichen Gemälde, mit denen seine Wände bedeckt sind, in meiner Seele immer oben erhalten. Diese Bilder stellen den Märtyrertod von Heiligen und Urchristen dar; und ein solches Panorama von Entsetzen und Blutvergießen kann sich kein Mensch im Traume denken, und wenn er ein ganzes Schwein zu Abend äße.

Graubärtige Männer, die gekocht, gebraten, geröstet, gerädert, von wilden Tieren gefressen, von Hunden zerfleischt, lebendig begraben, von Pferden zerrissen, in kleine Stückchen zerhackt werden; Frauen, denen man die Brüste mit eisernen Zangen abreißt, die Zungen ausschneidet, die Ohren abdreht, die Kinnladen zerschmettert, die man auf der Folter ausstreckt oder schindet oder am Feuer brät – das sind noch die mindest grässlichen Darstellungen. Und diese Gräuel sind mit solcher Mühsamkeit ausgeführt, dass jedes Opfer denselben Gedanken erweckt wie der alte König Duncan bei Lady Macbeth, als sie sich wunderte, dass er so viel Blut hatte.

In den mamertinischen Gefängnissen ist ein Raum, der einst das Gefängnis des heiligen Petrus gewesen sein soll – was übrigens sehr leicht möglich ist. Das ehemalige Gefängnis ist jetzt ein dem Heiligen geweihtes Oratorium; sein Bild lebt noch lebhaft in meinem Gedächtnis. Es ist sehr klein und niedrig gewölbt; die Schauer des finstern alten Kerkers herrschen darin, als wären sie in einem düsteren Nebel aus dem Boden herausgestiegen. An den Wänden sind unter den zahlreichen Votiven Gegenstände, die zu gleicher Zeit seltsam im Einklang und seltsam im Missklang mit dem Ort stehen – verrostete Dolche, Messer, Pistolen, Knüppel und andere Instrumente der Gewalt und des Mordes, die noch warm von der Tat hierhergebracht und aufgehängt worden sind, um den beleidigten Himmel zu versöhnen, als wenn das Blut daran in der geweihten Luft verschwände und keine Stimme hätte, um zum Himmel zu schreien. Überall ist es so still, so dumpfig und so gruftartig, die Kerker unten sind so schwarz und unheimlich und kahl, dass diese kleine dunkle Stelle zu einem Traum in einem Traume wird und in der Vision von großen Kirchen, die an mir vorüberrollt wie ein Meer, eine kleine Welle für sich bildet, die sich mit keiner andern vermischt und nicht mit den übrigen von dannen fließt.

Es ist grausig, an die ungeheuren Höhlen zu denken, in die man unter einigen römischen Kirchen gelangt und welche die Stadt unterminieren. Viele Kirchen besitzen Krypten oder unterirdische

Kapellen von bedeutender Größe, welche früher einmal Bäder und geheime Tempelräume oder was sonst waren; aber von diesen spreche ich nicht. Unter der Kirche San Giovanni und San Paolo ist der Eingang zu einer in den Felsen gehauenen Höhlenreihe, die einen zweiten Ausgang unter dem Kolosseum haben soll – schauerliche nächtige Räume von ungeheurer Ausdehnung, halb begraben in der Erde und undurchforschbar, wo die mühsam brennenden Fackeln durch lange Reihen ferner Gewölbe, die sich links und rechts wie Straßen in einer Stadt der Toten abzweigen, hinabschimmern und die kalte Feuchtigkeit erkennen lassen, wie sie langsam an den Wänden hinabrinnt in die Wasserpfützen, die sich hier und da gesammelt und niemals einen Sonnenstrahl erblickt haben noch erblicken werden. Einige Erzählungen machen diese Höhlen zu Gefängnissen der für die Kämpfe im Amphitheater bestimmten wilden Tiere, andere zu Kerkern verurteilter Gladiatoren, wieder andere zu beidem. Aber am grauenhaftesten für die Phantasie ist die Sage, dass in der oberen Reihe (denn diese Höhlen haben zwei Stockwerke) die Christen der frühesten Zeiten, die zu den Schauspielen im Kolosseum aufgespart wurden, die wilden Tiere, die nach ihnen hungerten, unten hätten brüllen hören; bis nach der Nacht und der Einsamkeit ihrer Gefangenschaft plötzlich die Helle und das Leben des ungeheuren Theaters, vollgefüllt bis zum obersten Rand, und der Anblick ihrer gierig hereinstürzenden gefürchteten Nachbarn über sie hereinbrach!

Unter der Kirche San Sebastiano, zwei Meilen jenseits des Tores von San Sebastiano auf der Appischen Straße, ist der Eingang zu den Katakomben – ursprünglich Steinbrüche, aber später die Verstecke der Christen. Diese schauerlichen Gänge sind zwanzig Meilen weit untersucht worden und bilden ein Labyrinth von sechzig Meilen im Umfang.

Ein hagerer Franziskaner mit wildfunkelndem Auge war unser einziger Führer durch diesen nächtigen und grauenhaften Ort. Die engen Gänge und Öffnungen hie und da und die dumpfe und schwere Luft verwischten bald in uns allen jede Erinnerung an den Weg, den wir gekommen, und ich konnte mich des Gedankens nicht erwehren: Mein Gott, wenn er in plötzlichem Wahnsinn die Fackeln auslöschen oder einen Anfall bekommen sollte, was würde dann aus uns werden? Wir wanderten immer fort unter den Gräbern der Märtyrer, an großen unterirdischen gewölbten Gängen vorbei, die sich nach allen Richtungen abzweigten und mit Steinhaufen verschlossen waren, damit Diebe nicht dort Zuflucht suchen und eine Bevölkerung unter Rom bilden, die noch schlimmer ist als die, welche oben an der Sonne lebt. Nichts als Gräber! Gräber! Gräber! Gräber von Männern, Frauen und Kindern, die ihren Verfolgern mit dem Ruf entgegeneilten:»Wir sind Christen! Wir sind Christen!« damit sie mit ihren Eltern geschlachtet würden; Gräber, auf denen die Palme des Märtyrertums grob in Stein gemeißelt ist, und kleine Nischen, in denen Fläschchen mit dem Blute der Märtyrer ausgestellt waren; Gräber von manchen, die jahrelang hier unten hausten und von den kunstlosen Altären aus ihren Brüdern Wahrheit, Hoffnung und Trost verkündeten; Gräber, weit geräumiger, aber noch schrecklicher, wo Tausende überrascht und lebendig begraben wurden.

»Die Triumphe des Glaubens finden sich nicht in unsern glänzenden Kirchen über der Erde«, sagte der Mönch und blickte sich nach uns um, als wir in einem der niedrigen Gänge, wo überall Gebeine und Staub waren, rasteten.»Hier sind sie! Unter den Gräbern der Märtyrer!« Er war ein sanfter, ernster Mann, und das Wort kam ihm aus dem Herzen; aber wenn ich gedachte, wie Christen ihre Brüder behandelt haben, wie sie, unsere allbarmherzige Religion verdrehend, sich gehetzt und gequält, verbrannt und enthauptet, erwürgt, geschlachtet und unterdrückt haben, da malte ich mir eine Qual vor, die noch ärger war als jene, welche dieser Staub erduldet, als der Lebenshauch noch in ihm war; da dachte ich mir, wie diese großen und beständigen Herzen gezittert und gewankt hätten, wenn eine Vorahnung der Taten, welche Christen im Namen dessen übten, für den sie starben, sie mit derselben unaussprechlichen Qual auf dem Rade, dem Kreuz und dem Feuer hätte zerreißen können.

Das sind die Flecken in meinem Traum von Kirchen, die für sich bleiben und ihre besondere Bedeutung haben. Eine schwächere Erinnerung kommt mir zuweilen von Reliquien in den Sinn; von einem Stück des Pfeilers von jenem Tempel, der sich in zwei Hälften zerteilte; von einem Stück des Tisches, der zum Letzten Abendmahl gedeckt worden; von dem Brunnen, an dem die Samariterin unserm Heiland zu trinken reichte; von zwei Säulen vom Hause des Pontius Pilatus; von dem Stein, an den die Hand des Erlösers gefesselt war, als er gegeißelt wurde; von dem Rost des heiligen Laurentius und dem Stein darunter, der noch befleckt war mit seinem Fett und Blut; alle diese prägten ein schattenhaftes Zeichen auf manche Kathedrale, wie eine alte Geschichte oder eine Fabel es tun könnte, und hielten sie für einen Augenblick fest, wie sie vor mir vorüberschwebte. Das übrige ist ein ungeheurer Wirrwarr heiliger Gebäude von allerlei Gestalt und Aussehen, eines in dem andern verschwindend; von zerborstenen Pfeilern alter heidnischer Tempel, die aus der Erde gegraben und gezwungen wurden, gleich riesigen Gefangenen die Dächer christlicher Tempel zu stützen, von schlechten und wundervollen, gottlosen und lächerlichen Gemälden, von knienden Leuten, dampfendem Weihrauch, klingelnden Glocken, und zuweilen, aber nicht oft, von einer ernst tönenden Orgel; von Madonnen, in deren Busen Schwerter stecken, geordnet in einen Halbkreis wie ein Fächer; von Gerippen toter Heiliger, in bunte goldbesetzte Seide, Atlas oder Samt gekleidet, den verblichenen Schädel mit kostbaren Juwelen oder Kränzen verwelkter Blumen geschmückt; zuweilen auch von Leuten, die sich um eine Kanzel versammelt haben und einen Mönch, der ein Kruzifix weit vorstreckt und wütend predigt, während die Sonne durch ein hohes Fenster herabscheint auf die Leinwand, die über ihm quer durch die Kirche ausgespannt ist, damit sich die Stimme nicht im hohen Gewölbe des Daches verliere. Dann tritt mein müdes Gedächtnis heraus auf eine Treppe, wo zahlreiche Menschen schlafend oder im warmen Sonnenschein ausgestreckt liegen, und wandert weiter durch die Lumpen, die Gerüche und Paläste und Höhlen einer alten italienischen Straße.

An einem Sonnabendmorgen (am 8. März) wurde hier ein Mann enthauptet. Neun oder zehn Monate vorher hatte er einer bayerischen Gräfin, die nach Rom pilgerte – natürlich allein und zu Fuß – und dieses fromme Werk, wie man erzählt, zum vierten Male verrichtete, aufgelauert. Er sah, wie sie in Viterbo, wo er wohnte, ein Goldstück wechselte, folgte ihr, leistete ihr unter dem verräterischen Vorwand, sie zu beschützen, ein paar Tage Gesellschaft, überfiel sie in der Campagna, nicht weit von Rom bei dem sogenannten – aber nicht echten – Grabe Neros, beraubte sie und erschlug sie mit ihrem eigenen Pilgerstab. Er hatte sich erst vor kurzem verheiratet und schenkte seiner Frau etwas von dem Schmuck der Ermordeten mit der Behauptung, er habe es auf einem Jahrmarkt gekauft. Sie aber, welche die pilgernde Gräfin durch die Stadt hatte gehen sehen, erkannte ein Stück davon als deren Eigentum. Ihr Gatte gestand ihr dann, was er getan hatte. Sie erzählte es in der Beichte einem Priester, und vier Tage nach der Tat war der Mörder verhaftet.

In diesem unberechenbaren Lande gibt es keine festgesetzten Zeiten zur Verwaltung oder Ausübung der Justiz; der Mann war seit jener Zeit nicht aus dem Gefängnis gekommen. Am Freitag aß er mit den anderen Gefangenen zu Mittag, als man ihm verkündigte, er werde nächsten Morgen enthauptet werden, und ihn mit fortführte. Nur sehr selten finden Hinrichtungen während der Fasten statt; aber da sein Verbrechen sehr schwer war, hielt man es für gut, gerade zu dieser Zeit, wo eine große Menge Pilger nach Rom kommen, an ihm ein Exempel zu statuieren. Ich hörte dies am Freitagabend und sah an den Kirchen Zettel kleben, mit der Aufforderung an das Volk, für die Seele des Verbrechers zu beten. So entschloss ich mich denn, seiner Hinrichtung beizuwohnen.

Die Enthauptung sollte um 14½ Uhr nach römischer Zeitrechnung oder Viertel vor neun Uhr vormittags stattfinden. Ich ging mit zwei Freunden hin; und da wir voraussetzten, das Gedränge werde sehr groß sein, waren wir schon um halb acht Uhr an Ort und Stelle. Der Platz zur Hinrichtung war bei der Kirche San Giovanni Decollato (ein sehr zweideutiges Kompliment für Johannes den Täufer), in einer der ungangbaren Nebengassen ohne Fußweg, aus denen ein großer Teil Roms besteht – in einer Straße von verfallenen Häusern, die niemandem gehören und niemals bewohnt gewesen zu sein scheinen und gewiss nie nach einem Plan oder zu einem besondern Zweck erbaut worden sind. Sie haben keine Fensterrahmen und sehen ziemlich aus wie verlassene Brauereien und könnten Lagerschuppen sein, wenn nur etwas darin wäre. Einem dieser Häuser gegenüber stand das Schafott, ein unbemaltes, plumpes, wackelig aussehendes Ding, etwa sieben Fuß hoch und ein hohes galgenförmiges Gestell stützend, in dem sich ein Messer, beschwert mit einer gewichtigen Eisenmasse, befand, welches hell in der Morgensonne glänzte, wenn sie dann und wann hinter einer Wolke hervorguckte.

Es waren nicht viel Zuschauer da; sie wurden von Abteilungen päpstlicher Dragoner in ziemlicher Entfernung gehalten. Zwei- oder dreihundert Infanteristen in voller Bewaffnung standen hier und da in ungeordneten Gruppen herum, und die Offiziere gingen plaudernd und Zigarren rauchend zu zweien und dreien auf und ab. Am Ende der Straße war ein freier Raum, wo ein Haufen von Staub und irdenen Scherben und Abfall aus der Küche liegen würde, wenn der Art Dinge nicht in Rom überall Platz fänden und keine Vorliebe für besondere Lokalitäten zeigten. Wir traten in eine Art Waschhaus, das zu einem Wohnhaus daneben gehörte; hier nahmen wir Platz auf einem alten Karren und einem Haufen gegen die Wand gelehnter Karrenräder und sahen durch ein großes vergittertes Fenster auf das Schafott und die Straße hinab, bis, weil die Straße sich plötzlich nach links wendete, ein dicker Offizier mit Dreispitz uns die Sicht versperrte.

Es schlug neun Uhr und schlug zehn Uhr, und es geschah nichts. Die Glocken aller Kirchen läuteten wie gewöhnlich. Ein kleines Parlament von Hunden hatte sich auf dem freien Platz versammelt und spielte zwischen den Beinen der Soldaten Haschen. Wildblickende Römer der niedrigsten Klasse in braunen und blauen Mänteln und unbemäntelten Lumpen kamen und gingen und sprachen miteinander. Frauen und Kinder umstrichen die Ränder

der dünngesäten Zuschauermasse. Eine große schmutzige Stelle war ganz leer wie ein kahler Fleck auf dem Kopf eines Menschen. Ein Zigarrenhändler, in der Hand einen irdenen Topf mit Kohlen tragend, ging auf und ab und schrie seine Ware aus. Ein Pastetenbäcker teilte seine Aufmerksamkeit zwischen dem Schafott und seinen Kunden. Knaben versuchten Mauern hinaufzuklettern und purzelten wieder herunter. Priester und Mönche drängten sich durch das Volk und stellten sich auf die Fußspitzen, um einen Blick auf das Messer zu werfen, und gingen dann weiter. Künstler mit unsäglichen mittelalterlichen Hüten und Bärten (dem Himmel sei Dank) aus gar keinem Zeitalter warfen malerische Blicke um sich. Ein Herr (ich vermute, er hatte mit den schönen Künsten zu tun) zeigte sich in langen Stiefeln und mit einem roten Bart, der bis auf die Brust herabhing, und langem und brennendrotem Haar, das vorn über seine Schulter fast bis auf die Hüften in Zöpfen herabfiel, die sehr sorgfältig geflochten waren.

Es schlug elf Uhr, und es erschien noch nichts. Durch die Menge lief ein Gerücht, dass der Mörder nicht beichten wolle; dann würden ihn die Priester bis zum Avemaria – Sonnenuntergang – bei sich behalten; denn es ist bei ihnen ein barmherziger Brauch, erst zu dieser Zeit das Kruzifix von einem Manne, der sich weigert zu beichten, als von einem vom Heiland verlassenen Sünder abzuwenden. Die Leute fingen an sich zu entfernen, die Offiziere zuckten die Achseln und sahen aus, als ob sie nichts mehr erwarteten. Die Dragoner, die unter unserem Fenster dann und wann vorbeiritten, um einen unglücklichen Mietwagen oder Karren wegzuschicken, sobald sie ordentlich Platz genommen und sich mit frohlockenden Zuschauern gefüllt hatten (aber niemals früher), wurden barsch und heftig. Auf dem kahlen Fleck war auch kein einziges Härchen zu entdecken, und der dicke Offizier, der die Sicht versperrte, nahm eine Prise nach der andern.

Plötzlich ertönte Trompetenschall, »Achtung!« klang es unter den Infanteristen. Sie marschierten zum Schafott und bildeten einen Kreis darum. Auch die Dragoner galoppierten näher heran. Die Guillotine wurde der Mittelpunkt eines Waldes von Bajonetten und glänzenden Säbeln. Das Volk schloss sich näher um die Soldaten. Ein langer dünner Strom von Männern und Knaben, die den Zug vom Gefängnis aus begleitet hatten, füllte den freien Platz. Der kahle Fleck war kaum von den übrigen zu unterscheiden. Die Zigarren- und Pastetenverkäufer gaben für den Augenblick jeden Gedanken an Geschäfte auf, gaben sich ganz der Zerstreuung hin und bekamen im Gedränge gute Plätze. Die Sicht wurde jetzt von einem Trupp Dragoner versperrt, und der dicke Offizier, der den Säbel gezogen hatte, blickte aufmerksam nach einer nahen Kirche, die er sehen konnte, aber nicht wir.

Es dauerte nicht lange, so traten aus dieser Kirche einige Mönche; sie zogen auf das Schafott zu, und über ihnen schwebte langsam und düster das umflorte Bild Christi am Kreuze näher und näher. Es wurde um den Fuß des Schafotts herumgetragen zur Vorderseite und dem Verbrecher zugekehrt, dass er es bis zum letzten Augenblick sehen möchte. Es war kaum an seinem Platz, so erschien er selbst auf dem Schafott, barfuß, die Hände gebunden und Kragen und Hals des Hemdes fast bis auf die Schulter weggeschnitten. Ein junger Mann – sechsundzwanzig Jahre alt – kräftig und wohlgebaut. Ein blasses Gesicht, ein kleiner schwarzer Schnurrbart und dunkelbraunes Haar.

Er hatte sich geweigert zu beichten, wenn man ihn nicht zuerst noch einmal seine Frau sehen lasse; und sie hatten ihr eine Eskorte geschickt, was den Aufschub verursacht hatte.

Er kniete sogleich unter dem Messer nieder. Sein Hals passte in ein Loch, das zu diesem Zwecke in einem Querriegel angebracht war, und wurde von einem andern Riegel, der sich darüber legte, niedergehalten. Unmittelbar darunter hing ein lederner Sack. Und in diesen rollte der Kopf im nächsten Augenblick.

Der Scharfrichter fasste ihn bei den Haaren, trug ihn um das Schafott und zeigte ihn dem Volk, ehe man so recht wusste, dass das Messer dumpf rasselnd niedergefallen war.

Nachdem das Haupt um das Schafott herumgetragen worden war, wurde es auf einer Stange befestigt – ein kleiner Fleck von Schwarz und Weiß, dort aufgestellt, damit die lange Straße es anstarre und die Fliegen sich darauf setzten. Die Augen waren aufwärts gerichtet, als hätte er den Anblick des ledernen Beutels vermieden und das Kruzifix angesehen. Jede Farbe, jeder Schein des Lebens hatte es in demselben Augenblick verlassen. Es war tot, kalt, fahl, wächsern; ebenso der Rumpf.

Viel Blut war herausgeströmt. Als wir unser Fenster verließen und nahe an das Schafott traten, war es sehr schmutzig geworden; einer der beiden Männer, die es mit Wasser begossen, musste, als er sich umwandte, um mit seinem Gefährten die Leiche in einen schlechten Sarg zu legen, sich seinen Weg wie durch Kot bahnen. Einen seltsamen Anblick gewährte die scheinbare Vernichtung des Halses. Der Kopf war so glatt abgeschnitten, dass es aussah, als ob das Messer nur mit genauer Not nicht die Kinnlade oder das Ohr zerschnitten hätte; und der Rumpf sah aus, als wäre über der Schulter nichts vorhanden.

Niemand war bewegt oder gerührt. Es sprach sich nirgends Abscheu oder Mitleid oder Bedauern aus. Mehrere Male machte man in dem Gedränge ganz in der Nähe des Schafotts, als der Leichnam in den Sarg gelegt wurde, Angriffe auf meine leeren Taschen. Es war ein hässliches, schmutziges, widerliches Schauspiel; außer dem augenblicklichen Interesse für das eine unglückliche Opfer nichts als eine Schlächterei. Und doch schließt das Schauspiel eine Bedeutung und eine Warnung in sich. Ich darf es nicht vergessen. Lottospieler nehmen Platz an Stellen, wo sie die herausspritzenden Blutstropfen zählen können, und setzen auf diese Zahl. Sie wird gewiss sehr gefragt sein.

Die Leiche wurde weggefahren, das Messer gereinigt, das Schafott niedergerissen und der ganze hässliche Apparat entfernt. Der Scharfrichter – ein Geächteter ex officio (welch eine Satire auf den Strafvollzug!), der, wenn ihm sein Leben lieb ist, die Brücke der Engelsburg nur, um sein Amt zu verrichten, überschreiten darf – kehrte in seinen Schlupfwinkel zurück, und das Schauspiel war vorüber.

*

An der Spitze der Sammlungen der Paläste Roms steht natürlich der Vatikan mit seinen Kunstschätzen, seinen ungeheuren Galerien und Treppen und endlosen Reihen von Gemächern. Viele herrliche Bildsäulen und wundervolle Gemälde sind hier, aber es ist keine Ketzerei zu sagen, dass sich auch eine ziemliche Menge Ausschuss darin befindet. Wenn jedes Stück eines alten aus dem Boden gegrabenen Bildwerkes einen Platz in einer Galerie findet, weil es alt ist, und ohne Rücksicht auf seinen Kunstwert Bewunderer zu Hunderten findet, weil es dort ist und aus keinem andern Grunde auf der Welt, so wird es nicht an Gegenständen fehlen, die dem unbewaffneten Auge dessen, der sich eines so gemeinen Sehwerkzeugs bedient, wenn er die Brille des falschen Enthusias-mus für weniger als nichts tragen und sich dadurch bloß zu einem Mann von Geschmack machen kann, sehr gleichgültig sind.

Ich für meinen Teil gestehe offen, dass ich mein Gefühl für das, was natürlich und wahr ist, so wenig vor der Tür eines Palastes in Italien oder anderswo ablegen kann, wie ich meine Schuhe ablegen würde, wenn ich nach dem Orient reiste. Ich kann nicht vergessen, dass es gewisse Mienen des Gesichts gibt, die gewissen Leidenschaften natürlich und in ihrem Wesen so unveränderlich sind wie der Gang eines Löwen oder der Flug eines Adlers. Ich kann so alltägliche Dinge, wie es die gewöhnlichen Verhältnisse von menschlichen Armen, Beinen und Köpfen sind, nicht der Vergessenheit anheimgeben; und wenn ich Werke sehe, die diesen Erfahrungen und Erinnerungen Gewalt antun, so kann ich sie, und mögen sie sein, wo sie wollen, nicht aufrichtig bewundern und halte es für das Beste, es offen zu gestehen; trotz der Ratschläge angesehener Kritiker, dass wir zuweilen Bewunderung heucheln sollten, wenn wir sie auch nicht fühlen.

Daher gestehe ich ganz offen, dass ich, wenn ich einen lustigen jungen Fischer als Cherub oder einen Kärrner von Barclay und PerkinsBerühmte Bierbrauer in London (Anmerkung des Über-setzers) als Evangelisten dargestellt sehe, darin durchaus nichts zu loben oder zu bewundern finde, so berühmt auch der Maler des Bildes sein mag. Auch habe ich keine Vorliebe für ihren Stand schändende Engel, die zur Erbauung von anscheinend betrunkenen und sich spreizenden Mönchen auf Geigen und Bässen spielen. Auch nicht für jene Stutzer der Bildergalerien, Sankt Franziskus und Sankt Sebastian, welche beide, erlaube ich mir zu bemerken, sehr ungewöhnliche und hohe Verdienste als Kunstwerke haben müssten, um ihre maßlose Vervielfältigung durch italienische Maler zu rechtfertigen.

Es scheint mir auch, als ob das keinen Unterschied machende und im Voraus bestimmte Entzücken, in welches manche Kritiker verfallen, mit der wahren Würdigung wirklich großer und ausgezeichneter Werke unverträglich sei. Ich kann mir zum Beispiel nicht denken, wie der entschiedene Verteidiger wertloser Gemälde sich zu der staunenerregenden Schönheit von Tizians Gemälde, der »Himmelfahrt Marias«, erheben kann; oder wie derjenige, welcher die Erhabenheit dieses ausgezeichneten Werkes wirklich empfindet, oder die Schönheit von Tintorettos großem Gemälde, der »Versammlung der Seligen«, wirklich fühlt, in Michelangelos »Jüngstem Gericht« in der Sixtinischen Kapelle nur einen einzigen allgemeinen und alles durchdringenden Gedanken, der mit dem erhabenen Gegenstande in Harmonie stände, entdecken könnte.

Wer Raffaels Meisterwerk, die »Verklärung Christi«, betrachtet, und dann in einem andern Zimmer des Vatikans ein anderes Bild Raffaels sieht, welches in unglaublicher Karikatur die wunderbare Hemmung einer großen Feuersbrunst durch Leo den Vierten darstellt, und sagt, dass er beide als Schöpfungen eines außerordentlichen Genies bewundert – dem muss, meiner Meinung nach, in einem von beiden Fällen Wahrnehmungskraft und Empfindung fehlen, und wahrscheinlich in dem ersteren.

Es ist leicht, einen Zweifel anzuregen, aber ich zweifle sehr, ob nicht zuweilen die Regeln der Kunst zu streng beobachtet werden und ob es so ganz angenehm ist, im Voraus zu wissen, wo diese Gestalt sich umwenden und wo jene sich niederlegen und wo man eine Draperie anbringen wird.

Wenn ich in italienischen Galerien auf wertvollen Gemälden Köpfe bemerke, die des Gegenstandes nicht würdig sind, so mache ich deswegen dem Maler keinen Vorwurf, denn ich vermute, dass diese großen Männer, die notwendigerweise sehr von Mönchen und Priestern abhängen, viel zu oft Mönche und Priester malten. Ich habe oft in wirklich ausgezeichneten Bildern Köpfe gesehen, die des Gegenstandes und des Malers ganz und gar unwürdig waren, und habe immer bemerkt, dass diese Köpfe das Klostergepräge tragen und dass ihre Ebenbilder noch heutigentags unter den Klosterbewohnern zu finden sind; so bin ich denn zu dem Urteil gekommen, dass in solchen Fällen die Schuld nicht an dem Maler, sondern an der Eitelkeit und Unwissenheit seiner Gönner lag, die durchaus Apostel sein wollten – wenigstens auf der Leinwand.

Die ausnehmende Anmut und Schönheit von Canovas Statuen, die wundervolle Würde und Ruhe von vielen der antiken Bildwerke auf dem Kapitol und im Vatikan, die Kraft und das Feuer vieler anderer Werke sind in ihrer verschiedenen Weise über alle Beschreibung erhaben. Besonders erfreulich sind sie nach den Werken Berninis und seiner Schüler, an denen die Kirchen Roms von der Peterskirche abwärts reich sind und die man, glaube ich, die abscheulichste Klasse von Bildhauerwerken in der ganzen Welt nennen muss. Viel lieber würde ich die drei Gottheiten der Vergangenheit, Gegenwart und Zukunft in der chinesischen Galerie sehen als die beste der lustigen Tollhausgestalten, bei denen jede Falte der Draperie sich im Winde umkehrt, an denen die kleinste Ader so dick ist wie ein gewöhnlicher Finger, deren Haar einem Nest zuckender Schlangen gleicht und deren Stellungen jede andere Übertreibung be- schämen. Sie haben mich zu der Überzeugung gebracht, dass es keinen Ort in der Welt geben kann, wo so unleidliche Mißgeburten aus dem Gehirn des Bildhauers entsprungen und in so reichlicher Fülle zu finden sind wie in Rom.

Im Vatikan ist noch eine schöne Sammlung ägyptischer Altertümer; die Decken der Zimmer, in denen sie aufgestellt sind, stellen einen Sternenhimmel über der Wüste dar. Der Gedanke mag wunderlich erscheinen, ist aber von großer Wirkung. Die grausigen, halb menschlichen Ungeheuer aus den Tempeln sehen noch grausiger und ungeheuerlicher aus unter dem tiefdunklen Blau. Es gibt allem eine seltsame, ungewisse, düstere Färbung, etwas Geheimnisvolles, das zu den Gegenständen passt; und ihr verlasst sie, wie ihr sie gefunden habt, in feierliches Dunkel gehüllt. In den Privatpalästen kann man die Gemälde am besten genießen. Selten sind so viele an einem Ort versammelt, um die Aufmerksamkeit zu zerstreuen und das Auge zu verwirren. Man besieht sie mit Muße und wird selten von einem Gedränge von Menschen gestört. Man findet zahllose Porträts von Tizian, Rembrandt und van Dyck; Köpfe von Guido, Domenichino und Carlo Dolce; Gemälde verschiedener Art von Correggio, Murillo, Raffael, Salvator Rosa und Spagnoletto – von denen man viele kaum zu sehr oder nur genug preisen könnte, so herrlich sind sie in ihrer Anmut, ihrer Erhabenheit, Keuschheit und Schöne.

Das Bildnis der Beatrice Cenci im Palazzo Barberini ist ein Gemälde, das zu vergessen fast unmöglich ist. Durch die überirdische Lieblichkeit und Schönheit des Gesichtes schimmert etwas, was mich wie ein böser Traum verfolgt. Ich sehe es jetzt, wie ich dieses Papier oder meine Feder sehe. Der Kopf ist in eine lose weiße Draperie gehüllt, und das blonde Haar entschlüpft aus den leinenen Falten. Sie hat sich plötzlich dem Beschauer zugewendet; und in den Augen – obgleich sie sehr lieblich und sanft sind – liegt ein Ausdruck, als ob der Wahnsinn eines augenblicklichen Entsetzens in diesem Moment bekämpft und besiegt worden und nichts zurückgeblieben wäre als eine himmlische Hoffnung und ein schöner Schmerz und eine irdische Hilflosigkeit. Eine Sage behauptet, Guido habe das Bild in der Nacht vor ihrer Hinrichtung gemalt; eine andere, er habe es nach der Erinnerung entworfen, nachdem er sie auf dem Wege nach dem Schafott habe vorübergehen sehen. Ich möchte glauben, dass sie so, wie ihr sie auf seiner Leinwand erblickt, sich ihm beim ersten Anblick des Beiles zuwandte und in seine Seele einen Blick einprägte, der sich in die meinige eingeprägt hat, als hätte ich neben ihm unter der Menge gestanden. Der schuldbeladene Palast der Cenci – der ein ganzes Stadtviertel unheimlich macht, wie er dort steht in langsamem Verfall – war von diesem Gesicht, wie mir vorkam, noch bewohnt, und es schwebte in seiner dunklen Pforte und in den schwarzen blinden Fenstern und auf den öden Stiegen und wuchs aus der Nacht seiner gespenstischen Galerien. Die Geschichte steht im Bilde, steht in des sterbenden Mädchens Antlitz geschrieben von der Hand der Natur, und ach! wie sie durch diesen einen Zug die armselige Welt, welche durch jämmerliche konventionelle Fälschungen Anspruch darauf macht, mit ihr verwandt zu sein, weit von sich weist, anstatt sich ihr zu nähern.

Im Palazzo Spada sah ich die Bildsäule des Pompejus, dieselbe Bildsäule, an deren Fuß Cäsar starb. Eine finstere, grauenhafte Gestalt! Ich dachte sie mir von größerer Vollendung, voll zarter Züge, die vor den brechenden Augen eines Menschen, dessen Blut vor ihr ausströmte, allmählich weniger deutlich wurden und zuletzt diese starre Majestät annahmen, wie der Tod das in die Höhe blickende Gesicht erbleichen machte.

Die Ausflüge in den Umgebungen Roms sind reizend und wären schon voll Interesse, wenn sie auch nichts darböten als die immer wechselnden Aussichten der wilden Campagna. Aber jeder Schritt, wohin man sich nur wenden mag, ist reich an Erinnerungen und malerischen Schönheiten. Albano mit seinem lieblichen See und dem bewaldeten Ufer und seinem Wein, der sich seit den Tagen Horazens gewiss nicht verbessert hat und heutzutage sein Lob kaum noch verdient. Das in Schmutz versunkene Tivoli mit dem Anio, der aus seiner Bahn gelenkt ist und sich kopfüber achtzig Fuß tief hinabstürzt, um sie wieder aufzufinden. Dann sein malerischer Sibyllentempel hoch oben auf einer Klippe, seine kleinen Wasserfälle, die in der Sonne blitzen und funkeln, und eine düster gähnende Höhle, wo der Fluss fürchterlich tief hinabstürzt und tief unten mitten unter überhängenden Felsen dahinschießt. Dann die Villa d'Este, verlassen und verfallen inmitten von Hainen von melancholischen Pinien und Zypressen, gleichsam als Leiche ausgestellt. Frascati und auf der steilen Höhe darüber die Trümmer von Tusculum, wo Cicero lebte und schrieb, und sein Lieblingshaus – man sieht noch einige Ruinen davon – ausschmückte und wo Cato geboren ward. Wir sahen sein verfallenes Amphitheater an einem trüben grauen Tage, als ein pfeifender Märzwind blies und die Steine der alten Stadt zerstreut auf der einsamen Höhe lagen, so wüst und tot wie die Asche eines längst verloschenen Feuers. Eines Tages wanderten wir, eine kleine Gesellschaft von drei Personen, nach Albano, vierzehn Meilen von Rom, erfüllt von einem starken Verlangen, auf der alten Appischen Straße, die seit langer Zeit verfallen und überwachsen ist, dorthin zu gelangen. Wir brachen um halb acht Uhr früh auf und befanden uns in etwa einer Stunde draußen in der Campagna. Zwölf Meilen kletterten wir in einem fort über Hügel, Haufen und Berge von Ruinen. Grabmäler und Tempel umgestürzt und zu Boden gefallen; kleine Fragmente von Säulen, Friesen, Sockeln; große Blöcke von Granit und Marmor; zerbröckelnde Bogen, mit Gras überwachsen und verfallen; Trümmer genug, um eine ganze große Stadt damit zu erbauen, lagen rings um uns verstreut. Zuweilen zogen sich Mauern, die von den Schäfern lose aus diesen Trümmern zusammengelegt worden, quer über unsern Weg; zuweilen hielt uns ein Graben zwischen zwei Bergen zerbröckelter Steine auf; zuweilen machten die Trümmer selbst, indem sie unter unsern Füßen wegrollten, das Gehen zu einer mühseligen Beschwerde; aber überall waren Trümmer.

Jetzt verfolgten wir ein Stück der alten Straße über der Erde, jetzt konnten wir sie unter einer Rasendecke, als wäre diese ihr Grab, entdecken, aber der ganze Weg war nichts als Trümmer. In der Ferne liefen verfallene Aquädukte, mit ihren hohen Bogen wie dahinschreitende Riesen aussehend, über die Ebene hin; und jeder Windhauch, der uns entgegenkam, bewegte frühzeitige Blumen und Gräser, die wild aus der meilenweiten Trümmerfläche hervorwuchsen; die unsichtbaren Lerchen über uns, die allein das schauerliche Schweigen störten, hatten ihre Nester in Trümmern, und die wildblickenden, in Schaffelle gekleideten Hirten, die uns zuweilen aus ihren Schlafwinkeln anstierten, wohnten in Trümmern. Der Anblick der öden Campagna in einer Richtung, wo sie sehr eben war, erinnerte mich an eine amerikanische Prärie; aber was ist die Einsamkeit einer Region, wo niemals Menschen gewohnt haben, gegen die Einsamkeit einer Wüste, wo ein mächtiges Volk seine Fußstapfen in der Erde zurückgelassen hat, von der es verschwunden ist, wo die Ruhestätten ihrer Toten zerfallen sind wie ihre Toten selbst und das zerbrochene Stundenglas der Zeit nur ein Häufchen nichtigen Staubes ist! Als ich bei Sonnenuntergang auf der Straße zurückkehrte und aus der Ferne auf den Weg sah, den wir am Morgen verfolgt hatten, da war es mir fast (wie es mir gewesen war, als ich sie zum ersten Male um diese Stunde gesehen), als ob die Sonne nie wieder aufgehen sollte und dieser Abend zum letzten Male auf eine Trümmerwelt herabschaue.

Nach einem solchen Ausflug bei Mondschein nach Rom zurückzukehren ist ein würdiger Abschluss eines solchen Tages. Die schmalen Straßen, ohne Seitenwege für die Fußgänger und in jedem dunklen Winkel mit Kehrichthaufen vollgestopft, bilden mit ihrem verkümmerten Raum und ihrem Schmutz und ihrer Finsternis den schroffsten Gegensatz zu dem geräumigen Platz vor einer stolzen Kirche, in dessen Mitte ein mit Hieroglyphen bedeckter Obelisk, in den Kaiserzeiten aus Ägypten hierhergebracht, wie staunend auf die fremdartige Umgebung herabblickt; oder wo vielleicht eine antike Säule, auf deren Spitze einst ein hochgeehrter Held stand, einen christlichen Heiligen trägt: Paulus anstatt Marcus Aurelius und Petrus anstatt Trajan. Dann die massigen Gebäude, die aus den Trümmern des Kolosseums erbaut sind und den Mond wie Berge verdecken, während hier und dort eingestürzte Bogen und zerspaltene Mauern stehen, durch welche das Mondlicht frei hereinströmt, wie das Leben aus einer Wunde. Die kleine Stadt elender Häuser, von einer Mauer mit verriegelten Toren umgeben, ist das Viertel, wo die Juden allnächtlich, sobald es acht Uhr schlägt, eingeschlossen werden – ein elender Ort, dicht bevölkert und von hässlichen Gerüchen dampfend, dessen Bewohner aber fleißig sind und Geld verdienen. Geht man bei Tage durch die engen Straßen, so sieht man sie alle bei ihrer Arbeit und öfter auf dem Pflaster als in ihren dunklen und dumpfigen Läden, alte Kleider ausbessernd oder schachernd.

Kommt man aus diesen Flecken tiefster Finsternis wieder in den Mondschein, so erscheint der Trevibrunnen, der aus hundert Mündungen strömt und über künstliche Felsen fällt, dem Auge und dem Ohre wie Silber. In der schmalen, schlundartigen Straße auf der andern Seite versammelt eine Bude, geschmückt mit lodernden Lampen und Zweigen, eine Gruppe finsterer Römer um ihre rauchenden Kupferkessel voll heißer Brühe und Blumenkohlragout und ihre Schüsseln mit gebratenen Fischen und ihre Weinflaschen. Wenn man um eine scharfe Ecke herumrasselt, vernimmt man ein Rumpeln. Der Kutscher hält plötzlich an und nimmt den Hut ab, während ein großer Wagen, begleitet von einem Manne, der ein großes Kreuz trägt, einem Fackelträger und einem singenden Priester, langsam vorüberfährt. Es ist der Leichenwagen mit den Leichen der Armen auf seinem Wege nach dem Campo Santo vor der Mauer, wo man sie in eine Grube wirft, die heute Nacht mit einem Stein bedeckt wird und ein Jahr lang geschlossen bleibt.

Aber ob man bei dieser Fahrt an Obelisken oder Säulen, an alten Tempeln, Theatern, Häusern, Säulengängen oder Foren vorüberkommt, überall ist es seltsam zu sehen, wie jedes Bruchstück, wo es nur möglich war, in einen modernen Bau gefügt oder zu einem modernen Zweck verwendet worden ist – zu einer Mauer, einem Wohnhaus, einem Kornspeicher, einem Stall –, zu einem Gebrauch also, zu dem es nie bestimmt war und zu dem es nur schlecht passen kann. Noch seltsamer ist es zu sehen, wie viele Reste der alten Mythologie, wie viele Bruchstücke vergessener Legenden und Gebräuche in den christlichen Gottesdienst hier eingewachsen sind; und wie in zahllosen Fällen der falsche und der wahre Glaube sich in einer mißgeborenen Vereinigung verschmolzen finden.

Wenn man von einem Teil der Stadt über die Mauer hinaussieht, wirft eine plumpe und abgestumpfte Pyramide (das Grab des Cajus Cestius) einen dunklen dreieckigen Schatten im Mondschein. Aber einem englischen Reisenden bezeichnet sie auch das Grab Shelleys, dessen Asche unter einem kleinen Garten daneben liegt. Noch näher, fast in seinem Schatten ruht Keats, »dessen Name in Wasser geschrieben ist«, welches in einer ruhigen italienischen Nacht hell durch die Landschaft schimmert.

*

Die Karwoche in Rom soll für die Fremden von vorzüglicher Anziehungskraft sein; aber außer wegen dessen, was man am Ostersonntag sieht, möchte ich allen, die nach Rom um der Stadt willen reisen, raten, sie um diese Zeit zu meiden. Die kirchlichen Festlichkeiten sind im allgemeinen von der allerlangweiligsten und ermüdendsten Art, die Hitze und das Gedränge bei jeder derselben ist peinlich, der Lärm, das Getöse und die Verwirrung zum Wahnsinnigwerden.

Wir gaben sehr zeitig diesen Teil der Sehenswürdigkeiten auf und wendeten uns wieder den Ruinen zu. Aber wir mischten uns in das Gedränge, um einiges von dem Interessantesten zu sehen, und was wir sahen, will ich beschreiben.

Am Mittwoch in der Sixtinischen Kapelle sahen wir sehr wenig, denn als wir hinkamen – obgleich wir uns sehr zeitig einstellten –, hatte die belagernde Menschenmasse sie schon bis an die Tür angefüllt und floss in die angrenzende Halle über, wo ein Kämpfen und Drängen und gegenseitiges Entschuldigen vorherrschten und stets ein allgemeiner Sturm entstand, wenn man eine ohnmächtig gewordene Dame herausbrachte, als ob auf ihrem leergewordenen Platze für wenigstens fünfzig Leute Raum wäre. In der Tür der Kapelle hing ein schwerer Vorhang, den die ihm zunächst Stehenden in ihrer Sehnsucht, das Miserere singen zu hören, beständig nach entgegengesetzten Seiten zupften und zogen, damit er nicht herabfalle und den Ton der Stimmen ersticke. Die Folge war, dass er die wunderbarste Verwirrung verursachte und sich um die Unvorsichtigen wie eine Schlange zu winden schien. Jetzt war eine Dame davon eingehüllt und konnte nicht wieder herausgewickelt werden. Dann wieder hörte man die Stimmen eines erstickenden Herrn, der flehentlich bat, man möge ihn herauslassen, in ihm ertönen. Oder zwei Arme – kein Mensch konnte wissen, welchen Geschlechts – zappelten darin wie in einem Sack. Plötzlich trug ihn eine anstürmende Menschenmasse auf dem Kopf in die Kapelle wie ein Zeltdach, und dann flog er wieder heraus und verschleierte einem Schweizergardisten, der eben herbeigekommen war, um Ordnung zu schaffen, die Augen.

Da wir in geringer Entfernung davon unter einigen Hofleuten des Papstes, die sehr müde waren und die Minuten zählten – Sr. Heiligkeit ging es vielleicht auch so –, saßen, so hatten wir bessere Gelegenheit, dies seltsame Schauspiel zu beobachten, als das Miserere zu hören. Zuweilen vernahm man einen Akkord klagender Stimmen, der sehr pathetisch und trauervoll klang und wieder leise verhallte; aber das war alles, was wir hörten.

Später fand die Ausstellung der Reliquien in der Peterskirche statt, nämlich zwischen sechs und sieben Uhr abends, ein Schauspiel, welches durch die Dunkelheit, die in der Kirche herrschte, und die große Menschenmenge, die darin war, sehr effektvoll wurde. Die Reliquien wurden eine nach der andern von drei Priestern auf einen hohen Balkon, nicht weit vom Hauptaltar, gebracht; das war der einzig erleuchtete Teil der Kirche. Hundertundzwölf Lampen brennen beständig um diesen Altar und außerdem noch zwei große Kerzen neben der schwarzen Bildsäule des heiligen Petrus; aber das war so viel wie gar nichts in dem ungeheuren Gebäude. Die tiefe Dämmerung und die überall zum Balkon hinaufgewendeten Gesichter und das Niederstürzen der wahren Gläubigen auf den Boden, als glänzende Gegenstände, ähnlich Bildern oder Spiegeln, der Menge gezeigt wurden, war von großer Wirkung, trotz der wirklich seltsamen Weise, mit der man sie zur allgemeinen Erbauung ausstellte, und der großen Höhe, in der man sie zeigte, welche, sollte man meinen, eher geeignet war, den tröstlichen Eindruck der Überzeugung von ihrer Echtheit zu verringern.

Am Donnerstag sahen wir den Papst das Sakrament aus der Sixtinischen Kapelle nach der Capella Paolina, ebenfalls im Vatikan, tragen, eine Zeremonie, welche an die Bestattung des Heilands vor seiner Auferstehung erinnern soll. Wir warteten wohl eine Stunde mit einer Masse Volks (drei Viertel davon waren Engländer) in einer großen Galerie, während man in der Sixtinischen Kapelle wieder das

Miserere sang. Beide Kapellen öffneten sich auf die Galerie, und die allgemeine Aufmerksamkeit konzentrierte sich auf das gelegentliche Öffnen und Schließen der Tür derjenigen Kapelle, nach welcher der Papst gehen sollte. Niemals zeigte die geöffnete Tür etwas anderes als einen Mann auf einer Leiter, der eine große Menge Kerzen anbrannte; aber bei jedem Öffnen richtete sich ein allgemeiner und schrecklicher Sturm auf diese Leiter, etwa (sollte ich meinen) wie der Angriff der schweren Reiterei bei Waterloo. Desungeachtet wurden weder der Mann noch die Leiter umgeworfen; denn sie machte die allerseltsamsten Kapriolen unter der Menge, durch welche sie der Mann trug, als die Kerzen alle angezündet waren; und zuletzt wurde sie auf sehr unordentliche Weise gegen die Galeriewand gelehnt, eben als die andere Kapelle sich öffnete und das Beginnen eines neuen Liedes die Ankunft Sr. Heiligkeit anzeigte. Auf dieses Zeichen stellten sich die Soldaten der Garde, welche die Menge in alle möglichen Formen gedrängt hatten, in einer Doppelreihe die Galerie hinab, durch welche die Prozession herankam.

Zuerst einige Chorknaben und dann paarweise sehr viele Priester, die – wenigstens die hübschen unter ihnen – ihre Kerzen so trugen, dass sie das Licht mit gutem Effekt auf ihre Gesichter warfen, denn das Zimmer war dunkel. Die, welche nicht hübsch waren oder keine langen Bärte hatten, trugen ihre Kerzen irgendwie und gaben sich ganz gläubiger Beschaulichkeit hin. Der Gesang unterdessen war sehr eintönig und langweilig. Die Prozession ging langsam vorüber in die Kapelle, und das schläfrige Gesumme der Stimmen ging mit ihr vorbei, bis der Papst selbst unter einem Baldachin von weißem Atlas und das zugedeckte Sakrament in beiden Händen tragend erschien. Um ihn drängten sich Kardinäle und Kanoniker, was sich sehr glänzend ausnahm. Die Soldaten knieten nieder, als er vorüberging, die Zuschauer verbeugten sich; und so schritt er nach der Kapelle, in deren Tür der Baldachin weggenommen und statt dessen ein Schirm von weißem Atlas über sein greises Haupt gehalten wurde. Einige Paar mehr schlossen den Zug und traten ebenfalls in die Kapelle. Dann wurde die Tür geschlossen, und alles war vorbei, und alle Welt eilte Hals über Kopf fort, als ob es das Leben gelte, um etwas anderes zu sehen und zu sagen, es sei nicht der Mühe wert gewesen.

Für das populärste und am meisten besuchte Schauspiel (außer denen am Ostersonntag und Ostermontag, wo alle Schichten des Volkes Zutritt finden) halte ich dasjenige, bei dem der Papst die Fußwaschung der dreizehn Männer vornimmt, welche die zwölf Apostel und Judas Ischariot darstellen. Dieses fromme Werk wird in einer der Kapellen der Peterskirche, die zu diesem Zwecke bunt ausgeschmückt ist, verrichtet; die dreizehn sitzen alle in einer Reihe auf einer sehr hohen Bank und fühlen sich sehr unbehaglich, da die Augen von der Himmel weiß wie vielen Engländern, Franzosen, Amerikanern, Schweizern, Deutschen, Russen, Schweden, Norwegern und anderen Fremden sie die ganze Zeit anstarren. Sie sind weiß gekleidet und tragen auf dem Kopf eine steife weiße Mütze, gleich einem großen englischen Porterkrug ohne Handgriff. Jeder trägt einen Strauß von der Größe eines schönen Blumenkohlkopfes in der Hand, und zwei von ihnen hatten in diesem Jahre Brillen auf, was mir, wenn ich der Rollen, welche sie spielten, gedachte, als ein sehr drolliges Anhängsel ihres Kostüms erschien. Man hatte viel Rücksicht auf die Darstellung der Charaktere genommen; Sankt Johannes wurde durch einen hübschen jungen Mann dargestellt, Sankt Petrus durch einen würdigen alten Herrn mit wallendem braunem Bart und Judas Ischariot durch einen so abscheulichen Heuchler (ich konnte jedoch nicht ins klare kommen, ob der Ausdruck seines Gesichts echt oder nur angenommen war), dass, wenn er die Rolle bis zu Ende gespielt und fortgegangen wäre und sich erhängt hätte, nichts mehr zu wünschen übriggeblieben wäre.

Da die zwei großen Logen, welche für diese Gelegenheit den Damen zugewiesen sind, übervoll waren und keine Aussicht bestand, in die Nähe zu kommen, so eilten wir mit vielen Menschen weiter, um zu guter Zeit bei der Tafel zu sein, wo der Papst in Person diesen dreizehn aufwartet; und nach einem fürchterlicher Gedränge auf der Treppe des Vatikans und verschiedener Kämpfen mit der Schweizergarde strömte die ganze Menge in das Zimmer. Es war eine große, weiß und rot ausgeschlagene Galerie mit einer großen Loge für die Damen (welche sich bei diesen Feierlichkeiten in Schwarz kleiden und schwarze Schleier tragen müssen), einer königlichen Loge für den König von Neapel und sein Gefolge und der Tafel selbst, die, wie zu einem Ballsouper hergerichtet und mit goldenen Figuren der wirklichen Apostel geschmückt, auf einer erhöhten Bühne an einer Seite der Galerie stand. Die Gabeln und Messer der nachgemachten Apostel lagen auf der Seite des Tisches, die der Wand am nächsten war, so dass man sie ohne Hindernis betrachten konnte.

Der nicht abgegrenzte Teil der Zimmer war voll von männlichen Fremden, die Hitze sehr groß und das Gedränge fürchterlich. Es erreichte seinen Höhepunkt, als der Strom von der Fußwaschung hereinstürzte, und da ertönte ein solches Schreien und Jammern, dass eine Abteilung piemontesischer Dragoner der Schweizergarde zu Hilfe kam und sie bei der Stillung des Tumultes unterstützte.

Im Drängen nach Plätzen waren vorzüglich die Damen ungestüm. Eine Dame meiner Bekanntschaft in der Damenloge fühlte sich plötzlich von einer kräftigen Matrone umfasst und von ihrem Platz gehoben, und eine andere Dame (in einer hintern Reihe derselben Loge) behalf sich dadurch, dass sie die Damen vor sich mit einer großen Nadel stach.

Die Herren in meiner Nähe ließen es sich außerordentlich angelegen sein, zu sehen, was auf der Tafel stand, und ein Engländer schien die ganze Energie seines Geistes anzuwenden, um zu entdecken, ob Senf vorhanden sei. »Beim Jupiter, da ist Essig!« hörte ich ihn zu meinem Freunde sagen, nachdem er eine unendlich lange Zeit auf der Fußspitze gestanden hatte und von allen Seiten gedrängt und gestoßen worden war. »Und da ist Öl! Ich sehe es ganz deutlich in Fläschchen! Kann einer, von den Herren dort vorn Senf auf dem Tisch erblicken? Mein Herr, wollen Sie die Gefälligkeit haben! Sehen sie wirklich einen Senftopf?«

Die Apostel und Judas erschienen nach langem Harren auf der Bühne und stellten sich in einer Reihe, Petrus an der Spitze, vor der

Tafel auf; die Zuschauer starrten sie eine gute Weile an, während zwölf von ihnen an ihren Sträußen rochen und Judas mit sehr aufdringlich markierter Bewegung seiner Lippen für sich betete. Alsdann erschien der Papst, angetan mit einem scharlachroten Gewand und mit einem Käppchen von weißem Atlas, in der Mitte vieler Kardinäle und anderer Würdenträger, und nahm einen kleinen goldenen Krug, aus dem er ein wenig Wasser auf eine von Petrus' Händen goss, während ein Diener ein goldenes Becken darunter hielt, ein zweiter ein feines Handtuch, ein dritter Petrus' Strauß, der ihm während der Zeremonie abgenommen wurde. Dasselbe tat Se. Heiligkeit mit besonderer Eilfertigkeit bei jedem der übrigen (Judas schien mir von seiner Herablassung besonders gerührt zu sein), und dann setzten sich sämtliche dreizehn zu Tisch. Der Papst sprach das Tischgebet, Petrus hatte den Vorsitz.

Es gab weißen und roten Wein, und das Essen schien sehr gut zu sein. Die Gänge kamen in Portionen, eine für jeden Apostel, und nachdem die Schüsseln dem Papst von Kardinälen kniend dargereicht worden waren, übergab er sie den dreizehn.

Das Schauspiel, welches uns Judas gab, indem er beim Essen immer ängstlicher wurde und schmachtend den Kopf auf eine Seite hängen ließ, als hätte er keinen Appetit, war über alle Beschreibung interessant. Petrus war ein guter, gesunder alter Mann und hielt sich sehr dazu; er aß alles, was man ihm gab (er bekam das Beste, denn er war der erste in der Reihe), und sprach mit niemandem ein Wort. Die Gerichte schienen hauptsächlich aus Fisch und Gemüse zu bestehen. Der Papst schenkte den dreizehn auch Wein ein, und während des ganzen Essens las jemand aus einem großen Buche – ich glaube es war die Bibel – etwas vor, was niemand hören konnte und dem niemand die mindeste Aufmerksamkeit schenkte. Die Kardinäle und die übrigen Personen des Gefolges sahen sich von Zeit zu Zeit mit einem Lächeln an, als ob die ganze Sache ein großes Possenspiel wäre, und wenn sie das glaubten, so kann man kaum zweifeln, dass sie recht hatten. Se. Heiligkeit tat, was sie zu tun hatte, wie ein vernünftiger Mann eine lästige Zeremonie abmacht, und schien sehr froh zu sein, als alles vorüber war.

Das Mahl der Pilger, wo vornehme Herren und Damen zum Beweis ihrer Demut den Pilgern aufwarteten und ihnen die Füße trockneten, nachdem sie durch Stellvertreter gehörig gewaschen worden waren, war sehr anziehend. Aber von den vielen Schauspielen eines gefährlichen Verlassens auf äußerliche Gebräuche, die an und für sich nur leere Formen sind, fiel mir keines mehr auf, als die Scala Santa oder Heilige Treppe, die ich verschiedene Male, aber in ihrem besten oder schlechtesten Lichte am Karfreitag sah.

Die Heilige Treppe besteht aus achtundzwanzig Stufen, der Sage nach aus dem Hause des Pontius Pilatus, aus denselben Stufen, welche der Heiland betrat, als er von dem Gericht herabkam. Pilger ersteigen sie bloß auf ihren Knien. Sie ist sehr steil, und an ihrem oberen Ende steht eine Kapelle, die voller Reliquien sein soll und in die sie durch ein eisernes Gitter blicken, und dann gehen sie auf einer der zwei Seitentreppen, die nicht heilig sind und die man mit den Füßen betreten darf, wieder hinunter.

Am Karfreitag sah man nach mäßiger Schätzung hundert Leute, die zu gleicher Zeit diese Treppe langsam auf den Knien hinaufrutschten, während andere, die noch hinauf wollten oder wieder herabgekommen waren – und ein paar, die beides getan hatten und zum zweiten Male hinauf wollten –, unten in der Pforte herumstanden, wo ein alter Herr in einer Art Schilderhaus unaufhörlich mit einer Blechbüchse klapperte, um sie zu erinnern, dass er das Geld einnehme. Die meisten waren Landleute, Männer und Frauen. Doch waren auch vier oder fünf Jesuitenpatres und ein halbes Dutzend gutgekleidete Frauen darunter. Eine ganze Knabenschule, mindestens zwanzig, war auf derselben Treppe angelangt – und die kleinen Leute fanden die Sache offenbar sehr ergötzlich. Sie hatten sich alle dicht zusammengedrängt; aber die übrigen Leute blieben ihnen so fern wie möglich, weil sie in den Bewegungen ihrer Beine einige Rücksichtslosigkeit zeigten.

Ich habe in meinem ganzen Leben nie etwas so Lächerliches und zugleich so Unangenehmes gesehen – lächerlich durch die drolligen Zufälle, die davon unzertrennlich sind, und widerwärtig durch die sinn- und bedeutungslose Selbstentwürdigung. Die Treppe fängt mit zwei Stufen an, auf welche dann ein ziemlich breiter Absatz folgt. Die Strengeren rutschen auch über diesen Absatz auf den Knien, und wie sie sich ausnahmen, als sie auf der glatten Fläche hinrutschten, lässt sich unmöglich beschreiben. Dann zu sehen, wie sie unten unter der Pforte auf einen günstigen Zeitpunkt lauern und sich schnell eindrängen, wenn ein Platz zunächst der Wand frei wird! Zu sehen, wie sich ein Mann mit einem Regenschirm (den er vorsätzlich mitgebracht hat, denn das Wetter ist schön) sich auf ganz unrechtmäßige Weise von Stufe zu Stufe zieht; oder jene gesetzte Dame von etwa fünfzig Jahren zu beobachten, die immer wieder sich umsieht, ob auch ihre Beine eine anständige Lage haben!

Auch die Schnelligkeit aller dieser Leute war sehr verschieden. Bei manchen sah es aus, als ob es eine Wette gelte; andere hielten bei jedem Schritt an, um ein Gebet zu sprechen. Dieser berührte jede Stufe mit der Stirn und küsste sie; jener kratzte sich auf dem ganzen Weg hinter den Ohren. Die Knaben machten glänzende Fortschritte und waren hinauf und hinab, ehe die alte Dame ihr halbes Dutzend Stufen hinter sich gebracht hatte. Aber die meisten der Büßenden kamen sehr munter und frisch herunter, als hätten sie ein wirklich gutes Werk verrichtet, das ein gutes Teil Sünde mit hinwegnehme; und der alte Herr in dem Schilderhaus reichte ihnen seine Büchse hin, solange sie in dieser Laune waren, das könnt ihr glauben.

Als wenn die ganze Zeremonie nicht schon ihrem Wesen nach drollig genug wäre, lag noch oben am Ende der Treppe ein hölzernes Kruzifix auf einer Art großer eiserner Schüssel: so gebrechlich und wacklig, dass, wenn ein Enthusiast dies Kruzifix mit mehr als gewöhnlicher Inbrunst küsste oder mit mehr als gewöhnlicher Bereitwilligkeit ein Stück Geld in die Schüssel warf, es in die Höhe sprang und klapperte und die Lampe daneben fast ausschüttete, die Leute weiter unten fürchterlich erschreckend und den schuldigen Teil in unaussprechliche Verlegenheit versetzend.

Am Ostersonntag und am vorhergehenden Donnerstag erteilt der Papst vom Balkon der Peterskirche dem Volke seinen Segen. Dieser Ostersonntag war so klar und hell, so wolkenlos, lenzduftend und wunderbar schön, dass alles frühere schlechte Wetter in einem Augenblick aus dem Gedächtnis schwand. Ich hatte den Donnerstagssegen auf ein paar hundert Regenschirme herabsinken sehen, aber damals war in allen hundert Springbrunnen Roms kein einziger Funken Glanz zu erblicken, und an diesem Sonntagmorgen glichen sie funkelnden Diamanten. Die elenden Straßen, durch welche wir fuhren (die päpstlichen Dragoner, die römische Polizei bei solchen Gelegenheiten, zwangen uns, einen gewissen Weg einzuschlagen), waren so reich an Farbe, dass in ihnen nichts verblichen aussehen konnte. Die einfachen Leute hatten ihre besten Feiertagskleider an; die reicheren zeigten sich in ihren schmucksten Wagen, Kardinäle rollten in ihren Staatskarossen zur Kirche der armen Fischer, schäbige Pracht stolzierte mit abge-tragenen Livreen und verblichenen dreieckigen Tressenhüten in der Sonne; und jede Kutsche in Rom war für die große Piazza vor der Peterskirche in Anspruch genommen.

Wenigstens hundertfünfzigtausend Menschen waren da; doch war reichlicher Raum vorhanden. Wie viel Wagen da waren, weiß ich nicht; aber auch für sie war Platz zur Genüge. Die große Treppe vor der Kirche war dicht mit Menschen besetzt. Auf einer Seite des Platzes waren viele Contadini von Albano (die das Rote lieben), und das Gemisch von glänzenden Farben in der Menschenmasse nahm sich schön aus. Unter der Treppe war das Militär aufgestellt. Bei den großartigen Verhältnissen des Platzes sah es wie ein Blumenbeet aus. Finstre Römer, lebhafte Bauern aus der Umgegend, Gruppen von Pilgern aus entlegeneren Teilen Italiens, schaulustige Fremde aller Völker brachten in der klaren Luft ein Gemurmel hervor, wie ebenso viele Insekten; und hoch über allen plätscherten und fluteten regenbogenfarben die zwei schönen Springbrunnen.

An der Vorderseite des Balkons hing ein bunter Teppich herab, und die Seiten des großen Fensters waren mit Carmoisinstoff aus-geschlagen. Über dem Balkon war ein Tuch ausgespannt, um den Greis vor den heißen Strahlen der Sonne zu schützen. Als sich die Mittagsstunde näherte, wendeten sich aller Augen nach jenen Fenstern. Zur gehörigen Zeit sah man den Tragsessel nahen und dicht hinter ihm die riesigen Fächer von Pfauenfedern. Die Puppe im Stuhl (denn der Balkon ist sehr hoch) stand dann auf und streckte die zwerghaften Arme aus, während alle männlichen Zuschauer auf dem Platze den Kopf entblößten und einige, aber bei weitem nicht der größere Teil, niederknieten. Im nächsten Augenblick verkündigte das Geschütz von den Wällen der Engelsburg, dass der Segen erteilt worden sei; Trommeln rollten, Trompeten klangen, Waffen klirrten; und die große Masse unten, plötzlich in kleinere Häufchen zerfallend und hier und da einen Seitenarm aussendend, wurde wie bunter Sand durch-einander-geschüttelt.

Welch herrlicher Mittag, als wir wegfuhren! Der Tiber war nicht mehr gelb, sondern blau. Eine Röte lag auf den alten Brücken, die sie wieder frisch und gesund machte. Das Pantheon mit seiner majestätischen Front, zerfetzt und durchfurcht wie ein altes Gesicht, wurde von hellem Sonnenlicht beschienen. Jede ärmliche Hütte in der Ewigen Stadt machte ein Sonnenstrahl frisch und neu. Sogar das Gefängnis in der gedrängt vollen Straße, die ein Wirrwarr von Wagen und Menschen war, hatte eine ferne Ahnung von dem Tage, der durch seine Spalten und Ritzen kroch; und bleiche Gefangene, die nicht über die Schirme ihrer zugesperrten Fenster hinausblicken konnten, streckten ihre Hände heraus und wendeten diese der menschenvollen Straße zu, als wäre sie ein gemütliches Feuer und könnte auf diese Weise genossen werden.

Aber als die Nacht kam ohne eine Wolke, die den vollen Mond hätte verhüllen können, wie herrlich war da wieder der Anblick des großen Platzes, wieder überströmend voll von Menschen, und der Kirche, vom Fußboden bis zum Kuppelkreuz erleuchtet mit zahllosen Laternen, die den architektonischen Linien folgten und den ganzen Säulengang der Piazza entlang schimmerten und funkelten! Und welch ein Gefühl des Frohlockens und der Wonne, als die große Glocke halb acht Uhr schlug und mit dem Schlage eine glänzendrote Feuermasse von dem Gipfel ihrer Kuppel hinauf zur äußersten Spitze des großen Kreuzes stieg und in dem Augenblick, wo es seinen Platz erreicht hatte, das Zeichen zum Aufflammen zahlloser ebenso großer und roter Lichter in jedem Teile der Riesenkirche wurde; so dass jeder Sims, jedes Kapitäl und die kleinste Verzierung sich deutlich im Feuer abzeichnete und das feste schwarze Mauerwerk der ungeheuren Kuppel durchsichtig zu werden schien wie eine Eierschale.

Eine Pulverspur oder eine elektrische Kette hätten nicht schneller und plötzlicher zünden können, als diese zweite Illumination aufflammte; und als wir zwei Stunden später von einer fernen Höhe wieder hinsahen, da stand der Dom immer noch in der stillen Nacht wie ein Juwel funkelnd und glänzend! Keine Umrisslinie fehlte, kein Winkel war abgestumpft, kein Atom seines Glanzes verlorengegangen.

Am nächsten Abend – am Ostermontag – war großes Feuerwerk auf der Engelsburg. Wir mieteten ein Zimmer in einem gegenüberliegenden Hause und gingen zu guter Zeit hin durch eine dichtgedrängte Menschenmasse, die auf dem freien Platz vor der Burg und allen dahin führenden Straßen stand und die Brücke so belastete, dass sie in den reißenden Tiber zu sinken drohte. Auf dieser Brücke stehen Bildsäulen (abscheulich gearbeitet), und zwischen sie hatte man große Gefäße voll brennenden Wergs gestellt; die lohende Flamme erhellte seltsam die Gesichter der Menschen und nicht weniger seltsam die steinernen Bilder auf der Brücke.

Das Schauspiel begann mit einer donnernden Geschützsalve; und dann war zwanzig Minuten oder eine halbe Stunde lang die ganze Burg in eine einzige Feuerfläche, ein Labyrinth von Feuerrädern von jeder Farbe, Größe und Schnelligkeit, während hoch in die Luft Raketen stiegen, nicht eine oder zwei oder zwanzig, sondern Hunderte auf einmal. Die Schlussszene – die Girandole – glich einer Explosion der ganzen großen Burg, allerdings ohne Rauch oder Staub.

Eine halbe Stunde später hatte sich das Menschengewühl zerstreut. Der Mond sah ruhig auf sein zitterndes Bild im Fluss herab, und ein halbes Dutzend Männer und Knaben mit Lichtstümpfchen in der Hand suchten auf dem Boden nach Gegenständen, die vielleicht im Gedränge verloren worden waren. Weiter war nichts auf dem Platze zu sehen.

Des Kontrastes wegen fuhren wir nach diesem Schießen und Prasseln hinaus unter die alten Ruinen Roms, um Abschied vom Kolosseum zu nehmen. Ich hatte es schon früher bei Mondschein gesehen (ich konnte keinen Tag verleben, ohne wenigstens einmal hinzugehen), aber seine erschütternde Einsamkeit in dieser Nacht war über alle Beschreibung. Die gespenstischen Säulen des Forums; die Triumphbögen der alten Kaiser; jene ungeheuren Trümmermassen, die einst ihre Paläste waren; die grasüberwachsenen Hügel, welche die Gräber verfallener Tempel bezeichnen; die Steine der Via Sacra, geglättet von den Schritten alter Römer – selbst diese traten in dieser überschwänglichen Melancholie zurück vor dem dunklen grausigen Gespenst seiner blutigen Festtage, das auf seinem alten Schauplatz umgeht, das beraubt worden ist von plündernden Päpsten und kämpfenden Fürsten, aber nicht vernichtet, das seine Hände von Unkraut, Gras und Brombeeren verzweifelnd ringt und der Nacht mit jedem Riss und jedem zerfallenen Bogen wehklagt – der Schatten seines schauerlichen Selbst, unbeweglich und starr!

Als wir uns am nächsten Tag auf unserm Weg nach Florenz auf dem Grase der Campagna ausstreckten und dem Gesange der Lerchen lauschten, sahen wir, dass man an der Stelle, wo die arme pilgernde Gräfin ermordet worden war, ein kleines hölzernes Kreuz aufgerichtet hatte. Wir häuften einige Steine um seinen Fuß als Anfang zu einem Denkmal für sie und fragten uns innerlich, ob wir wohl wieder einmal hier ruhen und auf Rom zurückblicken würden.

Eine flüchtige Umschau

Wir reisen nach Neapel! Und wir überschreiten die Schwelle der Ewigen Stadt am Tore San Giovanni Laterano, wo die beiden letzten Gegenstände, welche die Blicke des Scheidenden auf sich ziehen, und die zwei ersten, welche das Auge des Ankommenden bemerkt, eine stolze Kirche und eine verfallene Ruine sind – gute Embleme Roms! Unsere Straße führt uns über die Campagna, die unter einem hellen und blauen Himmel wie heute einen feierlicheren Eindruck macht als unter einem trüben, denn die große Ausdehnung der ruinenbedeckten Fläche wird dem Auge deutlicher, und der Sonnenschein, der durch die verfallenen Bogen der Aquädukte bricht, lässt hinter ihnen in der melancholischen Ferne andere ver-fallene Bogen erblicken. Haben wir sie hinter uns und sehen von Albano auf sie zurück, so liegt ihre dunkle, wellenförmige Ober-fläche unten wie ein stiller See oder wie ein breiter Lethestrom, der die Mauern Roms einschließt und es von der übrigen Welt trennt. Wie oft sind die Legionen triumphierend über diese purpurne Einöde gezogen, die jetzt so still und menschenleer ist! Wie oft hat der Zug von Gefangenen mit verzweifelnden Herzen in der Ferne die Stadt erblickt und ihre Bevölkerung herausströmen sehen, um den Sieger zu bewillkommnen! Wie wahnsinnig haben Üppigkeit, Wollust und Grausamkeit in den ungeheuren Palästen geschwelgt, die jetzt Haufen von Ziegeln und zerbrochenem Marmor sind! Wie oft ist die Glut von Feuersbrünsten und das Gebrüll des Volksauf-standes und das Jammern der Pest und Hungersnot über die wüste Ebene gedrungen, wo man jetzt nichts vernimmt als den Wind und wo die einsamen Eidechsen ungestört in der Sonne spielen! Der Zug von Wagen mit Wein, die nach Rom unterwegs sind, jeder von einem zottigen Bauern gelenkt, der unter einem halbrunden Dach von Schaffellen ruht, ist jetzt vorbei, und die Pferde schleppen mühsam unseren Wagen in eine höher liegende Gegend, wo es Bäume gibt. Den nächsten Tag gelangen wir zu den Pontinischen Sümpfen, unendlich flach und öde, überwachsen mit niederem

Gebüsch und überschwemmt von Wasser, aber mit einer schönen Straße, die quer durchgeht und von einer langen, langen Allee beschattet wird. Hier und da kommt man an einem einsamen Wachhaus vorüber, hier und da eine elende Hütte, verlassen und zugemauert. Ein paar Hirten stehen am Rande des Baches neben der Straße, und zuweilen kommt ein Kahn, von einem Mann gezogen, langsam dahergeschwommen. Dann und wann stößt man auf einen Reiter mit einer langen Flinte vor sich auf dem Sattel und begleitet von wilden Hunden. Aber sonst regt sich nichts als der Wind und die Schatten, bis wir Terracina erblicken.

Wie blau und glänzend wogt das Meer unter den Fenstern der in Räubergeschichten so berühmten Schenke! Wie malerisch überhängen die großen Klippen und Felsspitzen unsere enge Straße, die wir morgen befahren werden, wo Galeerensklaven oben in den Steinbrüchen arbeiten und die Soldaten, die sie bewachen, sich unten am Strand sonnen! Die ganze Nacht hindurch Wellengemurmel und Sternenschein; und früh, gerade wenn der Tag erscheint, breitet sich die Aussicht plötzlich weit aus, wie durch ein Wunder, und man erblickt in weiter Ferne dort jenseits des Meeres Neapel mit seinen Inseln und dem feuerspeienden Vesuv. Ehe eine Viertelstunde vergeht, ist alles wieder verschwunden, als wäre es nur ein Wolkengebilde gewesen, und man erblickt nichts als Meer und Himmel.

Nachdem wir die neapolitanische Grenze nach zweistündiger Fahrt überquert und die hungrigsten aller Soldaten und Zollhausbeamten mit Mühe befriedigt haben, betreten wir durch eine offene Pforte die erste neapolitanische Stadt, Fondi. Merkt euch Fondi im Namen von allem, was armselig und bettelhaft ist!

Ein schmutziger Kanal voll Schlamm und Abraum schlängelt sich die Mitte der jämmerlichen Straße hinab, genährt von stinkenden Bächen, die aus den armseligen Häusern hervorsickern. Keine Tür, kein Fenster, kein Laden, kein Dach, keine Wand kein Pfeiler oder Pfahl, kurz nichts in ganz Fondi, was nicht morsch, verfallen und vermodert wäre. Die Unglücksgeschichte der Stadt mit allen Belagerungen und Plünderungen durch Barbarossa und andere hätte im vergangenen Jahr geschehen sein können. Wie die ausgehungerten Hunde, die auf der Straße herumschleichen, lebendig und von den Einwohnern unverzehrt bleiben, ist eines der Rätsel der Schöpfung.

Hohlwangige, tückisch blickende Leute leben hier. Lauter Bettler; aber das bedeutet nichts. Betrachtet sie, wie sie sich versammeln. Einige sind zu träge, um die Treppe herabzukommen, oder vielleicht zu klug, um der Treppe zu trauen, und strecken daher ihre mageren Hände aus den oberen Fenstern heraus und heulen, andere umringen uns, schlagen und stoßen einander und rufen in einem fort: »Erbarmen um der Liebe Gottes! Erbarmen um der heiligen Jungfrau willen! Erbarmen um aller Heiligen willen!«

Eine Schar halbnackter Kinder, welche dieselbe Bitte kreischen, entdecken, dass sie sich in dem lackierten Kutschenkasten spiegeln können, und fangen an zu tanzen und Grimassen zu schneiden, um die Freude zu haben, diese vor sich wiederholt zu sehen. Ein wahnsinniger Krüppel, der eben einen, der seine laute Bitte um Erbarmen überschrien hat, schlagen will, bemerkt sein zürnendes Doppelbild auf der spiegelhellen Fläche, hält plötzlich inne, streckt die Zunge heraus und fängt an, den Kopf zu wiegen und blödsinnig zu schnattern. Der gellende Schrei, den das verursacht, erweckt ein halbes Dutzend wilder Geschöpfe, die in schmutzige braune Mäntel gehüllt auf den Stufen der Kirchtür, Töpfe und Pfannen zum Verkauf feilbietend, liegen; sie springen auf, kommen ebenfalls herbei und betteln trotzig: »Mich hungert. Gebt mir etwas. Hört mich, Herr. Mich hungert!« Dann kommt eine alte Hexe, voll Angst, zu spät anzulangen, die Straße herabgehumpelt, die eine Hand ausgestreckt und sich mit der andern auf dem Kopfe kratzend. Lange ehe man sie hören kann, kreischt sie: »Erbarmen, Erbarmen! Ich will gleich hingehen und für euch beten, schöne Dame! Erbarmen, Erbarmen!« Zuletzt eilen die Mitglieder einer Brüderschaft zur Bestattung der Toten an uns vorüber. Sie sind scheußlich maskiert, tragen schäbige schwarze Kutten mit einem weißlichen Saum von dem Regen vieler Winter und sind von einem schmutzigen Priester und einem gleichgesinnten Kreuzträger begleitet. Umringt von dieser bunten Schar verlassen wir Fondi, während böse feurige Augen aus der Finsternis jeder morschen Wohnung auf uns niederlugen, wie schimmernde Bruchstücke seines Schmutzes und seiner Fäulnis.

Ein schöner Gebirgspass mit den Ruinen einer Burg auf fester Höhe, von der Sage die Burg Fra Diavolos genannt; die alte Stadt Itri, der Arbeit eines Zuckerbäckers ähnlich, fast senkrecht an einem Hang hinaufgebaut und nur auf langen steilen Treppen zu erreichen; das schöne Molo di Gaëta, dessen Weine wie die von Albano sich seit Horazens Zeiten verschlechtert haben müssen, wenn er nicht ein schlechter Weinkenner war, was nicht leicht möglich ist bei einem, der ihn so sehr liebte und so schön pries; noch eine Nacht auf der Straße von Santa Agata; ein Rasttag in Capua, eine malerische Stadt, welche für den Reisenden jetzt schwerlich so verführerisch ist, wie die Soldaten des prätorianischen Roms die alte Stadt dieses Namens zu finden pflegten; ein ebener Weg zwischen Rebengirlanden hindurch, die sich von Baum zu Baum schlingen, und endlich der Vesuv ganz in der Nähe, sein Kegel und seine Spitze, weiß von Schnee, und sein Rauch wie eine schwere Wolke über ihm hängend. So gelangen wir bergab rollend nach Neapel.

Ein Leichenzug kommt uns entgegen die Straße herauf. Der Tote wird auf einer offenen Bahre in einer Art von Palankin, bedeckt mit einer roten goldbesetzten Decke, getragen. Die Trauernden haben weite weiße Röcke und Masken. Neben dem Tod rührt sich aber auch das Leben, denn man sollte fast meinen, ganz Neapel wäre auf der Straße und jagte in Wagen hin und her. Einige von den letzteren, die gewöhnlichen Vetturinofuhrwerke, werden von drei nebeneinander gespannten Pferden gezogen, die mit buntem Geschirr und einem großen Überfluss von Messingornamenten geschmückt sind und immer sehr schnell fahren. Nicht, dass sie wenig beladen wären, denn das kleinste Gefährt beförderte wenigstens sechs Personen im Innern, vier vorn, vier oder fünf, die hinten hingen, und zwei oder drei in einer Art Netz unter dem Langbaum, wo sie von Schmutz und Staub fast erstickt werden. Polichinelltheater, Buffosänger mit Gitarren, Deklamatoren und Erzähler, eine Reihe billiger Schaubuden mit Hanswürsten und Ausrufern, Trommeln und Trompeten, Aushängeschildern mit den Wundern, die innen zu sehen sind, und bewundernde Menschenmassen davor vermehren noch das Getümmel und den Lärm. Zerlumpte Lazzaroni schlafen unter Torwegen und in Gossen; die Vornehmern fahren geputzt auf der Chiaja oder gehen in den öffentlichen Gärten spazieren; und gesetzte Briefschreiber warten hinter ihren kleinen Pulten und Tintenfässern unter dem Portikus des großen Theaters San Carlo auf Kunden.

Da kommt ein Galeerensklave in Ketten, der einen Brief an einen Freund geschrieben haben will. Er tritt zu einem magisterartig aussehenden Mann unter dem Eckbogen und macht seinen Handel. Er hat von dem ihn bewachenden Soldaten, der dort an der Wand lehnt und Nüsse knackt, die Erlaubnis erhalten. Der Galeerensklave diktiert dem Briefschreiber ins Ohr, was er geschrieben haben will, und da er Geschriebenes nicht lesen kann, forscht er gespannt auf seinem Gesicht, um dort zu lesen, ob er getreulich aufsetzt, was ihm gesagt wird.

Nach einer Weile wird der Galeerensklave redselig und unzusammenhängend. Der Sekretär hält inne und reibt sich das Kinn. Der Galeerensklave spricht schnell und feurig. Endlich erfasst der Schreiber den Gedanken und schreibt ihn mit der Miene eines Mannes, der weiß, in welche Worte er ihn kleiden soll, nieder und hält von Zeit zu Zeit dabei inne, um seine Arbeit bewundernd anzusehen. Der Galeerensklave schweigt; der Soldat knackt unbekümmert seine Nüsse. »Ist noch etwas zu sagen?« fragt der Briefschreiber. »Nein, nichts mehr.« – »So höre, Freund.« Er liest ihm den Brief vor. Der Galeerensklave ist ganz entzückt. Der Brief wird zusammengefaltet, adressiert und ihm übergeben, und er bezahlt. Der Schreiber lehnt sich wieder in seinen Stuhl zurück und nimmt ein Buch zur Hand. Der Galeerensklave nimmt seinen leeren Sack wieder unter den Arm. Der Soldat wirft eine Hand voll Nussschalen weg, schultert seine Flinte und entfernt sich mit dem Sträfling.

Warum klopfen die Bettler beständig mit der rechten Hand ans Kinn, wenn man sie ansieht? Alles wird in und um Neapel durch

Pantomimen ausgedrückt, und dies ist das Zeichen für Hunger. Dort zanken sich zwei Männer. Der eine legt die Fläche seiner rechten Hand auf den Rücken der Linken und bewegt die beiden Daumen hin und her – das soll Eselsohren heißen –, worüber sein Gegner vor Wut in Verzweiflung gerät. Zwei Leute handeln um Fische: der Käufer macht eine Pantomime, als wollte er eine Westentasche ausschütteln, als man ihm den Preis nennt, und geht, ohne etwas zu sagen, weg – er hat dem Verkäufer ganz deutlich zu verstehen gegeben, dass ihn der Preis zu hoch dünkt. Zwei Leute fahren aneinander vorüber. Der eine berührt zwei- oder dreimal seine Lippen, hält die fünf Finger seiner rechten Hand in die Höhe und durchschneidet dann mit der flachen Hand die Luft horizontal. Der andere nickt und fährt weiter. Er ist zu einem freundschaftlichen Mittagessen um halb sechs Uhr eingeladen worden und wird kommen.

Durch ganz Italien drückt ein eigentümliches Schütteln der rechten Hand, vom Gelenk an, mit ausgestrecktem Zeigefinger eine Verneinung aus – die einzige Verneinung, welche die Bettler verstehen wollen. Aber in Neapel sind diese fünf Finger eine reiche Sprache.

Alles dies und jede Art von Straßenleben und Verkehr und das Makkaroni-Essen bei Sonnenuntergang und das Blumenverkaufen den ganzen Tag über und das Betteln und Stehlen überall und zu jeder Stunde sieht man auf dem schönen sonnenhellen Seestrand, wo die Wellen in der Bucht lustig funkeln. Aber, ihr Liebhaber und Jäger des Malerischen, vergesst nicht allzu sehr die entsetzliche Verderbtheit, Verkommenheit und das Elend, mit dem dieses fröhliche italienische Leben unzertrennlich verbunden ist! Es ist nicht recht, Saint Giles so abstoßend und die Porta Capuana so anziehend zu finden. Ein paar nackte Beine und eine zerlumpte rote Schärpe können doch nicht den einzigen Unterschied bilden zwischen dem, was interessant, und dem, was widerwärtig und ekelhaft ist?

Capri – einst berüchtigt durch den vergötterten Wüterich Tiberius – Ischia, Procida und die tausend fernen Schönheiten der Bucht liegen draußen im blauen Meer, zwanzigmal des Tages im Nebel und Sonnenschein wechselnd, jetzt dicht vor uns, jetzt weit, weit in der Ferne, jetzt ganz unsichtbar. Das schönste Land in der Welt breitet sich rings um uns aus. Ob wir uns nach der Misenoküste des herrlichen Meeramphitheaters wenden und über die Grotte des Pausilippo nach der Hundsgrotte und dann nach Bajä gehen, oder den andern Weg zum Vesuv und nach Sorrent einschlagen, überall ist eine ununterbrochene Folge von Herrlichkeiten. In der letzterwähnten Richtung, wo man über den Türen zahllose kleine Bilder des heiligen Januarius erblickt, wie er mit ausgestreckter Kanutshand die Wut des flammenden Berges aufhält, fahren wir mit der Eisenbahn am schönen Seestrand an der Stadt Torre del Greco, die über der Asche der kaum vor hundert Jahren durch einen Ausbruch des Vesuv zerstörten Stadt steht, und dann an Häusern mit flachen Dächern, Kornspeichern und Makkaronifabriken vorbei nach Castellammare, dessen verfallenes Schloss, jetzt von Fischern bewohnt, im Meer auf einer einzelnen Klippe liegt. Hier endigt die Eisenbahn. Aber von hier an kommen wir immerfort an entzückenden Buchten vorbei und durch schöne Landschaften, die sich vom höchsten Gipfel des Sant' Angelo bis zum Rand des Wassers hinabziehen – durch Weinberge, Olivenhaine, Gärten von Zitronenbäumen, Obstwälder, Felsentrümmer, grüne Schluchten an den Hügeln, am Fuße schneebedeckter Höhen vorbei und durch kleine Städte mit schönen schwarzgelockten Frauen vor den Türen und an anmutigen Villen vorüber, nach Sorrent, wo der Dichter Tasso seine Begeisterung aus der Schönheit zog, die ihn rings umgab. Auf dem Rückweg können wir die Höhen von Castellammare übersteigen und zwischen den Zweigen und Blättern hindurch das kräuselnde Meer in der Sonne glänzen oder Gruppen von weißen Häusern aus dem fernen Neapel, kleingeworden wie Würfel, herüberschimmern sehen. Der Rückweg zur Stadt an der Bucht hin, wenn die Sonne untergeht – auf der einen Seite das glühende Meer, auf der andern den immer dunkler werdenden Berg mit seiner Rauch- und Flammensäule –, ist ein erhabener Abschluss des herrlichen Tages.

Jene Kirche an der Porta Capuana, nicht weit von dem alten Fischmarkt im schmutzigsten Viertel des schmutzigen Neapels, wo der Aufstand Masaniellos begann, ist dadurch denkwürdig, dass sie der Schauplatz einer seiner ersten Proklamationen an das Volk war, doch sonst wegen nichts besonders bemerkenswert, außer vielleicht wegen eines wächsernen, mit Juwelen bedeckten Heiligen in einem Glasschrank oder der Unzahl von Bettlern, die hier beständig an ihr Kinn klopfen, einer Batterie Kastagnetten vergleichbar. Die Kathedrale mit dem schönen Portal und den Säulen von afrikanischem und ägyptischem Granit, die einst den Tempel Apollos schmückten, bewahrt das berühmte Blut des heiligen Januarius auf. Es ist in zwei Fläschchen in ein silbernes Tabernakel eingeschlossen und wird wunderbarerweise dreimal im Jahr zum großen Staunen des Volkes flüssig. In demselben Augenblick nimmt der Stein, wo der Heilige den Märtyrertod erlitt – die Stelle ist wohl eine Meile von der Kirche entfernt –, eine schwache rötliche Farbe an. Man behauptet, auch die Priester würden zuweilen, wenn das Wunder geschieht, ein wenig rot.

Die uralten Greise, welche in schlechten Hütten am Eingang der alten Katakomben wohnen und die, so alt und schwach sind sie, hier zu warten scheinen, um selbst begraben zu werden, sind Mitglieder einer merkwürdigen Körperschaft, die man das »Königliche Hospital« nennt und die von Amts wegen jedes Leichenbegängnis begleitet. Zwei dieser alten Gespenster schwanken mit ange-zündeten Kerzen vor uns her, um uns die Totenhöhlen zu zeigen – so unbekümmert, als ob sie unsterblich wären. Die Höhlen wurden dreihundert Jahre lang als Begräbnisstätte benutzt, und an einer Stelle entdeckt man eine große Grube voll Schädel und Gebeine, die an ein großes Sterben infolge der Pest erinnern. Sonst ist nichts da als Staub. Meistens bestehen sie aus großen geräumigen Korridoren und Gängen, die alle durch den festen Fels gehauen sind. Am Ende einiger dieser langen Galerien bricht unerwartet das Tageslicht von oben herein. Es macht einen seltsamen und unheimlichen Eindruck, als ob es neben den Fackeln, neben dem

Gräberstaub und neben den dunklen Gewölben ebenfalls tot und begraben wäre.

Der jetzige Friedhof liegt auf einem Hügel zwischen der Stadt und dem Vesuv. Der alte Campo Santo mit seinen dreihundertundfünfundsechzig Gruben wird nur für solche benutzt, die in den Spitälern und Gefängnissen sterben und von ihren Verwandten nicht abgefordert werden. Der schöne neue Kirchhof, der nicht weit davon liegt, ist zwar noch nicht vollendet, hat aber schon viele Gräber unter seinen Gesträuchen und Blumen und luftigen leichten Arkaden. Mit Grund würde man an anderen Orten rügen können, dass manche Grabmäler zu bunt und flitterhaft aufgeputzt wären; aber der heitere Charakter der ganzen Umgebung scheint es hier zu rechtfertigen, und der Vesuv, der durch einen lieblichen Abhang von ihnen getrennt ist, bringt einen feierlich melancholischen Ton in das Gemälde.

Wenn er sich mit seiner dunklen Rauchsäule am klaren Himmel droben schon von dieser neuen Totenstadt erhaben ausnimmt, wie viel erschütternder und grauenhafter wirkt sein Anblick auf den Beschauer, wenn er unter den öden Trümmern von Herculanum und Pompeji steht!

Stelle dich auf den großen Marktplatz von Pompeji und sieh die stillen Straßen hinab, durch die verfallenen Tempel Jupiters und der Isis, über die zertrümmerten Häuser, deren innerste Heiligtümer dem Tage offen stehen, nach dem Vesuv, der in friedlicher Ferne hell und schneebedeckt emporragt, und verliere jedes Bewusstsein der Zeit und der Umgebung gänzlich in dem seltsamen und melancholischen Gefühl, das Zerstörte und den Zerstörer in diesem ruhigen, sonnigen Bild vereinigt zu sehen. Dann wandere herum und schaue bei jedem Schritt die tausenderlei kleinen Zeichen vom Dasein der Menschen und vom alltäglichen Verkehr; die Spur des Eimerseiles auf dem steinernen Rande des ausgetrockneten Brunnens; die Geleise der Wagenräder auf dem Straßenpflaster; die Ringe von Trinkgefäßen auf dem steinernen Tisch des Weinladens; die Amphoren in Privatkellern, vor so vielen hundert Jahren aufs Lager gebracht und bis zu dieser Stunde nicht angerührt. Alles dies macht die Einsamkeit und Grabesöde des Ortes zehntausendmal erschütternder, als wenn der Vulkan in seiner Wut die Stadt von der Erde gekehrt und in die Tiefe des Meeres versenkt hätte.

Nach dem Erdbeben, welches dem Ausbruch vorausging, waren Arbeiter beschäftigt gewesen, neue Verzierungen für Tempel und andere Gebäude, die gelitten hatten, in Stein zu hauen. Draußen vor dem Stadttor liegt noch ihre Arbeit, als ob sie morgen zurückkehren wollten.

In dem Keller vor dem Haus des Diomedes, wo man Gerippe zusammengedrängt dicht an der Tür fand, hatte sich die Form ihrer Körper auf der Asche ausgeprägt und war dort verhärtet und geblieben, als von den Körpern nur noch Gebeine übrig waren. So hatte im Theater von Herkulanum eine komische Maske, die auf dem heißen Lavastrom geschwommen war, sich darin abgeprägt, als die flüssige Masse zu Stein wurde; und jetzt sieht sie den Fremden noch mit demselben phantastischen Blick an wie vor zweitausend Jahren das Publikum desselben Theaters.

Nächst dem wunderbaren Eindruck, den das Umherwandeln in den Straßen und in den Häusern und durch die geheimen Gemächer der Tempel einer Religion, welche von der Erde verschwunden ist, und das Auffinden so vieler frischer Spuren des fernen Altertums – als wäre der Lauf der Zeit nach dieser Vernichtung aufgehalten worden und als wären seitdem keine Nächte und Tage, Monate, Jahre und Jahrhunderte vergangen –, hervorbringt, wirkt nichts erschütternder und grauenhafter als die vielen Beispiele von dem unwiderstehlichen Eindringen der Asche, die überall hingelangte, wo nur Luft war, und dadurch jede Flucht unmöglich machte. In den Weinkellern drang sie in die irdenen Gefäße und erstickte den Wein bis zum Rande mit Staub. In den Gräbern drängte sie die Asche der Toten aus der Urne und goss selbst in diese eine neue Vernichtung. Der Mund, die Augen, der Schädel aller Gerippe waren mit diesem schrecklichen Regen angefüllt. In Herculanum, wo die Flut von anderer und schwererer Beschaffenheit war, wälzte sie sich hinein wie ein Meer. Man denke sich eine auf ihrem Höhepunkt in Marmor verwandelte Wasserflut – das ist, was man hier Lava nennt.

Einige Arbeiter gruben den dunklen Brunnen, an dessen Rande wir jetzt stehen und hinabblicken, als sie auf einige Sitze des Theaters stießen – jene Stufen (denn so sehen sie aus) unten in der Tiefe –, und fanden die begrabene Stadt Herculanum. Nachdem wir mit brennenden Fackeln hinabgestiegen, setzen uns große Mauern von ungeheurer Dicke in Erstaunen, die zwischen den Sitzen empor-stiegen, die Bühne versperrten, ihre formlose Masse an unge-hörigen Orten eindrängten, den ganzen Plan verwirrten und ihn zu einem wüsten Traume machten. Wir können es anfangs nicht glauben und uns vorstellen, dass diese Masse sich heranwälzte und die Stadt überschwemmte und dass alles, was nicht mehr da ist, mit der Axt wie festes Gestein weggehauen ist. Aber so wie man sich darüber klar wird, macht der Anblick einen unbeschreiblich grauen-haften und beklemmenden Eindruck.

Viele der Gemälde an den Wänden der dachlosen Häuser in beiden Städten oder in dem Museum von Neapel, wohin man sie gebracht hat, sehen noch so frisch und neu aus, als wären sie gestern gemalt worden. Hier sind Stillleben, die Lebensmittel, Wildbret, Flaschen, Gläser und ähnliches darstellen, bekannte klassische Geschichten oder mythologische Fabeln, immer mit Kraft und Deutlichkeit wiedergegeben, Cupidos, die sich balgen, necken oder allerlei Handwerk verrichten, Theaterproben, Dichter, welche ihre Werke ihren Freunden vorlesen, Inschriften von der Mauer, politische Gassenhauer, Ankündigungen, rohe Skizzen von Schulknaben, kurzum, alles Mögliche, um in der Einbildungskraft des staunenden Besuchers die alten Städte zu bevölkern und wiederherzustellen.

Auch Hausrat von allerlei Art – Lampen, Tische, Lager, Gefäße zum Essen, Trinken und Kochen, Handwerkszeug, chirurgische Instrumente, Theaterbilletts, Geldstücke, Schmuck, Schlüssel-bunde, die man in der Hand von Gerippen gefunden, Helme von Wachen und Kriegern, kleine Klingeln, die noch den alten vertrauten Ton von sich geben.

Der geringste dieser Gegenstände trägt das Seinige dazu bei, um das Interesse des Vesuvs zu erhöhen und ihn mit wahrhafter Zauberkraft auszustatten. Der Blick aus beiden Trümmerstädten geht auf die mit schönen Reben und üppigen Bäumen bewachsene Umgebung, und der Gedanke, dass unter den Wurzeln dieser friedlichen Kultur noch Häuser und Tempel und Straßen versteckt liegen und auf den Tag ihrer Auferstehung warten, hat etwas so Wunderbares, so Geheimnisvolles, für die Phantasie so Verlockendes, dass man meinen sollte, er müsse vorherrschen und sich von nichts verdrängen lassen – von nichts als vom Vesuv. Aber der Berg ist der Genius dieser Szenen. Von jedem Bruchstück der Ruinen, die er geschaffen, blicken wir wieder mit gebanntem Interesse dorthin, wo sein Rauch in den Himmel emporsteigt. Er steht vor uns, wenn wir durch die verfallenen Straßen wandeln, über uns, wenn wir auf der verfallenen Mauer stehen; wir folgen ihm durch jede Perspektive zerbrochener Säulen, wenn wir durch die vereinsamten Höfe der Häuser gehen, und durch die Ranken und die Vergitterung jeder üppigen Rebe. Wenn wir uns nach Paestum hinwenden, um die Tempel zu sehen, deren jüngster mehrere Jahrhunderte vor Christi Geburt erbaut worden ist und die noch in einsamer Majestät auf der öden, tödliche Luft atmenden Ebene stehen, auch dann beobachten wir den Vesuv, wie er aus dem Blickfeld verschwindet, und sehen, wenn wir uns umdrehen, wieder mit demselben schauerlichen Interesse auf ihn, als auf das Verhängnis und das Fatum dieses schönen Landes, harrend der schrecklichen Stunde der Rache.

An diesem zeitigen Frühlingstag, an dem wir von Paestum zurückkehren, ist es sehr warm in der Sonne, aber sehr kalt im Schatten, so kalt, dass, obgleich wir ganz gemütlich mittags im Freien vor dem Tor von Pompeji essen können, der Bach neben uns starkes Eis für unsern Wein hergibt. Aber die Sonne scheint hell; keine Wolke und kein Dunstfleckchen ist am blauen Himmel zu sehen, und der Mond ist heute voll. Was kümmert es uns, dass Schnee und Eis noch dick auf dem Gipfel des Vesuvs liegen oder dass wir den ganzen Tag über in Pompeji auf den Beinen gewesen sind oder dass Unglückspropheten behaupten, Fremde sollten sich zu so ungewöhnlicher Jahreszeit nicht bei Nacht auf den Berg wagen? Lasst uns das schöne Wetter benutzen, so schnell wie möglich nach Resina, dem kleinen Dorfe am Fuße des Berges, gelangen, so gut es geht im Hause des Führers uns zur Reise vorbereiten und ohne weiteres Besinnen hinaufsteigen, dass wir den Sonnenuntergang auf halber Höhe, Mondschein auf der Spitze und Mitternacht zum Abstieg haben.

Um vier Uhr nachmittags ist ein entsetzlicher Aufruhr im kleinen Hofe von Signor Salvatore, dem anerkannten Oberführer mit der goldenen Tresse um den Hut, und dreißig Unterführer, die herumrennen und zu gleicher Zeit schreien, machen ein halbes Dutzend gesattelte Ponys, drei Tragbetten und verschiedene starke Stäbe zur Reise zurecht. Jeder der dreißig zankt sich mit den andern neunundzwanzig und macht die sechs Ponys scheu; und so viel Dorfbewohner, wie sich nur in den kleinen Hof drängen können, nehmen an dem Aufruhr teil und kommen den Pferden unter die Hufe.

Nach heftigem Streit und mehr Lärm, als zur Erstürmung Neapels nötig sein würde, tritt der Zug seine Reise an. Der Oberführer, der reichlich für alle Begleiter bezahlt wird, reitet ein wenig voraus; die anderen dreißig Führer gehen zu Fuß. Acht gehen voran mit den Tragbahren, die erst später gebraucht werden, und die anderen zweiundzwanzig betteln.

Allmählich gelangen wir höher, indem wir eine Zeitlang durch steinige Gänge, gleich roh zusammengeworfenen breiten Stufen, gehen. Endlich verlassen wir diese und die Weinberge zu beiden Seiten und kommen in eine öde, kahle Region, wo überall große Lavablöcke verstreut herumliegen, als ob die Erde durch brennende Donnerkeile aufgepflügt worden wäre. Jetzt machen wir halt, um die Sonne untergehen zu sehen. Die Veränderung, welche die öde Umgebung und der ganze Berg erleiden, wenn das rote Licht verschwindet und die Nacht hereinbricht, und die unbeschreibliche Feierlichkeit, welche ringsum herrscht, kann niemand, der Zeuge davon gewesen ist, vergessen! Es ist schon dunkel, als wir am Fuße des Kegels ankommen, der sehr steil ist und sich fast senkrecht von der Stelle, wo wir absteigen, zu erheben scheint. Das Dunkel wird nur von dem Schimmer des Schnees erhellt, der mit einer starken, harten und weißen Decke den Kegel überzieht. Es ist jetzt sehr kalt, und die Luft ist schneidend. Die Führer haben keine Fackeln mitgenommen, weil sie wissen, dass der Mond aufgeht, ehe wir den Gipfel erreichen. Zwei von den Tragbahren sind für die beiden Damen bestimmt, die dritte für einen etwas beleibten Herrn aus Neapel, den seine Gastfreundlichkeit und Gefälligkeit bewogen haben, an der Partie teilzunehmen. Der beleibte Herr wird von fünfzehn Mann getragen; jede der Damen von einem halben Dutzend. Wir, die wir gehen, greifen zu den Stäben; und so beginnt die ganze Gesellschaft über den Schnee hinaufzuklettern, als ob sie zum Gipfel eines antediluvianischen Dreikönigskuchens empor-klimmt.

Wir klettern schon lange; und der Oberführer sieht sich verwundert um, als einer von der Gesellschaft – kein Italiener, obgleich seit vielen Jahren ein häufiger Besucher des Berges, den wir hier Mr. Pickle von Portici nennen wollen – die Meinung äußert, es werde, da es stark friere und der gewöhnliche Aschenboden von Schnee und Eis bedeckt sei, der Abstieg sehr schwer werden. Aber der Anblick der Tragbahren oben, die sich bald mit dem einen, bald mit dem andern Ende in die Höhe richten und bald auf diese, bald auf jene Seite schwanken, wie die Träger beständig ausrutschen und stolpern, zieht unsere Aufmerksamkeit ab, vorzüglich da sich gerade in diesem Augenblick der dicke Herr unsern Blicken beun-ruhigend verkürzt und mit dem Kopf niederwärts zeigt.

Das baldige Erscheinen des Mondes gibt den Trägern neuen Mut. Sie ermuntern sich mit ihrem gewöhnlichen Ruf: »Mut, Freund! Es gilt Makkaroni, auf!« und schreiten wacker auf den Gipfel los.

Erst färbt der Mond den Schneegipfel über uns nur mit einem Streifen Licht und gießt es in einem Strom durch das Tal unten, während wir im Finstern in die Höhe klimmen. Bald aber erhellt er den ganzen weißen Berghang und das Meer unten und Neapel in der Ferne und jedes Dorf im ganzen weiten Umkreis. Dies Schau-spiel genießen wir, indem wir auf die Ebene des Gipfels treten. Das ist ein erloschener Krater, der aus großen Schlackenmassen gebildet wird, die wie ausgebrannte Steinblöcke von einem ungeheuren Wasserfall aussehen; hier steigt aus jedem Spalt und jeder Ritze heißer Schwefeldampf, während aus einem andern kegelförmigen Hügel, dem jetzigen Krater, der sich steil am Ende dieser Fläche erhebt, eine große Feuergarbe emporsteigt, welche die Nacht mit Feuer rötet, mit Qualm schwärzt und mit rotglühenden Steinen und Schlackenstücken überstreut, die wie Federn in die Luft fliegen und wie Blei herabfallen. Worte können Schauer und Größe dieser gewaltigen Szene nicht malen.

Der unebene Boden, der Rauch, das Gefühl des Erstickens vom Schwefel, die Furcht, durch die Spalten in den gähnenden, feurigen Kessel zu stürzen, und das Stillstehen und Umsehen, wenn man jemanden im Dunkel vermisst (denn der dichte Qualm verfinstert jetzt den Mond), der unleidliche Lärm der dreißig und das dumpfe Brausen des Berges verwirren uns so, dass unsere Füße wanken. Wir aber schleppen die Damen durch und über einen zweiten erloschenen Krater, am Fuße des jetzigen Vulkans, dem wir uns an der Windseite jetzt nähern, setzen uns auf die heiße Asche zu seinem Fuße und schauen schweigend hinauf. Dabei gibt uns der Umstand, dass der Kegel jetzt hundert Fuß höher ist als vor sechs Wochen, einen Begriff von der Tätigkeit, die darin herrscht.

Das Feuer und Brausen hat etwas an sich, was ein unwiderstehliches Verlangen erzeugt, näher heranzukommen. Ein Reisegefährte und ich konnten nicht lange sitzen bleiben, ohne einen Versuch zu machen, auf Händen und Knien, begleitet von dem Oberführer, bis an den Rand des brennenden Kraters hinauf-zu klimmen und hineinzugucken. Unterdessen schrien die dreißig mit einer Stimme, dass es gefährlich sei, und riefen uns zu umzukehren, wodurch sie die Unten bleibenden vor Furcht fast von Sinnen brachten.

Durch diesen Lärm, durch das Erzittern der dünnen Erdkruste, die sich unter unseren Füßen auftun zu wollen scheint und uns in den brennenden Abgrund zu stürzen droht – die einzige Gefahr, wenn wirklich welche vorhanden ist –, durch die blendende Flamme vor uns und den Regen glühender Asche, der auf uns herabfiel, und den erstickenden Qualm und Schwefel wurde uns schwindlig und wirr, wie Betrunkenen. Aber doch gelingt es uns, den Rand zu erreichen und einen Augenblick in diese siedende Hölle hinabzublicken. Dann rollen wir alle drei wieder hinab, geschwärzt und versengt und verbrannt und schwitzend und schwindlig, die Kleider an einem halben Dutzend Stellen zerrissen.

Ihr habt tausendmal gelesen, dass man gewöhnlich, um hinab zugelangen, auf der Asche hinunterrutscht, die, weil sie eine ständig sich vergrößernde Stufe unter den Füßen bildet, ein zu schnelles Gleiten verhindere. Als wir aber auf dem Rückwege wieder die beiden erloschenen Krater hinter uns hatten und die steile Stelle erreichten, war (wie Mr. Pickle vorausgesagt hatte) keine Spur von Asche zu sehen, denn das Ganze war eine glatte Eisfläche.

In diesem Dilemma reichen sich zehn oder zwölf der Führer vorsichtig die Hände und bilden eine Kette; die vordersten schlagen, so gut es geht, mit ihren Stöcken eine Bahn, der zu folgen wir uns bereit machen. Der Pfad ist fürchterlich steil, und kein einziger der ganzen Gesellschaft, selbst von den Führern, ist imstande, sich sechs Schritte lang auf den Beinen zu erhalten. Daher werden die Damen aus den Tragbahren gehoben und jede von zwei sorgsamen Personen unter die Arme genommen, während verschiedene andere von den dreißig sie bei der Schleppe festhalten, damit sie nicht vorwärts fallen – eine sehr notwendige Vorsichtsmaßregel, die sie aber mit der sofortigen und hoffnungslosen Zerstörung ihrer Kleider bedroht. Den beleibten Herrn beschwören wir, ebenfalls seine Tragbahre zu verlassen und den Versuch zu machen, auf dieselbe Weise hinabzukommen, aber er entschließt sich, hinabgebracht zu werden, wie er heraufgetragen worden ist, in der Überzeugung, dass seine fünfzehn Träger doch nicht alle auf einmal fallen können und dass er, auf fremde Beine gestützt, jedenfalls sicherer als auf seinen eigenen sei.

Auf diese Weise fangen wir an hinabzusteigen, zuweilen gehend, zuweilen kriechend, aber immer bedächtiger und langsamer als beim Heraufsteigen und ständig beunruhigt durch das Fallen eines Hintermannes, der die ganze Gesellschaft umzureißen droht und eine hartnäckige Neigung zeigt, sich an den Füßen anderer Leute festzuhalten. Da erst der Weg gebahnt werden muss, kann die Tragbahre unmöglich vorausgehen, und ihre Erscheinung hinter uns und über unseren Köpfen – einer oder der andere der Träger liegt beständig auf dem Boden, und die Beine des dicken Herrn sind immer gen Himmel gerichtet – ist sehr bedrohlich und schreckenerregend. So sind wir eine sehr kleine Strecke mühselig und ängstlich, aber ganz lustig und sehr zufrieden mit unsern Fortschritten weitergegangen und sind alle verschiedene Male gefallen und im Falle wieder aufgehalten worden als Mr. Pickle von Portici mitten in einer Bemerkung, dass diese ungewöhnlichen Verhältnisse ganz außer dem Bereiche seiner Erfahrungen liegen, stolpert, fällt, sich mit schneller Besonnenheit von seinen Führern losmacht, mit dem Kopf vornüber stürzt und den ganzen Kegel hinabkollert.

Mit demselben grässlichen Gefühl des Entsetzens und der Hilflosigkeit wie damals sehe ich ihn noch jetzt im Mondlicht – ich habe den Traum oft gehabt –, wie er über das weiße Eis, eine Kanonenkugel ähnlich, dahinschießt. Fast in demselben Augenblick ertönt hinter uns ein Schrei, und ein Mann, der einen Korb mit Mänteln auf dem Kopf getragen hat, kommt mit derselben erschrecklichen Schnelligkeit vorbeigekollert, und dicht hinter ihm folgt ein Knabe. Bei dieser Katastrophe im Kapitel der Reiseunfälle werden die übrigen achtundzwanzig dermaßen laut dass eine Meute heulender Wölfe dagegen Musik sein würde!

Betäubt und blutend und mit ganz und gar zerfetzten Kleidern finden wir Mr. Pickle von Portici unten, wo wir abgestiegen waren und wo die Pferde warten, wieder, aber, dem Himmel sei Dank, mit heilen Knochen. Und schwerlich werden wir jemals froher sein, einen Mann lebendig und wieder auf den Beinen zu sehen, als jetzt, zumal er selber die Sache leicht nimmt, obgleich er gar arg zerstoßen und wund ist. Der Knabe wird mit verbundenem Kopf in die Einsiedelei auf dem Berge gebracht, während wir beim Abendessen sitzen, und von dem Mann erhalten wir ein paar Stunden später Kunde. Auch er ist zerstoßen und betäubt, aber er hat sich nichts gebrochen; zum Glück bedeckte der Schnee die größeren Felsstücke und machte sie unschädlich.

Nach einem erquicklichen Mahle und stärkender Rast vor einem flammenden Feuer steigen wir wieder zu Pferde und setzen unsere Reise talwärts nach Salvatores Hause fort – sehr langsam, weil unser mit Beulen und Schrammen bedeckter Freund sich kaum im Sattel halten oder den ihm durch die Bewegung verursachten Schmerz ertragen kann. Obgleich es so spät in der Nacht oder so früh am Morgen ist, stehen doch, als wir ankommen, alle Bewohner des Dorfes um den kleinen Hof und blicken den Weg hinauf, den wir kommen müssen. Unser Erscheinen wird mit lautem Geschrei begrüßt und erregt ein Aufsehen, das wir uns in unserer Bescheidenheit nicht ganz erklären können, bis wir, im Hofe angekommen, einen der französischen Herren, die mit uns zugleich auf dem Berge waren, mit gebrochenem Bein im Stalle auf dem Stroh liegend finden, bleich wie der Tod und heftige Schmerzen leidend, und erfahren, dass man sicher geglaubt hatte, uns wäre ein noch schlimmerer Unfall zugestoßen.

Also »glücklich zurück und dem Himmel sei Dank«, wie der immer lustige Vetturino, der uns den ganzen Weg von Pisa hierher nicht verlassen hat, von ganzem Herzen beteuert! Und mit den bereitstehenden Pferden zurück in das schlummernde Neapel!

Es erwacht wieder für Polichinells und Taschendiebe, Buffosänger und Bettler, Lumpen, Puppen, Blumen, Glanz, Schmutz in allgemeiner Verkommenheit und sonnt seine Harlekinsjacke in der Mittagsglut des nächsten Tages und aller Tage; singt, darbt, tanzt, spielt am Meeresstrand und überlässt alle Arbeit dem brennenden Berge, der immer und ewig arbeitet.

Unsere englischen Kunstliebhaber würden sehr rührend über die Geschmacksbildung des Volkes werden, wenn sie eine italienische Oper halb so schlecht in England singen hören könnten, wie wir heute Abend die »Foscari« in dem prächtigen Theater San Carlo hörten. Aber was staunenerregende Wahrheit und merkwürdigen Geist im Ergreifen und Verkörpern des wirklichen Lebens betrifft, so ist das ärmliche kleine San-Carlino-Theater – das ein Stockwerk hohe wacklige Haus mit dem grellbunten Bild an der Außenseite mitten unter Trommeln, Trompeten und den Seiltänzern und den Taschenspielern – das einzige seiner Art in der Welt.

Eine merkwürdige Seite des Alltagslebens in Neapel, die noch einer Berücksichtigung wert ist, sind die Lotterien. Sie sind in den meisten Teilen Italiens gebräuchlich, aber hier in ihren Wirkungen und Einflüssen am besten zu verfolgen. Die Ziehungen finden jeden Sonnabend statt. Sie bringen der Regierung einen ungeheuren Gewinn und verbreiten eine Gewohnheit des Glücksspiels unter die Ärmsten der Armen, die der Staatskasse sehr förderlich, für jene aber höchst verderblich ist. Der niedrigste Einsatz ist ein Grano, weniger als ein Farthing. Einhundert Nummern – von 1 bis 100 einschließlich – werden in einen Kasten getan. Fünf werden gezogen. Dies sind die Gewinner. Ich kaufe mir drei Nummern. Wenn eine derselben herauskommt, erhalte ich einen kleinen Gewinn. Kommen zwei heraus, so zahlt man mir das Mehrhundertfache meines Einsatzes. Bei drei gewinne ich dreitausendfünfhundertmal meinen Einsatz. Ich setze auf die Nummern, soviel ich kann, und kaufe die Nummern, die mir belieben. Meinen Einsatz bezahle ich in dem Lottobüro, wo ich das Los kaufe, und die Höhe desselben wird auf dem Los selbst vermerkt.

Jedes Lotteriebüro hat ein gedrucktes Buch, einen »Lottopropheten«, in dem jeder mögliche Zufall und Umstand berücksichtigt ist und seine Nummer hat. Wir wollen zum Beispiel zwei Carlini setzen – ungefähr 7 Pence. Auf dem Weg zum Lotto-büro rennen wir gegen einen Neger. Nachdem wir eingetreten sind, sagen wir ganz ernsthaft: »Den Propheten!« Wir suchen das Stichwort »Neger«. Die und die Nummer. »Geben Sie mir die.« Wir suchen: »Gegen jemand auf der Straße rennen.« »Geben Sie uns die.« Wir suchen auch noch den Namen der Straße auf. »Geben Sie uns die.« Nun haben wir unsere drei Nummern.

Wenn das Dach des Theaters San Carlo einstürzen sollte, würden so viele Personen auf die bei einem solchen Unfall im »Propheten« angegebenen Zahlen setzen, dass die Regierung bald diese Nummern sperren und sich weigern müsste, sich der Gefahr, noch mehr zu verlieren, auszusetzen. Das geschieht oft. Vor nicht sehr langer Zeit brach im königlichen Palast Feuer aus, und infolgedessen entstand ein so allgemeines Verlangen nach »Feuer«, »König« und »Palast«, dass ferneres Setzen auf die betreffenden Nummern verboten wurde. In jedem Zufall, in jedem Ereignis glauben diese unwissenden Leute eine Offenbarung in bezug auf das Lotto zu finden. Leute, die das Talent, glücklich zu träumen, besitzen, werden sehr gesucht, und es gibt einige Priester, die beständig mit Visionen glückbringender Nummern heimgesucht werden.

Man erzählte mir, ein Pferd sei mit einem Mann durchgegangen, der an einer Straßenecke gestürzt und gestorben sei. Dem Pferd folgte ein anderer Mann mit so unglaublichem Tempo, dass er unmittelbar nach dem Unfall an Ort und Stelle war. Er warf sich neben dem Verunglückten auf die Knie und ergriff seine Hand mit dem Ausdrucke des verzweifeltsten Schmerzes. »Wenn Ihr noch Leben in Euch habt«, sagte er, »so sprecht nur ein einziges Wort zu mir! Wenn Ihr noch einen Atemzug übrighabt, so nennt mir um des Himmels willen Euer Alter, dass ich diese Nummer im Lotto spielen kann.«

Es ist vier Uhr nachmittags, und wir können jetzt zur Lottoziehung gehen. Sie findet jeden Sonnabend im Tribunal oder Gerichtshof statt – in einem eigentümlich erdig riechenden Zimmer, so dumpfig wie ein alter Keller und so feucht wie ein Kerker. Am obern Ende steht auf einer erhöhten Bühne eine lange hufeisenförmige Tafel, und um diese sitzen ein Präsident und ein Rat alter rechtsgelehrter Richter. Der Mann auf dem kleinen Stuhl hinter dem Präsidenten ist der Capo Lazzarone, eine Art Volkstribun, vom Volke ernannt, um darauf zu sehen, dass alles mit rechten Dingen zugehe; er wird begleitet von ein paar Freunden. Er ist ein zerlumpter brauner Kerl: langes, wirres Haar hängt ihm über das ganze Gesicht herab, und vom Scheitel bis zur Zehe ist er mit unzweifelhaft echtem Schmutz überzogen. Der tieferliegende Teil des Raumes ist angefüllt mit dem gemeinsten Volk Neapels, und zwischen dem Publikum und der Bühne steht ein kleiner Trupp Soldaten, der die zu letzterer führenden Stufen bewacht.

Es dauert etwas, bis die erforderliche Anzahl Richter beisammen ist; mittlerweile ist der Kasten, in den die Nummern gesteckt werden sollen, ein Gegenstand des allgemeinsten und größten Interesses. Wenn der Kasten voll ist, wird der Knabe, der die Nummern ziehen wird, zum Mittelpunkt des ganzen Schauspiels. Er ist bereits für seine Rolle gekleidet, denn er trägt einen eng anliegenden braunen Rock mit nur einem Ärmel (dem linken), der rechte Arm ist bis zur Schulter nackt und bereit, in den geheimnisvollen Kasten zu greifen.

Während der erwartungsvollen, nur von leisem Flüstern unterbrochenen Stille, die im ganzen Saale herrscht, wenden sich aller Augen auf diesen jugendlichen Glücksspender. Man beginnt, schon auf das nächste Los bedacht, nach seinem Alter zu fragen, nach der Zahl seiner Brüder und Schwestern, nach dem Alter seines Vaters und seiner Mutter, und ob er Male oder Warzen am Körper hat und wo und wieviel, als die Ankunft des vorletzten Richters (eines kleinen alten Mannes, allgemein wegen des bösen Blickes gefürchtet) eine kleine Ablenkung bewirkt und eine größere bewirken würde, wenn er als Gegenstand der allgemeinen Teilnahme nicht sofort durch den Priester von seinem Platz verdrängt würde.

Der Geistliche geht mit ernster Würde zu seinem Platz, geleitet von einem sehr unsauberen Buben, der die Priestergewänder und ein Gefäß mit Weihwasser trägt.

Nun ist also auch der letzte Richter da und nimmt seinen Platz an der hufeisenförmigen Tafel ein!

Ein Gemurmel ununterdrückbarer Aufregung lässt sich vernehmen.

Unterdessen steckt der Geistliche den Kopf in sein Priestergewand und zieht es sich über die Schultern. Dann verrichtet er ein stummes Gebet, taucht einen Wedel in das Weihwasser und besprengt damit den Kasten und den Knaben und erteilt ihnen einen doppelläufigen Segen, zu dessen Entgegennahme der Kasten und der Knabe auf den Tisch gehoben werden. Der Knabe bleibt auf dem Tisch stehen, aber der Kasten wird von einem Aufwärter vor der Bühne vorbeigetragen, während er hoch in die Höhe gehalten und tüchtig geschüttelt wird, wie um mit dem Taschenspieler zu sagen: »Es ist keine Täuschung, meine Herren und Damen; wenden Sie nur kein Auge von mir.«

Endlich wird der Kasten vor den Knaben gesetzt; und der Knabe, nachdem er den nackten Arm und die offene Hand in die Höhe gehalten hat, greift in eine Öffnung und zieht eine Nummer heraus, die um etwas Hartes wie ein Bonbon aufgerollt ist. Diese übergibt er dem ihm zunächst sitzenden Richter, der ein Stückchen davon aufrollt und sie dem Präsidenten hinreicht. Der Präsident rollt sie sehr langsam auf. Der Capo Lazzarone sieht ihm über die Schulter. Der Präsident zeigt den aufgerollten Zettel dem Capo Lazzarone. Der Capo Lazzarone erhascht die Zahl mit einem gierigen Blick und ruft mit gellender lauter Stimme: »Sessanta due« (zweiundsechzig), wobei er die Zwei mit den Fingern bezeichnet, wie er die Zahl ruft. Ach, der Capo Lazzarone hat nicht auf die Zweiundsechzig gesetzt. Sein Gesicht ist sehr lang, und seine Augen rollen verzweifelt.

Da die Zweiundsechzig jedoch zufällig eine Lieblingsnummer ist, so wird sie ziemlich gut aufgenommen, was nicht immer der Fall ist. Alle Nummern werden ganz auf dieselbe Weise gezogen, nur mit Wegfall des Segens. Ein Segen genügt für das ganze Einmaleins. Der einzige neue Zug im Fortgang der Sache ist die allmählich zunehmende Bestürzung des Capo Lazzarone, der offenbar mit all seinen verfügbaren Mitteln spekuliert hat und der, als er die letzte Nummer sieht und findet, dass er nicht darauf gesetzt hat, ehe er sie ausruft, die Hände zusammenschlägt und zur Decke hinaufsieht, als mache er in innerer Verzweiflung seinem Schutzheiligen Vorwürfe wegen dieses Wortbruchs. Ich will nicht befürchten, der Capo Lazzarone werde ihn verlassen und sich einem anderen Kalender-heiligen zuwenden, aber er scheint damit zu drohen.

Wer die Gewinner sein mögen, weiß niemand. Jedenfalls sind sie nicht anwesend; die allgemeine Betrübnis der Enttäuschung muss jeden, der es mit ansieht, mit Mitleid für das arme Volk erfüllen. Als sie an uns unten im Hofe vorübergehen, sehen sie aus, als wären sie ebenso unglücklich und elend wie die Gefangenen im Kerker (der sich in einem Teil des Gebäudes befindet), die zwischen ihren Gittern hindurch auf sie herabblicken, oder wie die Reste von

Menschenhäuptern, die noch zur Erinnerung an die alten Zeiten, als ihre Besitzer zur Erbauung des Volks dort einen Platz erhielten, da oben hängen.

Wir verließen Neapel am Morgen, als die Sonne gerade prächtig aufging, und folgten der Straße nach Capua und reisten dann drei Tage lang auf Nebenwegen, um das Kloster Monte Cassino zu sehen, welches auf einem steilen und hohen Felsen über der kleinen Stadt Germano thront und an einem nebligen Morgen sich in den Wolken verliert.

Umso besser ist es dann, dass der tiefe Schall seiner Glocke, als wir auf Maultieren nach dem Kloster hinaufsteigen, geheimnisvoll durch die regungslose Luft dringt, während wir nichts sehen als den grauen Nebel, durch den wir uns langsam und feierlich wie ein Leichenzug bewegen. Endlich erscheint eine schattenhafte Gebäudemasse dicht vor uns mit ihren grauen Mauern und Türmen in unsicheren Umrissen, während der schwere Dunst sich durch die Gänge und Gewölbe wälzt.

In der Vorhalle bei den Bildsäulen des Schutzheiligen und seiner Schwester gehen zwei schwarze Schatten auf und ab, und hinter ihnen hüpft zwischen alten Bogen ein Rabe umher, der der Glocke antwortend krächzt und sich von Zeit zu Zeit im reinsten Toskanisch hören lässt. Wie ähnlich er einem Jesuiten sieht! Nie gab es einen schlaueren und durchtriebeneren Kerl als diesen Raben, der jetzt unter der Tür des Refektoriums sitzt, den Kopf auf eine Seite geneigt und sich stellend, als sähe er woanders hin, während er den Besucher scharf mustert und mit angestrengter Aufmerksamkeit lauscht. Was für ein einfältiger Mönch ist gegen ihn der Pförtner! »Er spricht wie wir«, sagt der Pförtner, »ebenso deutlich.« Ja, ebenso deutlich, Pförtner. Etwas Ausdrucksvolleres als seine Begrüßung der Bauern, die mit Körben und Lasten ins Tor traten, kann man sich nicht vorstellen. Das schlaue Zwinkern in seinem Auge und das innerliche Lachen in seiner Kehle würden ihn zum Superior eines Rabenordens befähigen. Er weiß über alles Bescheid, »'s ist schon gut«, sagt er. »Wir wissen, was wir wissen. Kommt nur, gute Leute, freut mich, euch zu sehen!«

Wie wurde dieser außerordentliche Bau hier oben in dieser Höhe errichtet, wo die Mühe, den Stein und das Eisen und den Marmor heraufzuschaffen, so entsetzlich gewesen sein muss? »Krah!« sagt der Rabe, die Bauern begrüßend. Wie ist das Kloster, nachdem es durch Plünderung, Feuer und Erdbeben gelitten, wieder aus seinen Ruinen erstanden, dass es sich mit seiner Kirche wieder so herrlich und prachtvoll vor uns erhebt? »Krah!« sagt der Rabe, die Bauern begrüßend. Diese Leute haben ein kümmerliches Aussehen und sind wie gewöhnlich entsetzlich unwissend und betteln alle, während die Mönche in der Kapelle singen. »Krah!« sagt der Rabe; »Kuckuck!«

Wir verlassen ihn, wie er noch immer im Klostertor schlau den Kopf wiegt, und steigen langsam durch die Wolke wieder hinab. Endlich treten wir aus ihr heraus und bekommen das Dorf tief unten und die grüne von Bächen durchschnittene Ebene zu Gesicht, ein angenehmer und erquickender Anblick nach der Dunkelheit und dem Nebeldunst des Klosters – ohne dem Raben oder den ehrwürdigen Brüdern zu nahe treten zu wollen.

Wir setzen unsere Reise fort auf schlammigen Straßen und durch die allererbärmlichsten und armseligsten Dörfer, wo kein ganzes Fenster in den Häusern und kein ganzes Kleid unter den Bauern oder der geringste Schein von etwas Essbarem in den Hökerladen am Wege zu finden ist. Die Frauen tragen ein hellrotes Mieder, das vorn und hinten zugeschnürt ist, einen weißen Rock und den neapolitanischen Kopfschmuck von viereckig zusammengefaltetem Leinen, ursprünglich bestimmt, etwas Schweres darauf zu tragen. Die Männer und Kinder tragen alles, was sie bekommen können. Die Soldaten sind so schmutzig und habgierig wie die Hunde. Die Schenken sind so spukhafte Orte, dass sie unendlich anziehender und ergötzlicher sind als das beste Hotel in Paris. Da ist eine unweit Valmontone (jene rund ummauerte Stadt auf dem Berge gegenüber), zu der man durch einen fast knietiefen Morast gelangt. Im Erdgeschoß sind ein Säulengang und ein dunkler Hof voll leerer Ställe und Schuppen und eine große lange Küche mit einer großen langen Bank und einem großen langen Tisch, wo eine

Gesellschaft Reisender, darunter zwei Priester, sich um das Feuer drängen, während ihr Abendessen bereitet wird. Eine Treppe höher ist eine Galerie mit sehr kleinen Fenstern aus sehr kleinen Glasscheiben. Alle Türen, die sich in den Wänden öffnen (ein oder zwei Dutzend), sind aus den Angeln. Als Tisch dient ein kahles Brett auf hölzernen Böcken, an dem dreißig Leute bequem essen können, und der Kamin ist allein schon groß genug für ein Frühstückszimmer, wo die Reisigbündel, wie sie lodern und knistern und platzen, die hässlichsten Grimassen erleuchten, die frühere Reisende mit Kohle auf die weißgetünchten Kaminwände gemalt haben. Eine flackernde Lampe steht auf dem Tisch, und im Zimmer bewegt sich ein gelbes zwerghaftes Weib, das sich immer in dem dicken schwarzen Haar kratzt, sich auf die Zehenspitzen stellt, um die plumpen Messer zu ordnen, und einen Sprung wagt, um in den Wasserkrug zu sehen. Die Betten in den anliegenden Zimmern sind von der wunderbarsten Art. Kein einziges Stückchen Spiegelglas ist im Hause zu finden, und der Waschapparat ist eins mit dem Kochgeschirr. Aber die gelbe Zwergin setzt eine große Flasche vortrefflichen Wein, mindestens ein Quart, auf den Tisch, und bringt neben einem halben Dutzend anderer Gerichte zwei Drittel von einem gebratenen, rauchend heißen Zicklein. Sie ist übrigens ebenso freundlich wie schmutzig, was viel sagen will. So wollen wir ihr denn aus dieser Flasche Wein zu trinken, dass sie noch lange leben und das Haus gedeihen möge!

Nachdem wir Rom erreicht und wieder hinter uns gelassen hatten und auch die Pilger, die jetzt jeder mit Muschelhut und Stab und um Gotteswillen um Almosen bitten, wieder in ihre Heimat zurückkehren, gelangen wir durch eine schöne Gegend zu den Wasserfällen von Terni, wo sich der ganze Velino von einer felsigen Höhe durch funkelnden Schaum und Regenbogen herabstürzt. Perugia, durch Kunst und Natur auf seinem hohen Felsen, der sich steil aus der Ebene erhebt, wo purpurne Berge sich mit dem fernen Himmel vermischen, stark befestigt, schimmert am Markttag von bunten Farben. Sie heben seine düsteren, aber schönen gotischen Gebäude herrlich hervor. Das Pflaster seines Marktes ist mit allerlei

Bodenerzeugnisse bedeckt. Den ganzen steilen Hügel hinab, wo die Straße an der Mauer hin aus der Stadt führt, ist ein lärmender Markt voller Kälber, Lämmer, Schweine, Pferde, Maultiere und Ochsen. Hühner, Gänse und Truthühner flattern ihnen zwischen den Beinen herum, und Verkäufer, Käufer und Zuschauer sperren überall den Weg, als wir schreiend die Straße herabkommen.

Plötzlich klirrt etwas unter den Pferden. Der Kutscher hält sie an. Er sinkt in den Sattel zurück, blickt hinauf gen Himmel und ruft jammernd aus:»O allmächtiger Jupiter! Das Pferd hat ein Eisen verloren!«

Trotz diesem fürchterlichen Unfall und dem gänzlich verzweifelten Blick (wie er nur einem italienischen Vetturino möglich ist), mit dem er uns angekündigt wird, ist ihm doch bald durch einen sterblichen Hufschmied abgeholfen, durch dessen Beistand wir Castiglione an demselben Abend noch und Arezzo am nächsten Tag erreichen.

Natürlich ist Messe in der schönen Kathedrale, wo die Sonne durch bunte Glasfenster zwischen den Pfeilern hindurchscheint und die knienden Gestalten auf dem Fußboden halb zeigt und halb verhüllt und sich Pfade aus buntem Licht durch die langen Gänge bahnt. Aber wie viel Schönheit anderer Art ist hier zu sehen, wenn wir an einem schönen hellen Morgen von der Spitze eines Hügels auf Florenz herabblicken! Dort liegt es vor uns in dem sonnenhellen Tal, glänzend von dem sich dahinwindenden Arno und eingeschlossen von schwellenden Hügeln, seine Kuppeln, Türme und Paläste in einem schimmernden Haufen aus dem fruchtbaren Lande emporsteigend und in der Sonne glänzend wie Gold!

Erhaben, ernst und düster sind die schönen Straßen von Florenz, und die festen alten Paläste zeichnen so viele Schatten auf den Boden und in den Fluss, dass ständig eine zweite Stadt von den mannigfaltigsten Formen zu unsern Füßen liegt. Ungeheure Paläste, zur Verteidigung gebaut mit kleinen, misstrauischen und schwer verriegelten Fenstern und dicken Mauern aus großen unbehauenen Steinen, dräuen in grämlicher Pracht auf jede Straße herab. In der Mitte der Stadt – auf der Piazza des Großherzogs, die mit schönen Bildsäulen und dem Neptunsbrunnen geziert ist –

erhebt sich der Palazzo Vecchio mit den ungeheuren über-hängenden Zinnen und dem großen Turme, der die ganze Stadt überschaut. In seinem Hofe, der durch seine düstere Romantik des Schlosses von Otranto würdig wäre, ist eine Treppe, auf der man mit dem schwersten Wagen und dem kräftigsten Gespann hinauf-fahren könnte. Drinnen ist ein großer Saal, ver-blichen in seinem Glanze und langsam zerfallend, aber immer noch in Bildern an den Wänden die Triumphe der Medici und die Kriege des alten florentinischen Volkes verkündend. In einem Nebenhof des Gebäudes ist das Gefängnis – ein hässlicher, unreinlicher Ort, wo einige in kleinen Zellen wie in Öfen stecken und andere durch Gitter sehen und betteln, wo einige Dame spielen oder mit ihren Freunden sprechen, die indessen rauchen, um die Luft zu verbessern, andere Wein und Früchte von den Hökern kaufen und alles schmutzig und hässlich und ekelhaft anzusehen ist. »Sie sind alle ziemlich lustig, Signore«, sagte der Kerkermeister. »Die dort sind alle mit Blut befleckt«, fügte er hinzu und zeigte auf drei Viertel des ganzen Gebäudes. Ehe die Stunde vorbei ist, hat ein alter achtzigjähriger Mann, der bei einem Handel in Zank geraten ist mit einem siebzehnjährigen Mädchen, es mitten auf dem Marktplatz unter glänzenden Blumen erstochen und wird jetzt als Gefangener eingeliefert, um die Zahl zu vermehren.

Eine der vier alten Brücken, die über den Arno führen, nämlich der Ponte Vecchio – jene Brücke, welche mit Juwelier- und Goldschmiedeläden bedeckt ist –, bietet ein wirklich bezauberndes Schauspiel dar. In der Mitte ist der Raum eines Hauses frei gelassen, so dass man die Umgebung wie in einem Rahmen erblickt, und dies kostbare Stück Himmel und Wasser und prächtiger Gebäude, das so ruhig auf die dichtgedrängten Dächer und Giebel der Brücke herabschaut, ist köstlich. Weiter oben spannt sich die Galerie des Großherzogs über den Fluss. Sie wurde erbaut, um die zwei großen Paläste durch einen geheimen Gang zu verbinden, und sie verfolgt ihren misstrauischen Weg durch Straßen und Häuser mit echtem Despotismus, denn sie geht, wohin sie Lust hat, und wirft jedes Hindernis vor sich nieder.

Der Großherzog hat außerdem einen würdigeren geheimen Gang durch die Straßen: in schwarzer Kutte und schwarzer Kapuze, als Mitglied der Compagnia delle Misericordia, die unter sich Mitglieder aus allen Ständen zählt. Wenn ein Unfall stattfindet, so ist ihr Amt, dem Verunglückten aufzuhelfen und ihn behutsam ins Hospital zu tragen. Wenn ein Feuer ausbricht, so müssen sie sich an Ort und Stelle verfügen und Schutz und Beistand leisten. Auch gehört es zu ihrem Beruf, Kranke zu besuchen und zu trösten, und sie empfangen weder Geld noch Speisen und Getränke in dem Hause, das sie besuchen. Diejenigen, welche gerade Dienst haben, werden durch das Läuten der großen Glocke des Schloßturmes zusammengerufen, und man erzählt, dass man den Großherzog bei diesem Klang schon von der Tafel habe aufstehen und sich zurückziehen sehen, um dem Rufe zu gehorchen.

Auf jener anderen großen Piazza, wo eine Art Markt gehalten wird und altes Eisen und andere kleine Waren in Buden ausgelegt oder auf dem Boden verstreut sind, stehen die Kathedrale mit der großen Kuppel, der schöne italienisch-gotische Turm des Campanile und das Baptisterium mit seinen kunstvollen Erztüren in einer Gruppe. Und hier, dieser kleine unbetretene viereckige Fleck auf dem Fußboden ist der Stein Dantes, wo, wie die Sage erzählt, er seinen Stuhl aufzustellen und in ruhige Betrachtung versenkt zu sitzen pflegte. Ich möchte wohl wissen, ob er sich in der Verbannung durch eine freundliche Rückerinnerung an diesen alten Ruheort und die sanften Gedanken an Beatrice, die ihn hier umschwebt, abhalten ließ, die Steine in den Straßen des undankbaren Florenz zu verfluchen.

Die Kapelle der Medici, der guten und bösen Engel von Florenz, die Kirche Santa Croce, wo Michelangelo begraben liegt und wo jeder Stein in den Säulengängen den Tod großer Männer verkündet, unzählige Kirchen, von außen oft unvollendete und schwerfällige Massen, aber innen feierlich und heiterer Ruhe voll, hemmen unsere zögernden Schritte, während wir durch die Stadt bummeln. In Harmonie mit den Gräbern in den Kirchen steht das Naturgeschichtliche Museum, das wegen seiner Wachspräparate in der ganzen Welt berühmt ist. Diese fangen mit Nachbildungen von Blättern, Samen, Pflanzen und Tieren niederer Art an und steigen allmählich durch die besondern Organe des menschlichen Körpers den ganzen Bau dieser wunderbaren Schöpfung hinauf, indem sie alles in ausgezeichneter Darstellung wie kaum verstorben zeigen. Wenige Mahnungen an unsere schwache Sterblichkeit können erschütternder und tiefer wirken als die Nachbildungen von Jugend und Schönheit, die hier im letzten Schlummer auf ihren Lagern ruhen.

Jenseits der Mauern breiten sich das liebliche Tal des Arno, das Kloster zu Fiesole, der Turm Galileis, das Haus Boccaccios, alte Villen und Gärten, zahllose, interessante Stellen, die alle in einer vom reichsten Lichte übergossenen Landschaft von unendlicher Schöne glänzen, vor uns aus. Kehrt man aus dieser glänzenden Umgebung zurück, erscheinen einem die Straßen doppelt feierlich und groß-artig mit ihren hohen, dunklen, trauernden Palästen und vielen Erinnerungen, nicht nur der Belagerung, des Krieges und der eisernen Macht, sondern auch des triumphalen Fortschrittes friedlicher Künste und Wissenschaften.

Welches Licht strömt jetzt noch über die Welt aus diesen grauen Palästen von Florenz! Hier verewigen sich vor aller Augen die alten Bildhauer, Seite an Seite mit Michelangelo, Canova, Tizian, Rembrandt, Raffael, mit Dichtern, Geschichtsschreibern, Philosophen – jenen berühmten Männern der Geschichte, neben denen gekrönte Häupter und geharnischte Krieger sich so klein und armselig ausnehmen und so bald vergessen sind! Hier dauert der unvergängliche Teil hoher Geister ungestört und unversehrt fort, wenn feste, trotzige Wälle zertrümmert sind, wenn die Tyrannei der vielen oder der wenigen oder beider nur ein Märchen ist, wenn Stolz und Macht bloßer Staub geworden sind. Das Feuer, welches die Strahlen des Himmels in den düsteren Straßen und zwischen den hohen Palästen und Türmen entzünden, brennt immer noch hell, wenn die Flamme des Krieges erloschen und der Herd von Generationen erkaltet ist; während Tausende und aber Tausende einst von dem Kampf und der Leidenschaft der Stunde belebte

Gesichter von den alten Märkten und Plätzen verschwunden sind, lebt die namenlose florentinische Dame, von eines Malers Hand der Vergessenheit entrissen, in ewiger Schöne und Jugend noch fort. Lasst uns auf Florenz zurückblicken, solange es uns möglich ist, und wenn wir seine Kuppel nicht mehr schimmern sehen, mit einem lebhaften Erinnern seines Glanzes durch die heitere Toskana reisen; denn Italien wird durch diese Erinnerung nur umso schöner. Die Sommerzeit ist da – Genua, Mailand und der Comer See liegen weit hinter uns, und wir rasten in Faldo, einem Schweizer Dorf neben den grausigen Felsen und Bergen, dem ewigen Schnee und den brüllenden Wasserfällen des großen St. Gotthard und hören die italienische Sprache zum letzten Male auf dieser Reise; so lasst uns denn von Italien mit all seinem Unglück und seinen Leiden liebevoll scheiden, erfüllt von Bewunderung seiner Natur- und Kunstschönheiten und von Liebe zu seiner Bevölkerung, die von Natur so gutmütig und geduldig und herzlich ist. Jahre der Vernachlässigung, der Unterdrückung und schlechter Verwaltung haben zusammengewirkt, ihre Natur zu ermüden und ihren Geist niederzudrücken; elende Eifersüchteleien, genährt von kleinen Fürsten, für welche Einheit der Untergang und Teilung Stärke war, haben an der Wurzel ihres Nationalbewußtseins genagt und ihre Sprache mit Barbarismen erfüllt; aber das Gute, das von jeher in ihr war, steckt noch in ihr, und dereinst kann ein herrliches Volk aus dieser Asche erstehen. Lasst uns diese Hoffnung hegen! Und lasst uns Italiens nicht weniger innig gedenken, weil jedes Trümmerstück seiner verfallenen Tempel und jeder Stein seiner verlassenen Paläste und Kerker uns die Lehre einprägt, dass das Rad der Zeit sich zu einem Zwecke dreht, und dass die Welt mit dem Verlauf der Zeit in allen wesentlichen Dingen besser, milder, duldsamer und hoffnungsreicher wird!

Titelliste Taschenbuch-Literatur-Klassiker

Bd. 1 *Abenteuer und Fahrten des Huckleberry Finn*, Mark Twain, Bd. 2 *Andersens Märchen*, Hans Christian Andersen, Bd. 3 *Anton Reiser*, Karl Philipp Moritz, Bd. 4 *Aus dem Leben eines Taugenichts*, Joseph Freiherr v. Eichendorff, Bd. 5 *Bahnwärter Thiel*, Gerhard Hauptmann, Bd. 6 *Bambi Eine Lebensgeschichte aus dem Walde*, Felix Salten, Bd. 7 *Bauern, Bonzen und Bomben*, Hans Fallada, Bd. 8 *Bel Ami*, Guy de Maupassant, Bd. 9 *Bergkristall*, Adalbert Stifter, Bd. 10 *Candide oder der Optimismus*, Voltaire, Bd. 11 *Caspar Hauser oder Die Trägheit des Herzens*, Jakob Wassermann, Bd. 12 *Dantons Tod*, Georg Büchner, Bd. 13 *Das Bildnis des Dorian Grey*, Oscar Wilde, Bd. 14 *Das Dschungelbuch*, Rudyard Kipling, Bd. 15 *Das Fräulein von Scuderi*, ETA Hoffmann, Bd. 16 *Das Gemeindekind*, Marie v. Ebner-Eschenbach, Bd. 17 *Das Heptameron*, Margarete v. Navarra, Bd. 18 *Märchenbriefbuch der heiligen Nächte*, Max Dauphtendey, Bd. 19 *Das Marmorbild*, Joseph v. Eichendorff, Bd. 20 *Das Schloss*, Franz Kafka, Bd. 21 *Das Urteil*, Franz Kafka, Bd. 22 *David Copperfield*, Charles Dickens, Bd. 23 *Der abenteuerliche Simplizissimus*, Grimmelshausen, Bd. 24 *Der arme Spielmann*, Franz Grillparzer, Bd. 25 *Der eingebildete Kranke*, Moliere, Bd. 26 *Der ewige Spießer*, Ödön v. Horváth, Bd. 27 *Der Fürst*, Nocolò Machiavelli, Bd. 28 *Der Glöckner von Notre Dame*, Victor Hugo, Bd. 29 *Der goldene Esel, Apuleius*, Bd. 30 *Der goldene Topf*, ETA Hoffmann, Bd. 31 *Der Graf von Monte Christo*, Alexandre Dumas, Bd. 32 *Der grüne Heinrich*, Gottfried Keller, Bd. 33 *Der kleine Häwelmann und andere Märchen*, Theodor Storm, Bd. 34 *Der kleine Lord*, Frances Hodgson Burnett, Bd. 35 *Der letzte Mohikaner*, James Fenimore Cooper, Bd. 36 *Der Prozess*, Franz Kafka, Bd. 37 *Der Sandmann*, ETA Hoffmann, Bd. 38 *Der Schimmelreiter*, Theodor Storm, Bd. 39 *Der Schuss von der Kanzel*, Conrad Ferdinand Meyer, Bd. 40 *Der Seewolf*, Jack London, Bd. 41 *Der seltsame Fall des Dr. Jekyll und Mr. Hyde*, Robert Louis Stevenson, Bd. 42 *Der Stechlin*, Theodor Fontane, Bd. 43 *Der Sturmheidhof (Sturmhöhe)*, Emily Brontë, Bd. 44 *Der Tor und der Tod*, Hugo v. Hofmannsthal, Bd. 45 *Der Weg ins Freie*, Arthur Schnitzler, Bd. 46 *Der zerbrochene Krug*, Heinrich v. Kleist, Bd. 47 *Deutsches Märchenbuch*, Ludwig Bechstein, Bd. 48 *Deutschland. Ein Wintermärchen*, Heinrich Heine, Bd. 49 *Die Abenteuer der sieben Schwaben*, Ludwig Aurbacher, Bd. 50 *Die Burg von Otranto*, Horace Walpole, Bd. 51 *Die drei Musketiere*, Alexandre Dumas, Bd. 52 *Die Elixiere des Teufels*, ETA Hoffmann, Bd. 53 *Die Geschichte meines Lebens*, Georg Ebers, Bd. 54 *Die Insel Felsenburg*, Johann Gottfried Schnabel, Bd. 55 *Die Judenbuche*, Annette v. Droste-Hülshoff, Bd 56. *Die Kameliendame*, Alexandre Dumas, Bd. 57 *Die Kartause von Parma*, Stendhal, Bd. 58 *Die Kreutzersonate*, Lew Tolstoi, Bd. 59 *Die Leiden des jungen Werther*, Johann Wolfgang v. Goethe, Bd. 60 *Die Leute von Seldvyla I*, Gottfried Keller, Bd. 61 *Die Leute von Seldvyla II*, Gottfried Keller, Bd. 62 *Die Marquise*, George Sand, Bd. 63 *Die Marquise von O.*, Heinrich v. Kleist, Bd. 64 *Die Memoiren der Fanny Hill*, John Cleland, Bd. 65 *Die Ratten*, Gerhard Hauptmann, Bd. 66 *Die Räuber*, Friedrich v. Schiller, Bd. 67 *Die Regentrude*, Theodor Storm, Bd. 68 *Die Reisen des Baron zu Münchhausen*, Bd. 69 *Die Schatzinsel*, Robert Louis Stevenson, Bd. 70 *Die Verlobten*, Allessandro Manzoni, Bd. 71 *Die Verwandlung*, Franz Kafka, Bd. 72 *Die Verwirrungen des Zöglings Törleß*, Robert Musil, Bd. 73 *Die Waffen nieder*, Berta von Suttner, Bd. 74 *Die Wahlverwandtschaften*, Johann Wolfgang v. Goethe, Bd. 75 *Don Carlos*, Friedrich v. Schiller, Bd. 76 *Eduards Traum*, Wilhelm Busch, Bd. 77 *Effi Briest*, Theodor Fontane, Bd. 78 *Egmont*, Johann Wolfgang v. Goethe, Bd. 79 *Ein Held unserer Zeit*, Michail Lermontoff, Bd. 80 *Einsichten und Ausblicke*, Gerhard Hauptmann, Bd. 81 *Emilia Galotti*, Gottold Ephraim Lessing, Bd. 82 *Erinnerungen aus galanter Zeit*, Giacomo Casanova, Bd. 83 *Erzählungen*, Wilhelm Busch, Bd. 84 *Es waren zwei Königskinder*, Theodor Storm, Bd. 85 *Essays*, Michel de Montaigne, Bd. 86 *Franz Sternbalds Wanderungen*, Ludwig Tieck, Bd. 87 *Fräulein Else*, Arthur Schnitzler, Bd. 88 *Frühlings Erwachen*, Frank Wedekind, Bd. 89 *Gedanken*, Blaise Pascal,

Bd. 90 *Gefährliche Liebschaften*, Pierre-Ambroise-François Choderlos de Laclos, Bd. 91 *Gegen den Strich*, Joris-Karl Huysmany, Bd. 92 *Geschichte des Fräuleins von Sternheim*, Sophie v. La Roche, Bd. 93 *Geschichte vom braven Kasperl und dem Annerl*, Clemens Brentano, Bd. 94 *Geschichten aus dem Wienerwald*, Ödön v. Horváth, Bd. 95 *Glanz und Elend der Kurtisanen*, Honore de Balzac, Bd. 96 *Glück und Unglück der berühmten Moll Flanders*, Daniel Defoe, Bd. 97 *Götz von Berlichingen*, Johann Wolfgang v. Goethe, Bd. 98 *Gullivers Reisen*, Jonathan Swift, Bd. 99 *Heidis Lehr und Wanderjahre*, Johann Spyri, Bd. 100 *Heinrich von Ofterdingen*, Novalis, Bd. 101 *Hiob Roman eines einfachen Mannes*, Joseph Roth, Bd. 102 *Immensee*, Theodor Storm, Bd. 103 *Iphigenie auf Tauris*, Johann Wolfgang v. Goethe, Bd. 104 *Italienische Märchen*, Clemens Brentano, Bd. 105 *Ivannhoe*, Walter Scott, Bd. 106 Jahrmarkt der Eitelkeiten, William Makepaece Thackeray, Bd. 107 *Jane Eyre*, Charlotte Brontë, Bd. 108 *Jugend ohne Gott*, Ödön v. Horvath, Bd. 109 *Jürg Jenatsch*, Conrad Ferdinand Meyer, Bd. 110 *Kabale und Liebe*, Friedrich v. Schiller, Bd. 111 *Kasimir und Karoline*, Ödön v. Horvath, Bd. 112 *Kinder- und Hausmärchen*, Gebrüder Grimm, Bd. 113 *Kleiner Mann, was nun*, Hans Fallada, Bd. 114 *König Alkohol*, Jack London, Bd. 115 *Krambambuli*, Marie Ebner-Eschenbach, Bd. 116 *Lausbubengeschichten*, Ludwig Thoma, Bd. 117 *Lavinia - Pauline - Kora*, George Sand, Bd. 118 *Leben und Lüge*, Detlev von Liliencron, Bd. 119 *Lebensansichten des Katers Murr*, ETA Hoffmann, Bd. 120 *Lenz. Der hessische Landbote*, Georg Büchner, Bd. 121 *Lieutenant Gustl*, Arthur Schnitzler, Bd. 122 *Lord Jim*, Joseph Conrad, Bd. 123 *Luise*, Johann Heinrich Voß, Bd. 124 *Madame Bovary*, Gustave Flaubert, Bd. 125 *Märchen*, Wilhelm Hauff, Bd. 126 *Maria Stuart*, Friedrich v. Schiller, Bd. 127 *Max Havelaar*, Multatuli, Bd. 128 *Meister Floh*, ETA Hoffmann, Bd. 129 *Michael Kohlhaas*, Heinrich v. Kleist, Bd. 130 *Minna von Barnhelm*, Gotthold Ephraim Lessing, Bd. 131 *Moby Dick*, Hermann Melville, Bd. 132 *Nathan, der Weise*, Gotthold Ephraim Lessing, Bd. 133-1 und 133-2 *Nils Holgersson wunderbare Reise*, Selma Lagerlöf, Bd. 134 *Niels Lyne*, Jens Peter Jacobsen, Bd. 135 *Nußknacker und Mausekönig*, ETA Hoffmann, Bd. 136 *Oliver Twist*, Charles Dickens, Bd. 137 *Onkel Toms Hütte*, Herriett Beecher Stowe, Bd. 138 *Peter Schlemihls wundersame Geschichte*, Adalbert v. Chamisso, Bd. 139 *Peterchens Mondfahrt*, Gerdt v. Bassewitz, Bd. 140 *Pinocchio*, Carlo Collodi, Bd. 141 *Reinecke Fuchs*, Johann Wolfgang v. Goethe, Bd. 142 *Rheinmärchen*, Clemens Brentano, Bd. 143 *Rinaldo Rinaldini*, Christian August Vulpius, Bd. 144 *Robinson Crusoe*, Daniel Defoe, Bd. 145 *Romeo und Julia*, William Shakespeare Bd. 146 *Schach von Wuthenow*, Theodor Fontane, Bd. 147 *Schachnovelle*, Stefan Zweig, Bd. 148 *Schatzkästlein des rheinischen Hausfreundes*, Johann Peter Hebel, Bd. 149 *Schelmuffskys Reisebeschreibung*, Christian Reuter, Bd. 150 *Schloss Gripsholm*, Kurt Tucholsky, Bd. 151 *Siebenkäs*, Jean Paul, Bd. 152 *Sternstunden der Menschheit*, Stefan Zweig, Bd. 153 Tao te king, Laotse, Bd. 154 *Till Eulenspiegel*, Hermann Bote, Bd. 155 *Tolldreiste Geschichten*, Honorè de Balzac, Bd. 156 *Tom Jones, Geschichte eines Findelkindes*, Henry Fielding, Bd. 157 *Tom Sawyers Abenteuer und Streiche*, Mark Twain, Bd. 158 *Troquato Tasso*, Johann Wolfgang v. Goethe, Bd. 159 *Traumnovelle*, Arthur Schnitzler, Bd. 160 *Trost der Philosophie*, Boethius, Bd. 161 *Über den Umgang mit Menschen*, Adolph Freiherr v. Knigge, Bd. 162 *Uli der Knecht*, Jeremias Gotthelf, Bd. 163 *Uli der Pächter*, Jeremias Gotthelf, Bd. 164 *Ungeduld des Herzens*, Stefan Zweig, Bd. 165 *Ut oler Welt*, Wilhelm Busch, Bd. 166 *Vater Goriot*, Honorè de Balzac, Bd. 167 *Väter und Söhne*, Ivan Sergejeviç Turgenev, Bd. 168 *Verlorene Illusionen*, Honorè de Balzac, Bd. 169 *Von der Freiheit eines Christenmenschen*, Martin Luther – Bd. 170 *Von der Ursache, dem Prinzip und dem Einen*, Bruno Giordano, Bd. 171 *Vor Sonnenuntergang*, Gerhard Hauptmann, Bd. 172 *Walden oder Leben in den Wäldern*, Henry D. Thoreau, Bd. 173 *Wilhelm Meisters Lehrjahre*, Johann Wolfgang v. Goethe, Bd. 174 *Wilhelm Meisters Wanderjahre*, Johann Wolfgang v. Goethe, Bd. 175 *Wilhelm Tell*, Friedrich v. Schiller

Von demselben Autor/Herausgeber sind bei BOD bereits erschienen:

Alle Tage Feiertage
ISBN 978-3-7386-0409-2, 280 S.
Allerlei Anlässe zum Aktionieren, Feiern und Gedenken

100 Kinderlieder
ISBN 978-3-7322-3024-2, 112 S.
100 Kinderlieder, altbekannt und immer wieder gern gesungen

Liederbuch (Deutsche Volkslieder)
ISBN 978-3-8423-6702-9, 312 S.
300 Volkslieder aus 8 Jahrhunderten und aller Herren Länder

Sagen und Erzählungen aus Marburg und Oberhessen
ISBN 978-3-7347-8909-0, 164 S.
Allerlei Schwänke und Geschichten aus dem Marburger Land

Tausenderlei über die Freiheit
ISBN 978-3-7322-9721-4, 140 S.
Mehr als 1000 Zitate, Bonmots und Aphorismen über die Freiheit

Tausenderlei über das Glück
ISBN 978-3-7322-5525-2, 160 S.
Mehr als 1000 Zitate, Bonmots und Aphorismen über das Glück

Tausenderlei über die Liebe
ISBN 978-3-8423-7474-4, 140 S.
Mehr als 1000 Zitate, Bonmots und Aphorismen zum Thema Nr. Eins

Weihnachtsgedichte– Verse, Reime und Gedichte zum Fest
ISBN 978-3-7347-6393-9, 352 S.
290 Werke bekannter und unbekannter Dichter zum Weihnachtsfest

Weihnachtsgeschichten - Erzählungen und Märchen
ISBN 978-3-7347-6404-2, 392 S.
85 kurze und lange Texte zur Weihnachtszeit

Weihnachtsgeschichten 2
ISBN 978-3-7481-7533-9, 360 S.
35 kürzere und längere Geschichten zur Weihnacht

100 Weihnachtslieder
ISBN 978-3-7322-3375-5, 112 S.
100 Weihnachtslieder aus der Heimat und der ganzen Welt

Lob und Tadel an tessitore@web.de